复旦剧社原创戏剧集

（2010-2024）

周涛

著

上海三联书店

前　言
剧社小史

　　百年对于任何个人、家族、品牌、机构来说，都具有里程碑式的意义，因为百年孕育着历史的厚度和浓度。作为中国话剧的先驱，成立于 1925 年的复旦剧社于今年迎来了自己第一百岁的生日。中国话剧诞生于 1907 年，其标志是当年留学于日本的中国留学生李叔同等人创建的"春柳社"上演话剧《黑奴吁天录》。之后，作为舶来品的话剧艺术便通过日本漂洋过海来到了中国，而岛国日本的戏剧也是经由欧洲传入的。

　　我国北方南开（**南开新剧团**，1914 年）的戏剧和南方复旦的戏剧也都受惠于洋流的交汇。作为舶来品的戏剧就是通过海河的入海口天津和长江的入海口上海传入到中国的。可以说中国话剧就是脱胎于校园戏剧，而"话剧"（drama）一词的翻译正是由复旦剧社首任指导教师复旦大学外文系教授洪深先生所造，他是我们中国话剧的奠基人之一。继洪深先生之后，复旦剧社第二任指导老师是毕业于复旦外语系的朱端钧先生，他是上海"孤岛时期"四大导演之一，后来还是上海戏剧学院的表演系主任、教务长。尽管复旦剧社是一个非专业的戏剧组织，但自诞生之初起，其表演理念却是当时国内最为先进的。作为第一位系统学习戏剧的中国留学生，洪深先生自哈佛大学攻读戏剧归国后，便引入了导表演机制，并实行于复旦剧社。

1930年，左翼剧联组织联合公演，在上海新中央大戏院上演的话剧《西哈诺》确立了复旦剧社在中国话剧史上的地位。抗战时期，复旦剧社组织大型义演，演出了《胜利》、契诃夫的《蠢货》，及田汉在"九·一八"事变后结合抗日斗争写的独幕剧《战友》。西迁重庆北碚时，上演了《古城的怒吼》《凤凰城》《国家至上》《北京人》等作品，引起轰动。1950年，复旦剧社曾改组为复旦剧团。之后60年代的《红岩》，70年代（改革开放后）的《于无声处》《"炮兵司令"的儿子》等作品都在中国话剧史上留下了浓墨重彩的一笔。

1987年，复旦剧社开始举办两年一届的校园戏剧节。1994年，上演于"上海国际莎士比亚节"的《威尼斯商人》用现代人的思维重新阐释莎剧，体现了复旦剧社对于经典剧目创排的探索性精神。进入新千年后，上海市教委以复旦剧社为班底组建"上海大学生话剧团"。2001年以来，还在复旦大学统一进行的艺术特长生考试中设立"戏剧项目"进行招考。2004年，代表新千年主旋律意识的原创戏剧《托起明天的太阳》上演引起轰动，并在全国巡演，受到了时任国务委员陈至立接见，该剧获得了首届中国校园戏剧节金奖。2010年，以大学生村官为题材的原创话剧《小巷总理之男妇女主任》入选第二届中国校园戏剧节，并获中国戏剧奖·校园戏剧奖优秀编剧奖。2012年，以校园足球为题材的短剧《4∶1》入选第三届中国校园戏剧节。2014年，以大学生航母士兵为原型创作的话剧《天之骄子》获第四届中国校园戏剧节金奖，该剧被当年教育部选送参评"五个一工程"奖。2016年，莎士比亚历史剧《理查二世》获第五届中国校园戏剧节优秀剧目奖，该剧还入选了当年的爱丁堡艺穗节。2018年，以中国共产党优秀党员、"时代楷模"钟扬教授为原型的话剧《种子天堂》入选第六届中国校园戏剧节,并开始全国巡演活动,反响热烈。复旦剧社不仅连续六届(2008－2018)入选中国校园戏剧节并获奖,还曾连续四届(2012－2021)获全国大学生艺术展演活动艺术表演类一等奖。

基于复旦剧社在校园戏剧建设方面的成就,2017年,上海市教育委员会在上海成立戏剧联盟,将盟主单位授予复旦大学与上海戏剧学院,并于复旦大学设立"上海学生戏剧实验中心"。而选择复旦作为戏剧联盟的基地,不仅仅因为有复旦剧社,更重要的是作为综合性高校的复旦美育通识理念和作为人类历史上最古老的综合性艺术戏剧之间是互通互达、相辅相成的。复旦大学是一所集哲学、经济学、法学、教育学、文学、历史学、理学、工学、医学、管理学、艺术学和交叉学科为一体的综合性高校。戏剧艺术也是集编剧、导演、演员、舞美、灯光、化妆、音效、舞监、票务等多元一体的跨界型艺术门类。因此校园与剧场之间就产生一种类比的关联特性。校园的主体可以只剩下教师和学生,如同戏剧的主体也只需要演员和观众就足够了。

或许正是基于这样一种海派融合的基因,复旦剧社不仅秉承美育育人打造主旋律作品的理念,同时其原创型、探索型和实验性的特征也进一步激发出对于戏剧创作的新尝试与新突破。近些年,复旦剧社创排了四部和本土文化相结合的莎士比亚剧作,并将新的中式解读向海外传递。在复旦大学、戏剧联盟和上海国际艺术节的联合推进下,剧社先后参加了英国、澳大利亚、新西兰等国的艺术节,并连续两届入选上海国际艺术节"扶青计划"委约剧目。另外,从复旦剧社走向专业戏剧道路的人数也在不断刷新。近些年,几乎每年都有考入上海戏剧学院、纽约大学、哥伦比亚大学、爱丁堡大学等高校进一步深造戏剧专业的社员。今年年初,中国剧协党组副书记亲自带队来复旦剧社调研,并希冀复旦剧社能传承剧社百年精神,为中国校园戏剧的发展进一步发挥作用。

2025 年是复旦剧社诞辰一百周年的大日子。曹禺先生在剧社六十周年之际,特意为复旦剧社写来贺信。今年,复旦剧社将一如既往地上演一出原创大戏作为剧社百岁献礼。同时,也将这部属于剧社新时代的原创戏剧集作为剧社百年传承的纪念予以出版。本戏剧集包含作者在担任复旦剧社指导教师期间(2009—2024)所撰写的五部话剧和五部短剧剧本,以及五篇有关校园戏剧的论文,寓意下个五十年、下个五百年、复旦剧社依旧日月光华,旦复旦兮。

复旦剧社指导教师

周　涛

2025 年 3 月 5 日

目　录

话剧篇

话剧《小巷总理》　　　　　　　　　　3

话剧《科莫多龙》　　　　　　　　　　51

话剧《天之骄子》　　　　　　　　　　95

话剧《天之骄子》（美厨达人版）　　141

话剧《种子天堂》　　　　　　　　　　183

短剧篇

短剧《4：1》　　　　　　　　　　　233

短剧《海上花》　　　　　　　　　　241

短剧《瓶中丝路》　　　　　　　　　249

短剧《雪草》　　　　　　　　　　　257

短剧《上海。台北。》　　　　　　　263

阐述篇

校园戏剧需要实实在在的正能量

　　——从第三届中国校园戏剧节参演剧目看当今

　　校园戏剧发展现状　　　　　　273

浅析莎士比亚作品中的隐蔽弧光   281

话剧《天之骄子》编导创作手记   291

话剧《种子天堂》编剧、导演阐述   303

剧场,艺术与科学的实验空间

    ——从话剧《种子天堂》的创作漫谈复旦校园戏剧   323

附录:百年复旦发展历史

初生牛犊,名震全国   331

战火连天,护国救亡   335

新的起点,新的追求   341

改革浪潮,重获新生   347

世纪更迭,焕然振发   353

百年风华,剧韵流长   357

历史演出剧目   373

致谢   381

话 剧 篇

小巷总理

时间：2010 年，上海世博会召开前夕。

地点：旦苑小区居委会。

人物：

    杨小过——男，80 后，22 岁，居委会见习生，善良、新潮、有抱负，些许叛逆。

    龙萧萧——女，25 岁，留学美国的硕士研究生，李楼长之女，敏锐聪慧，外柔内刚，善解人意。

    菲利普——男，26 岁，美国人。二号楼顶层居民，李楼长租客，爱好绘画。

    李楼长——女，50 岁，属猪，二号楼顶层居民，包租婆，守寡十三年，典型性更年期症状。

    周老师——男，47 岁，属虎，二号楼顶层居民，俄语老师，妻子带着孩子离开后，开始驯养鸽子。

    欧　阳——男，67 岁，二号楼居民，独孤老人。

    小苏北——男，28 岁，二号楼顶层居民，李楼长租客，生煎摊老板。

    小　妹——女，6 岁，小苏北之女。

    马主任——女，55 岁，居委会主任，正派率直，业务精湛。

    莫阿姨——女，51 岁，居委会老阿姨，爱美容，喜欢减肥。

    赵同志——男，51，居委会老男人，有点"八婆"，有点"鸡贼"。

分 场 目 录

第一场　前奏

第二场　大战

第三场　天上掉下个龙姑娘

第四场　寻鸽榜文

第五场　鸽子红娘

第六场　Happy Birthday

第七场　男妇女主任

第一场　前　奏

时间：2010 年，四月某一天，下午一点。

地点：旦苑小区居委会。

人物：杨小过　欧阳　小妹　马主任　菲利普　莫阿姨　赵同志

【杨小过在摆弄摄像机和三脚架。

小　　妹：三，二，一，开始！

杨小过：（对摄像机）大家好，这里是旦苑小区居委会，欢迎来到
　　　　　"小过帮帮帮"栏目。今天我们的特邀嘉宾就是智商高达
　　　　　两百的独孤老人欧阳爷爷。爷爷，跟大家打个招呼好
　　　　　不好？

欧　　阳：好儿子！

杨小过：那爷爷今年多大年纪了？

欧　　阳：好儿子！

杨小过：爷爷今天有什么想对大家说的？

欧　　阳：好儿子！

杨小过：电视机前的观众朋友们，如果你是爷爷的亲人，请把爷爷
　　　　　领回家好吗？如果您是爷爷的朋友，或是有关于爷爷亲
　　　　　人的任何线索，欢迎来到旦苑居委会来和小过面对面。
　　　　　同时，您也可以拨打屏幕下方的小过热线和小过我本人
　　　　　取得联系。旦苑电视台，小过帮帮帮。

【小过检查小妹录的 VCR。

小　　妹：我也要玩。

杨小过：OK。小妹想玩什么呢？

　　　　【杨小过拿着摄像机开始拍小妹。

小　妹：我想玩"欢乐蹦蹦跳"。

杨小过：好，那下面进入我们的童言无忌环节。今天是欧阳爷爷的生日，那么欧阳爷爷小朋友，你收到过最棒的生日礼物是什么呀？

欧　阳：一块大排。

杨小过：是谁给你的呀？

欧　阳：（举起饭盒）杨兄弟烧的红烧大排。

杨小过：那小妹的生日礼物是什么呀？

小　妹：是……是和面和擦地板。（一边展示和面，一边现场擦地板）

杨小过：那等到小妹生日的时候，大侠哥哥送你一份棒棒的礼物好不好？

小　妹：谢谢大侠哥哥！

杨小过：让我们唱起今天的祝福歌曲，祝欧阳爷爷身体健康，生日快乐，长命百岁。

　　　　【杨小过、欧阳爷爷和小妹一同唱起生日歌。马主任提着一袋樟脑丸走进居委会。

马主任：这是谁要过生日呢？

欧　阳：主任生日快乐！杨兄弟生日快乐！还有你，小妹生日快乐！

马主任：唉……欧阳爷爷也真不容易。小杨啊，最近为了配合街道开展的"服务世博"主题宣传活动，我们居委会自然也要走在其他居委会前头嘛。嗯……所以，我郑重宣布，我们小区一定要带头搞好防霉防潮工作。

杨小过：马主任，防霉防潮和服务世博有什么关系啊？

欧　阳：（咳嗽）。

马主任：这你们年轻人就不懂了吧，如果防霉防潮工作搞不好，人住得、穿得就不舒服了。

欧　阳：Better City，Better Life。

马主任：（被吓到）哎哟——人不舒服了，那世博还能搞好吗？所以（拿出樟脑丸给杨小过）你把这些樟脑丸拿去给每家每户发一下，再顺便宣传一下防火防盗意识。

欧　阳：城市让生活更美好。

杨小过：（把手里的樟脑丸还给马）马主任，这个让莫阿姨她们发发就行了，干吗让我去呀？

马主任：（把樟脑丸又塞到他怀里）生命在于运动，你现在年纪轻轻的，就应该多跑跑。

欧　阳：你行我也行。

杨小过：（把樟脑丸给小妹）小妹，这个给你爸，记得让他放衣柜里。还有，告诉他衣服要勤洗勤换。

欧　阳：我也要糖糖。

杨小过：爷爷乖，回来给你买啊。（欲下）

马主任：回来。

杨小过：马主任又咋啦？

马主任：还有几件事情，你顺道一块儿去处理一下。

杨小过：（拿出小本本）

马主任：第一，二号楼三楼的张伯伯每天回来都特别晚，那个皮鞋声音特别响，严重影响了邻居们的休息。第二，三号楼的苏老板最近在小区内开了家酸奶店，垃圾就扔在店门口，严重影响小区整洁，弄得我们连续两周的流动红旗都没有了。第三,四号楼的涛涛最近又买了辆新车,嘚瑟得很,好几回都把车停在绿化带上。你回去把这些事情都跟他们说道说道。

杨小过：拜拜。

【此时欧阳爷爷吞下小妹盒中的樟脑丸,大声咳嗽起来

小　妹：爷爷,爷爷——大侠哥哥,爷爷把樟脑丸吃掉啦!

【杨小过和马主任冲过来,手忙脚乱地让欧阳把樟脑丸吐了出来。

杨小过：爷爷您怎么什么都往嘴里塞呀!

马主任：(对杨)差点又闯祸了不是!

【欧阳一口气没提上来,突然噎住。

马主任：老爷子!老爷子!

小妹叫：欧阳爷爷!欧阳爷爷!

【杨小过急忙给欧阳爷爷捶背拍胸,一阵"捣鼓"。欧阳爷爷又恢复了意识,一把抱住杨小过。

欧　阳：好儿子……我的好儿子……

杨小过：坐,坐,您先坐。(扶欧阳坐下)

马主任：可怜啊,人老了不中用了,儿子、女儿谁都不管他,硬生生踢给我们居委会……

【说着,马主任摸摸欧阳的头,整整他的衣服。

杨小过：找法院啊!我们这儿又不是慈善机构,一直这样下去,这不助纣为虐嘛。

马主任：怎么说话呢?哪有父母告子女的,真上了法院,老爷子的老脸往哪儿搁呀。

杨小过：那就找"老娘舅柏阿姨""邦女郎"来帮忙呗,电视一曝光不都解决了。

马主任：电视要都能管，还要我们居委会做什么？眼面前我们居委会的头等大事就是响应国家的号召，做好人口普查工作，你可要给我多卖点力啊。（自语）人口普查，电视台能做哇啦，还不是要我们这些老阿姨来做啊。（给杨小过一摞资料）这是我们小区共三百零一户的户主登记表，到时候可得一家一家去登记。

杨小过：三百多户？马主任，为什么我……

马主任：小杨，居委会的工作就是这样，杂七杂八的，非常琐碎，有时也很闹心。你一定要慢慢适应才好，你可是我们这里学历最高的哟！

杨小过：你又忽悠我！

【菲利普穿着睡衣冲进来。

菲利普：马主任，马主任，我要休息，我要休息！为什么不让我休息？

马主任：谁不让你休息啦？

菲利普：我晚上要工作，我要画画，白天我要睡觉觉，但是现在我没有办法睡觉觉，因为头上永远在开飞机——马达嘟嘟嘟。

杨小过：菲利普我不是跟你说了嘛，在帮你修屋顶啊。

菲利普：什么？你要修理我？马主任，你来评评理，他要修理我。

马主任：小菲啊，我明白了，但人家都晚上睡觉，你为什么要晚上上班呢。

菲利普：I have no "feel" in the morning, and I only have inspiration in the middle of the night. Inspiration! Now……no inspiration……

马主任：他在说什么呀？

杨小过： 他说，他说……

菲利普： 我白天没法工作，没有感觉，没有灵感，只有到了夜深人静的时候，我才会爆发创作欲望……

马主任： （对杨）你不是说都搞定了吗？

杨小过： 我哪里晓得他白天要休息啊？再说了，上午施工队就开始对二号楼整修屋顶了，李楼长还一个劲儿地夸我能干的。

马主任： 呦，协调会都没开，顶楼居民都同意啦？

杨小过： 就周老师……还有这个菲利普有点儿想法……其实也没什么关系。

马主任： 那也得等人家都一致同意了再开工啊。

杨小过： 李楼长家漏水都多少多年了，当然得抓紧修啊，这是关系民生的问题啊，耽搁不得。

马主任： 那周老师家的宝贝鸽子怎么办？

杨小过： 人的事儿还没解决好，哪有工夫管动物……

马主任： 你怎么又擅作主张？

杨小过： 我又没说拆了不建，屋顶修好了再把鸽棚建上不就得了。

马主任： 那维修期间，鸽棚都拆了，鸽子住哪儿？

杨小过： 我哪儿知道啊，不就是修个屋顶嘛，还管个鸟！

马主任： 居委会的工作就是尽我们所能为大家排忧解难。发现问题，就得兼顾着去考虑，去解决，什么事情都眉毛胡子一把抓，哪不要出乱子的呀。

杨小过： 不就是个居委会阿姨嘛，真把自己当干部了。

马主任： 居委会怎么了？我们居委会就是要螺蛳壳里做道场，麻雀虽小，五脏俱全。别把居委主任不当干部啊！

杨小过： 哎呀马主任，我的意思是，我们要提高工作效率，碰到事情就开会开会开会,调解调解调解,协调协调协调……
对,我们是为老百姓办事,但老百姓也得考虑考虑我们
呀……

菲利普: 你们在说什么,我的屋顶究竟谁来解决?

【赵同志和莫阿姨,气喘吁吁奔进来。

赵同志: 不好啦,不好啦……马主任,出事啦……

马主任: 什么事儿,慢点儿说……

莫阿姨: 二号楼的李楼长和住她对门的周老师吵起来了。

马主任: 怎么回事儿?

赵同志: 二号楼屋顶的那个施工队停工啦,就是因为周老师不让
动鸽棚。

莫阿姨: 这不,提出要修屋顶的二号楼李楼长现在正和周老师吵
得不可开交呢。

马主任: 还有这位(指菲利普)因为觉得维修时噪音太大,也来告
状了。

赵同志: 杨兄弟,你又闯祸了。

莫阿姨: 佩服。

杨小过: 有什么大不了的,不就是因为个"鸟"嘛。

欧　阳: 抓鸟鸟……

小　妹: 哎呀,爷爷又尿裤子了。

第二场 大 战

时间：接上一场,次日早晨十点。

地点：旦苑小区居委会。

人物：杨小过　李楼长　周老师　菲利普　马主任　赵同志
　　　莫阿姨　小苏北　小妹　欧阳

【众人围坐会议桌,能明显感觉"谈判"陷入僵局。李楼长注视着不远处的周老师心花怒放,春心荡漾。周老师被李楼长如饥似渴的目光锁定,尴尬不已。

周老师：（突然起身）二号楼维修屋顶的事情为什么不经过全体业委会同意就擅自维修,你们居委会是怎么干的?

马主任：周老师是这样的……

李楼长：（随之附和）好说,好说,只要能修,周老师家不需要出钱,不要出钱的。（目光依旧无法移开周老师。）

菲利普：（对李楼长）我是你的租客,所以我也不需要出钱。

李楼长：（对菲利普）你可以的!（转向周老师）只要你周老师同意,同意就好。

周老师：我反对。

李楼长：（对周老师）你家的屋顶坏了,我出钱帮你修。你还不高兴了,你凭什么不高兴?

杨小过：李楼长家不是漏水吗——您周老师家不也漏嘛,这不一块儿解决多好啊。

周老师：（对小过）同样是业主,为什么同她讲,不同我讲,就因为她是楼长嘛。

莫阿姨：（暗示小过）

杨小过：我不在解决问题，为人民服务嘛。

莫阿姨：有你这么说话的嘛。

周老师：修屋顶我不反对，该我出的钱，我一分也不少，但我这宝贝鸽子怎么办？

马主任：就是啊，周老师家鸽子怎么办？

李楼长：（对周老师）我就搞不懂了，到底是人住得舒服重要，还是鸟儿住得重要？

周老师：李阿姨，你……

李楼长：周老师，请真真切切地关心重视照顾一下我们妇女同志。

赵同志：是啊，是啊，周老师，来喝水，周老师。

周老师：（对赵同志）你少来。

李楼长：请居委会上下务必认真关注下岗女工家的屋顶，一到雨天下小雨，我们家就下小雨。一到下大雨，我们家就可以养鱼了。

周老师：李阿姨，这屋顶一修，我这鸽子可连个家都没有了。

李楼长：鸽子连个家都没有了，我也一个人住啊，我也没有家，谁来关心我啊，是不是啊？大家来评评理，我女儿马上就要从国外休假回来，好不容易我们母女团聚啊，万一碰到下雨天，你叫我女儿怎么住啊？你叫我这个做妈妈的怎么跟女儿交代嘛？

马主任：李阿姨，少说两句吧。

菲利普：李房东，我白天要休息，整天轰隆隆，我没法睡觉觉。

莫阿姨：（对菲利普）哎你可以了哦，不要再来插一脚哦，我头有一点点大了哦。

李楼长：呦,菲利普,你住我房子,还不跟我一条心啊。

马主任：这没完没了了。

赵同志：好了,好了,大家消消气。小杨也是新官上任三把火,年轻人都这样。(对小过)来来来,跟我练练木兰剑,消消火。

李楼长：木兰剑!(一脸嫌弃地看着赵同志)

赵同志：太极剑,太极剑。

【小苏北上场。

小苏北：(寻找目标)马主任,赵同志,莫阿姨,小过……

【大家都不理他,小苏北顿感气氛不对。

小　妹：爸——

小苏北：(瞪小妹)嗯?

小　妹：叔叔。

马主任：小苏北你来做什么?

小苏北：我这不是来送外卖嘛。

杨小过：你来添什么乱?

马主任：谁叫的外卖?

赵同志：我没有啊?

马主任：老莫。

莫阿姨：我也没叫啊。

菲利普：是我叫的,(尝了一口)中国菜好吃,小苏北,你是纯爷们儿。

【众人见小苏北还没有离开。

马主任：(对小苏北)你怎么还不走?

莫阿姨：(对小苏北)没见我们在开会嘛,不会看山水。

小苏北：(看着李楼长)

李楼长：（回避小苏北）

小苏北：这不是来开二号楼的屋顶维修大会嘛。

马主任：你又不是业主，你只是李楼长家的租客，维修费用不需要你出的。

赵同志：小苏北，莫非……

小苏北：哪里哪里，李楼长向来都很关心我们外来务工人员，我也一直都没有表示感谢的机会。听说，李楼长近来在维修二号楼的屋顶，这我是大力支持的，再说了，我在二号楼也住了好几年了，屋顶不修好，我们住得也不舒服嘛。嘿嘿……

菲利普：原来你也有一份儿，我不吃了，还给你。（把生煎外卖推给小苏北）

【小苏北尴尬地接过生煎将其放在桌上，欧阳接过，自己吃了起来。

菲利普：（对欧阳）原来，你也是他们那边的。

欧　阳：（尝了一口）今天皮子厚了，面没发好。

小苏北：（对欧阳）呦，你倒不客气的嘛。（对菲利普）菲利普，你也住李楼长的房子，当然要听李阿姨的啦，是不是啊，李楼长！

李楼长：（抢白）小苏北，你女儿（忽然改口）——你侄女真是越发漂亮了啊！

小　妹：李阿姨好。

李楼长：囡囡乖……

赵同志：小苏北啊，你为李楼长分忧，我们不反对。可是，生煎要一口一口吃，事情也要一件一件解决嘛。听说，你老婆肚子又大啦……

莫阿姨：（打断赵同志）

杨小过：（对赵同志）你怎么哪壶不开提哪壶啊。

马主任：（愤怒）小苏北——李楼长……（把李楼长拉到一边，小声询问）听说他老婆又怀孕啦，你这楼长怎么当的？

李楼长：我又不能二十四小时监控的嘞，小夫妻俩的事，我怎么知道啦……

小苏北：不好意思啊，店里还有客人，我先走了哦……

周老师：站住，趁大家都在，我表个态，修屋顶我支持，但要等我家的"小白"回来后，我再修。（转身离开，走向门口）

李楼长：（起身跟了上去）小白，小白是谁？他又有相好了？

莫阿姨：不是，不是，小白是他家养的一只鸽子，是以前他老婆养的……

【赵同志打断莫阿姨，周老师折回，拍拍李楼长的肩膀。

周老师：大白腿，不要穿丝袜！（下场）

李楼长：（瞪大眼睛吼道）小白，什么小白，不就是看我不顺眼嘛，嫌弃我没有他以前的老婆温柔，没有她有文化。鸽子，鸽子有什么了不起，不就是个鸟嘛……

【赵同志和莫阿姨在一旁劝说李楼长。

杨小过：（对小苏北）我这儿在开物业维修大会，你没什么事儿，瞎凑什么热闹？

小苏北：（一脸无辜）我怎么了我？我是来送外卖的。

杨小过：（盯着菲利普）

菲利普：我也是受害者，修屋顶我睡不好觉。

杨小过：……

李楼长：（对菲利普）菲利普，你跟我拎拎清楚，你到底是在帮谁讲话？你是觉得租金太低了对哇？

菲利普：但是周老师不让你修，如果要修，鸽子就没有自己的家了。

李楼长：行啊，既然周老师的鸟没地方住，那你把你的屋子让出来给他的鸟住不就好了嘛。

菲利普：什么？你要赶我走——那我就走。你们中国不是有句俗话嘛，人在屋檐下，不得不低头，既然要我走，那我就走。此地不留爷，自有留爷处。（唱）说走咱就走，你有我有全都有啊，嘿嘿嘿全都有啊，水里火里不回头啊……（下）

欧　阳：（唱）路见不平一声吼啊，该出手时就出手啊……

杨小过：行啦……不就是个鸟儿嘛，什么烂鸟，傻鸟！这点小破事……我杨过要是摆不平这"鸟"事，我就是个"鸟人"！

欧　阳：雕兄，抓鸟鸟……

【众人惊愕。

第三场　天上掉下个龙姑娘

时间：上一场三日后下午两点。

地点：旦苑小区居委会。

人物：龙萧萧　李楼长　马主任　莫阿姨　小妹　欧阳　杨小过

【龙萧萧带领着马主任、莫阿姨在练瑜伽，小妹和欧阳在一旁瞎比画。

李楼长： 啊呀妈呀，囡囡啊，妈妈这个老腰实在是不行了。年纪大了就是不一样啊，休息一下好哇啦。

龙萧萧： 妈妈，这瑜伽啊，就是要多出汗，身体热了就软了，这样才会有效果。

莫阿姨： 有道理，有道理。

马主任： 啊呀，不行不行，我们老阿姨不适合太剧烈的运动。我看以后，还是跟着赵同志打打木兰拳算了。

龙萧萧： 马阿姨，瑜伽刚开始练的时候是不怎么习惯，一旦适应后就会爱不释手。到那时，每天要是不运动两下，就会浑身不自在。

【马主任等人坐下。

马主任： 萧萧啊，到美国这几年现在是越来越洋气啦！学历又高，身材相貌又好，我们几个老阿姨和你在一起，都怪不好意思哩。

莫阿姨： 这是哪里话。想当初，我们马主任也是附近响当当的一枝花啊。

李楼长：那可不？马主任那个时候，屁股后面的苍蝇蚊子可是一大圈啊。

马主任：组撒。你当我是垃圾桶啊。（不好意思）不过当初还算马马虎虎，（对萧萧）现在可是长江后浪推前浪，雏凤清于老凤声喽。我们么只好退休在家里，看看蒲巴甲，给他投投票。

莫阿姨：主任谦虚了，那个时候要是有超级女声，东方天使，那花魁肯定非主任莫属啊。

【李楼长暗示马主任，马主任心理上。

马主任：这个老莫啊，你和李楼长去她家看看漏水的情况，我们好和物业商定具体的维修方案。啊呀，我好久没见萧萧，想要和她好好研究研究有关减肥瘦身的秘诀。

【莫阿姨和李楼长下。

马主任：萧萧啊，到美国几年啦？

龙萧萧：快两年了。

马主任：现在都那么大了，懂事了，也能自己照顾自己了。都说现在都市人特别容易感到寂寞，其实啊，最害怕孤独的往往是我们中老年人……哦，对了，你现在有对象了哇？

龙萧萧：没呢，马阿姨。

小　妹：姐姐，姐姐，那么漂亮，我给你介绍一个 Boyfriend 好不好啊？

龙萧萧：嗯？

小　妹：好不好吗？

龙萧萧：你要给我介绍谁啊？

小　妹：大侠哥哥……

马主任：小妹啊，你先带欧阳爷爷出去晒晒太阳，老人家总是待在屋里对身体不好。

小　妹：哦。

【小妹推着坐在轮椅上的欧阳爷爷刚要出门，杨小过拿着人口普查表和电脑进来。

小　妹：大侠哥哥。（对小过细语）有个漂亮姐姐……

杨小过：漂亮姐姐？

小　妹：二号楼的——大侠哥哥再见。

欧　阳：风陵渡口初相遇，一见杨过误终身。

【小妹和欧阳爷爷下。

杨小过：（对龙萧萧）你是我们小区的？

龙萧萧：对啊。

杨小过：那麻烦把你的名字，住址告诉我登记一下。

龙萧萧：马阿姨，这位是？

马主任：这位是来我们居委会见习的大学生，叫杨小过，现在负责人口普查工作。

龙萧萧：哦，我叫龙萧萧，住二号楼，一八零二室。

杨小过：李楼长的闺女？

龙萧萧：是的，怎么了？

马主任：（对小过）行了行了，你先出去，我有话跟萧萧说，男孩子在不方便。

杨小过：马主任，不愧姜还是老的辣啊，解决了小的就是解决了老的，佩服！

龙萧萧：你们在说什么呢？

杨小过：谈谈工作，聊聊生活而已啦？

龙萧萧：……

马主任：没有什么，没有什么……

【杨小过对马主任示意让他来解决。

杨小过：马主任您坐,我们年轻人聊聊。(走到龙萧萧旁边,清清
嗓子)来,龙姑娘也坐。是这样的,我们的二号楼楼长李
阿姨,也就是你妈妈,和住在她对门的周老师……嗯……
格叽格叽格叽。

龙萧萧：我妈妈……和周老师,那爱养鸽子的周老师?!

杨小过：对对对,就是他,就是他。

马主任：是,是有那么一点儿意思。

龙萧萧：这事儿多久了?

马主任：好些年了。

龙萧萧：我怎么从来都不知道啊?

杨小过：这不李楼长爱女心切,顾全大局,怕你在国外读书分心,
才没告诉你嘛。

马主任：就是,就是啊。

龙萧萧：不对啊,他俩关系不是不好啊,这些天不还为修屋顶的事
情剑拔弩张呢。

杨小过：哎哟,这是假象,这都是假象啊。打是亲骂是爱,李楼主
之所以那么情绪激动,这都是爱之深恨之切的外在表现
啊。你看龙姑娘,周老师也是个闷葫芦,可李楼长也毕竟
是个女生啊。她害羞,她害怕,这都是人之常情,像你妈
妈和马主任这个年龄的女生,是很难迈出这一步的。

马主任：(不乐意了)

龙萧萧：我本来还准备接她跟我一起去美国呢。

马主任：啊?她也要去美国啊?

杨小过：龙姑娘,我觉得你妈妈不一定适应美国那边的生活啊。
你妈妈可是我们小区"精神文明建设"的活招牌,马阿姨,

你说是吧？

马主任：对对对，活招牌、活招牌。

杨小过：龙姑娘，你知道吗？她每天早上都要和马主任，还有莫阿姨三个人挤五二零路公交车去公园跳 No-Body，大家都称呼她们为霹雳帮瓜。

马主任：是三朵金花。

杨小过：还有，你妈妈呀，最爱吃小苏北的生煎包子，每天都要吃的，有时还会送来居委会和我们一起分享啊。你看吧，美国是挺好，但你妈妈未必就会习惯那里的生活。关键的关键，只有在中国，在上海，在我们旦苑小区，她才能心心念念地见到心爱的周老师。

龙萧萧：但是……周老师的年纪好像比我妈要小很多。

马主任：萧萧啊，年龄不算什么，我们家小刘……

龙萧萧：小刘？

杨小过：马主任的意思我懂，年龄怎么能是爱情的鸿沟呢。往好了想，那可是对于爱情的幸福考验和历练啊。

马主任：对对对，考验和历练。

龙萧萧：可我妈虽然人善良，但她那急性子脾气，再加上现在这个岁数，和周老师不会不搭吧。

马主任：怎么会呢？萧萧你看吧，我年纪，脾气都跟你妈差不多，那我跟我们家小刘可热乎了。

龙萧萧：马主任，这小刘是？

马主任：小刘啊，他比你大不了多少？

杨小过：马主任的意思是，李楼长和她一样都很喜欢关心别人，我们小区的小妹、欧阳爷爷、哪个不是受她照顾啊！而周老师虽然表面上不善言辞，心里可是天雷地火啊。

龙萧萧：人家周老师可比我妈有学问得多哦。

杨小过：这是哪里话,你妈妈和周老师是外向配内向、热情配冷静,他们俩是再合适不过啦。

马主任：对,再合适不过了。

龙萧萧：……

杨小过：龙妹妹……

龙萧萧：别占我便宜。

杨小过：漂亮姐姐你听我一句,你妈妈现在要是能得到你的大力支持,那不仅是雪中送炭,更是虎啸龙吟啊……

【李楼长进。

李楼长：(生气)我真是搞不懂唉,我到底哪里不好啦?我去看看他嘛,他以为我又是来劝他拆鸽棚的,我有那么不讲道理哇啦?你老周只要说一声,屋顶不修了,那我们就不修好了。反正漏风漏雨那么多年了,我们也习惯了,同甘共苦呀。说什么鸽子飞走了,回不来了喽。一天见不到它,就吃不好,睡不香——你吃不好,睡不香么,你去野生动物园好嘞,我还可以陪你一起去啊!你要是嫌动物园太远,那买张《动物世界》的碟片回来我们一起看呀。我真是什么都想到了,这个人……这个人怎么就那么不解风情的啦?你们说,是不是?(对着萧萧)萧萧啊……你都晓得啦?

龙萧萧：……

杨小过：李阿姨啊,这个泡妞——不,不,这个谈恋爱啊,是要有技巧的。首先要掌握的就是这个"三不"原则。

马主任："三不"原则?

杨小过：这"三不"原则对于你们(对马主任、李楼长、龙萧萧)女生来说尤其重要。

李楼长：什么"三不"原则？

杨小过：不主动，不拒绝，不承诺！

李楼长：小杨啊，你能把这个"三不"具体地给阿姨解释一下吗？

杨小过：好的，李楼长。通常来说，我们男生最害怕的就是女生的"群狼"战术，你们这样会把男生给吓跑的。女生嘛……就是要亭亭玉立，要婀娜多姿，要楚楚动人、含蓄婉约。要矜持，一定要矜持！尤其是对付像周老师这样的知识中年，李阿姨，你可一定要控制好自己的"春"心啊！

李楼长：但那可是滚烫的真心啊！是不加任何雕琢和掩饰的真心啊！

杨小过：我知道，我知道。但是，为了得到自己钟爱的男生，我们在方法上，在战略上就要适当地做出调整。当然，我也知道，让你李阿姨用这么控制的方法来表达情感是很痛苦的，也很残忍。但是，为了得到自己心爱的男生，你连这么点牺牲难道都不愿意去做吗？

李楼长：愿意，愿意……阿姨我愿意！

杨小过：有了这"三不"作为保障，碰到自己心爱的男生，该出手时就出手。

马主任：对对对，风风火火闯九州！

李楼长：可要怎么个"该出手时就出手"？

杨小过：这"三不"之后，就是"三要"。

马主任：怎么个"三要"法啊？

杨小过：就是要投其所好，要善解人意，最最重要的是要真心实意！

李楼长：有道理啊！

杨小过：李阿姨，您年纪比周老师大对不对？

李楼长：是啊，所以我就怕……他觉得是我在占他便宜。

马主任：唉，年龄大就占便宜啦？我可没有占我老公便宜哦。

杨小过：年龄不是距离，更加不是问题，只要精诚所至，金石为开啊。

马主任：对对对，精诚所至，金石为开啊。

李楼长：但是……我比他……大三岁唉……

马主任：我可大十岁呢！

杨小过：李阿姨，女大三，抱金砖啊！你属猪，他属虎，那叫猪虎配啊！

李楼长：猪虎配啊，嗲了不得了。

杨小过：所以李阿姨，没事啊，您就给周老师煲个猪手汤啊，猪脑汤啊，这样多有心意啊？

李楼长：那……就是叫我去喂老虎喽……你坏坏啊。

【杨小过偷偷瞄一眼一旁的龙萧萧，萧萧瞬间规避。

杨小过：放心吧李阿姨，最后我还有三招保底必杀。第一招，电眼必杀；第二招，保持微笑；第三招，抚弄自己的秀发。

李楼长：阿姨记住啦。

马主任：小刘，等我回来……

第四场　寻鸽榜文

时间：接上一场，晚十点。

地点：旦苑小区居委会。

人物：杨小过　菲利普　龙萧萧　马主任　赵同志　莫阿姨　周老师

【杨小过一人在居委会挑灯夜干，精力充沛。菲利普跑步发现居委会的灯光，进门。

菲利普：杨过，那么晚了，你还在加班？ Free？

杨小过：（没有抬头）对啊，我在搞人口普查。

菲利普：人口——普洱茶？

杨小过：（停下）就是……中国人多，要看看我们现在到底有多少人口，以便国家统一管理。你来得正好，你也算是我们这里的常住居民，把你的个人情况汇报一下，我好一并统计。你的户口所在地，出生年月。

菲利普：哦，FBI。我住在美国纽约曼哈顿，家里四口人，爸爸妈妈，还有一个妹妹。我的 SSN，社会保障号码是……

杨小过：可以了，那个在我们这里没用。菲利普，大老远跑中国来干吗呀？

菲利普：我不喜欢做生意，我喜欢画画，所以趁着世博会来这边找找灵感，你是社——工，专业的？

杨小过：社工？

菲利普：Social work？

杨小过：我不是，我是学计算机的。

菲利普：PC？那应该在对面写字楼里工作，为什么来这边？

杨小过：物尽其用——跟你说你也不懂。对了，菲利普，给你这
个。(递上)全英文版的《中国医学概论》，你看这里，心、
肝、脾、肺、肾，对应木、火、土、金、水，你要是以后还天天
熬夜，就容易嘎了。

菲利普：这么神奇？

杨小过：行了，你快回去吧，要认真读这本书哦，早睡早起身体好！

菲利普：那为什么你那么晚了还不休息？

杨小过：(对着鸽笼里的鸽子画鸽子)我不在工作嘛。

菲利普：(看着一旁的鸽笼)这个鸽子是你的宠物？

杨小过：不是，这个是给李楼长的。你别动，鸽子脑袋又歪了，我
又得重画了。

菲利普：(看着小过的"寻鸽榜文"，读出来)找——到——小——
白，请联系杨小过。杨过，这个是什么？

杨小过：周老师家的鸽子不是飞走了嘛，我写了这个寻鸽榜文帮
周老师找鸽子，有了这两样东西，李楼长和周老师就可以
格叽格叽格叽了——跟你说，你也不懂。

菲利普：Fall in love！

杨小过：行了，别闹了，忙着呢。

菲利普：我知道我给你添了不少麻烦，谢谢你的书，你是个好人，
所以我要帮助你。

【拿过榜文。

杨小过：你要干什么？

菲利普：你画的这个不是鸽子，是哈利波特的海德薇，我来帮你改
一改。

【菲利普帮杨小过画鸽子。

杨小过：像多了,菲利普谢谢你。我去贴起来。

菲利普：No,No,No,帮人帮到底,送佛送西天。你也早睡早起身体好,我来贴。

杨小过：白求恩啊,谢谢啊。

菲利普：是田螺姑娘,拜拜。

【菲利普出门在贴榜文,杨小过继续做人口普查表格,渐渐睡着,萧萧上场。

龙萧萧：菲利普。

菲利普：My God!

龙萧萧：What's up?

菲利普：You scared me. 房东千金你干吗?

龙萧萧：你在干吗,大晚上的?

菲利普：我在帮杨过贴榜文,他写了这个来帮周老师找鸽子,而且,他还帮你妈妈买了两只鸽子给周老师,帮他们格叽格叽格叽。

【菲利普把榜文贴在电线杆子上。

菲利普：早睡早起身体好,后会有期。(下)

龙萧萧：拜拜。

【龙萧萧看着榜文,转身走进居委会,看到杨小过一边打着瞌睡,一边还在喂鸽子。看到滑落在一旁的外套,萧萧给杨小过重新披上,静静地坐在他边上看着。此时居委会的灯光渐渐暗去。

【马主任、莫阿姨、赵同志三人正在巡视小区。

赵同志：(发现榜文)报告马主任。

莫阿姨：(发现榜文)发现小广告。

马主任：上。

【三人正要下去摘下。

莫阿姨：等等，看。

赵同志：（念榜文）找到小白，请联系杨小过。

【马主任三人欣慰地点头，下。

【周老师上，看见榜文，驻足观看。

第五场 鸽子红娘

时间：接上一场，第二天上午九点。

地点：旦苑小区居委会。

人物：周老师 马主任 莫阿姨 赵同志 杨小过 龙萧萧 李楼长

【舞台上同时呈现外景和内景。内景：居委会内莫阿姨和赵同志焦急地等着周老师。外景：居委会外马主任、杨小过和龙萧萧密切地注视着周老师走进居委会，深怕打草惊蛇。

莫阿姨：周老师来啦，周老师请坐。

赵同志：周老师请喝水。

周老师：小过在吗？

莫阿姨：他刚还在的，（对赵同志）对吧？

赵同志：对，对，对，他马上就回来了——奇怪，怎么还没回呢？

【莫、赵二人围堵着周老师，深怕他离开。

周老师：小过同志让我做的人口普查问卷，我已经做好了，如果他不在，就麻烦二位转交给他了。（自嘲）我家就我一个人，不会搞错的……

赵同志：您这是哪里话周老师……

莫阿姨：周老师，这个我们不懂的，人口普查是国家大事，上上下下都很重视，我们马主任特别嘱咐小杨务必办到位，万万不能有纰漏啊，要不您再等等啊。

周老师：好吧。

【周老师坐下，此时李楼长端着猪手汤来到居委会门口。

李楼长：小杨，我从早上六点炖到现在。

马阿姨：香了哇得了啊。

李楼长：小杨啊，这个到底行不行啊？阿姨毕竟一把年纪了，这种玩笑不能随便开的哦！

杨小过：（对萧萧）你信不信我？

龙萧萧：我信你个鬼。

杨小过：（把鸽笼给李楼长）拿着，天上飞，地上走，这叫双管齐下。

李楼长：（接过鸟笼）要是送他这个鸟，不是让他更加思念以前那个女人嘛！

杨小过：这才显得你李阿姨大气呀，你越是这么做，越是说明你为他着想。李阿姨，你在乎的是现在的周老师，又不是他的过去。再说了，要不是他老婆走了，哪有你的机会？

李楼长：机不可失，失不再来……

莫阿姨：（来到门口）准备得怎么样了？老赵快留不住了……

李楼长：好了好了。

莫阿姨：（冲进居委会）老赵有人找？

赵同志：（心领神会）来了来了，（对周老师）周老师您再等一下哦。

【莫阿姨和赵同志走出居委会。

赵同志：李楼长加油！

莫阿姨：李楼长，你行的。

李楼长：脸不要了。（欲冲击居委会）

杨小过：（拦住李楼长）

李楼长：又怎么了？我情绪已经酝酿好了。

杨小过："三不"和"三要"还记得不？

李楼长：不主动,不拒绝,不承诺：要投其所好,要善解人意,要真心实意!

杨小过：冲!

【来到居委会门口,由于李楼长左右手都有东西,以咳嗽声来引起屋内人注意,众人在门口偷听。

李楼长：嗯哼……嗯哼……

周老师：(开门)哦呦,是李阿姨啊,我以为是小过呢。

李楼长：(赶忙放下手中的鸽笼于一边)

周老师：李阿姨也是来人口普查的?

李楼长：对,人口普查。

周老师：我也是。

李楼长：好巧啊。(自言自语)不主动,不拒绝,不承诺。

【两人僵持一会儿,周老师从口袋里拿出馒头啃,被李楼长看到。

李楼长：啊呀,周老师还没吃饭啊!

周老师：一个人在家就不做饭了,我看新出炉的馒头,蛮好。

【李楼长走近看到馒头。

李楼长：你怎么吃这个?! 这个没营养的!

周老师：没事儿,李阿姨,将就将就。

【周老师又要啃,馒头被李阿姨一把抢过来,两人争抢馒头,周老师抢不过李楼长,只好从另一个袋子里拿出一个苹果在自己衣服上蹭蹭后,正要入口。

李楼长：别动。

周老师：你又要干嘛?

李楼长：交出来。

周老师：(再次交出苹果,刚想再拿一个)

李楼长：（抽出一把水果刀）

周老师：你想干嘛？

李楼长：苹果要削皮吃，这样才不生菌。

　　　　【李楼长把削好的苹果递给周老师，周老师刚要接过。

李楼长：（拿出湿纸巾）擦手。

　　　　【看着周老师擦完手，李楼长才把削好的苹果递给周老师，并给周老师盛了一碗猪手汤。

李楼长：周老师，喝汤！

　　　　【李楼长因为太想展现自己温柔贤惠的一面，却越容易让观众联想起潘金莲喂武大郎喝药的场景。

周老师：蹄花汤！哎哟，李楼长，这怎么好意思！

李楼长：邻里邻居的有什么不好意思啦，都是自己人呀。我女儿最爱喝这个猪手汤哩……我想周老师也一定喜欢喝的。

周老师：是挺喜欢的，就是不会做——李楼长怎么知道的？

李楼长：周老师呀，当然是喜欢喝的呀，老师么要写字的呀，我特地挑了一个左手，周老师不是左撇子嘛。

周老师：……

李楼长：左撇子聪明呀……周老师喝呀。

周老师：（浅尝一口）

李楼长：怎么样？

周老师：好喝，跟"老妈蹄花汤"一个味道。

李楼长：谁是老妈子？

周老师：我不是说您李楼长，我妈妈是四川人，她老家那边就有这个，名字就叫"老妈蹄花汤"，很有名的。比起四川的蹄花汤李楼长的味道更加具有海派气质。

李楼长：（心花怒放）诸葛亮就是会讲话呀，周老师喝呀。

【周老师喝完,李楼长又盛了一碗。

周老师: 够了,够了。(但还是欣喜)

李楼长: (看着周老师喝着)一个人在家也要照顾好自己,老吃方便面怎么行呢?

周老师: 我一个人习惯了。

李楼长: 喝汤。

周老师: (喝完)谢谢李楼长。

李楼长: 周老师,再来一碗。

周老师: 不用了,李阿姨。

李楼长: 好喝就多喝点嘛,周老师。

【周老师喝下第二碗,李楼长开始倒第三碗。

李楼长: 好货都在下面呢,当归、枸杞、人参、虫草,一把把的,周老师来。

周老师: 李阿姨,真的喝不下了。

李楼长: 男子汉大丈夫,三碗不过冈。(凝视着周老师)

【周老师被李楼长看得很不自在,终于又喝起了第三碗汤。李楼长为了给自己壮胆,也端起锅子把猪手汤一饮而尽。

周老师: (看着李楼长,放下碗)我这儿还有一点儿。

李楼长: (将周老师碗中的汤也喝尽,借着汤劲)周老师,听说您病了?

周老师: 没有啊……(袋子里的馒头被攥得紧紧的)

李楼长: 是心病。所谓解铃还须系铃人,心病还需心药医。您看,我给您带来了这个(把鸽笼推到周老师面前)。有了它,您病就会好的。

【良久之后,周老师把鸽笼交还给李阿姨,刚要起身。

李楼长：（难以抑制地发火）姓周的，我算是明白了。你，周老师，有文化，看不上我们这样的退休中年妇女，觉得我既没文化，又没素质，还不注重保养是吧！但是，我女儿有出息啊。他爸爸死得早，我拼死拼活攒下这三套房子，一套自己住，一套租给小苏北，还有一套租给菲利普，然后把所有的积蓄都给女儿出国念书。我没出息不要紧，女儿有出息就行。我是比你三岁，但你没听说过吗？女大三，抱金砖啊。你属老虎对吧？

周老师：对，我是属虎——

李楼长：我属猪，你晓得吧，猪虎配啊？我听说你那宝贝鸽子飞走了，一直没回来，我就送两个最大的给你，好给你做个伴儿……我一个老阿姨，在一个 Boy 面前表白，台也坍光了！

【李楼长要走，被周老师一把拉住。

周老师：（尴尬，但手还拉着）

李楼长：我又没怪你喽。都是我不好呀，要投其所好，给你两个鸟；要善解人意啊，我既往不咎啊；要真心实意呀，我老脸也不要哩。

周老师：（松开手）

【李楼长见周老师还是闷葫芦一个。

李楼长：深秋了，注意保暖，方便面不要再去吃了。

【李楼长跑出居委会，遇到守候的龙萧萧和杨小过。

龙萧萧：妈妈，怎么了？

李楼长：作西啊。（跑开）

【萧萧、马主任、莫阿姨、赵同志追着李楼长下，杨小过走进居委会，看周老师在看鸽笼里的鸽子。

杨小过：周老师……

周老师：小杨来了啊——这是我人口普查的资料。

杨小过：周老师，其实我叫您来不仅仅为了这个事儿。

周老师：为这个？（指鸽笼）

杨小过：我和李楼长说啊，周老师家的宝贝鸽子飞走了，这周老师啊日日茶不饮，饭不思，所以要对症下药。您周老师这是睹物思人，老婆、孩子都在国外。孤苦伶仃的周老师每天就只能与这鸽子相伴——就像杨过当年与雕兄为伴，雕兄就是姑姑，姑姑就是雕兄。这鸽子就是周老师的心头肉啊，鸽子飞走了，心坎儿不就疼了嘛。

周老师：李楼长这脾气的人，这事儿不像她干的。

杨小过：我招。

周老师：我就想嘛。

杨小过：李楼长说，送只鸽子会让您更想以前的那位，我就告诉她这叫欲擒故纵，你李楼长越是这么做，就越显得大气……

周老师：小杨啊，你很适合搞妇女工作啊。

杨小过：这不没搞好嘛。

周老师：可你知道吧，菜场买来的肉鸽和家养的信鸽不是一个品种，放到一起养会打起来，养不活的。这得单独养，你看这只鸽子，腿儿多长啊。

杨小过：对，像李楼长。

周老师：我不行了——

杨小过：怎么了周老师？

周老师：猪手汤，足足三大碗，年纪大了，憋不住了……

杨小过：那就别憋着，痛痛快快放出来。

周老师：在这儿?

杨小过：周老师,千言万语汇成一句话：酒后吐真言。

周老师：吐什么? 快点儿,不行了。

杨小过：(与周老师耳语)

第六场 Happy Birthday

时间：上一场两天后的晚上十点。

地点：旦苑小区居委会。

人物：杨小过　小妹　欧阳　菲利普　周老师　李楼长　龙萧萧
　　　小苏北

【小妹推着轮椅和欧阳爷爷在玩"环游地球"游戏。

小　妹：爷爷,我们出发吧。

欧　阳：转弯,请注意。转弯,请注意。

【欧阳指挥小妹来到事先准备好的生日蛋糕旁。

小　妹：这是给我的?

【欧阳示意让小妹打开。

小　妹：(打开蛋糕盒子)哇哦……爷爷……爷爷!

【小妹高兴地亲欧阳脸颊,并欲尝蛋糕,但又舍不得吃,把
手缩回。此时,躲在书报架后的菲利普正轻手轻脚绕到
小妹背后,突然蒙上她的眼睛。

菲利普：Happy Birthday。(示意小妹猜自己身份)

小　妹：是菲利普叔叔。

菲利普：Bingo。(递上"哈利波特"礼物)

小　妹：哇,哈利波特。

欧　阳：(模仿伏地魔声音)Harry-Potter。

小　妹：小妹怕怕。

【菲利普把自己画笔给小妹做魔法棒。

小　妹：我是小赫敏！

【小妹与欧阳嬉闹，杨小过和周老师进来。

杨小过：小妹，看谁来啦。

小　妹：周老师！

周老师：（把鸽笼递给小妹）郭襄妹妹，当年神雕侠侣绝迹江湖，你小郭襄也得有个小座驾呀，生日快乐！

【小妹趴在地上，掀开鸽笼的布。

小　妹：哇，是小鸽子，小鸽子。（亲周老师脸颊）谢谢周老师！爷爷，爷爷，你看，你看，她的眼睛是红色的！

【龙萧萧和李楼长进来。

杨小过：我的礼物也来啦。

小　妹：漂亮姐姐，李阿姨。

李楼长：（见周老师尴尬，又故作镇定）二号楼顶楼的都来得差不多啦。呦，周老师也来啦。

周老师：李阿姨给小妹过生日啊，我也，也给她过生日——这可不是肉鸽。

李楼长：（瞥见鸽笼）呦，又送鸟啊。

欧　阳：抓……（被杨小过制止）

李楼长：小妹，你想要个什么生日礼物啊？

小　妹：我……我想要……有个"小兔兔"的文具盒！

李楼长：是不是这样的呀！（捧出一个文具盒）

【小妹跑过去，小心地捧起文具盒，激动万分。

杨小过：小妹，大侠哥哥说话算不算数啊？

小　妹：大侠哥哥真厉害。

李楼长：喂喂喂，侬揩油啊？是我买得好哇。

杨小过：情报是我这儿出的。

【杨小过对小妹使眼色。

小　　妹：漂亮姐姐真漂亮。

龙萧萧：小糨糊桶。

　　　　【杨小过捧着蛋糕放到欧阳手中,点亮蜡烛,示意周老师关灯,小妹来到蛋糕前。

小　　妹：谢谢漂亮姐姐,谢谢大侠哥哥,谢谢周老师,谢谢李阿姨,谢谢欧阳爷爷,谢谢菲利普叔叔。

周老师：许愿吧,小妹。

小　　妹：许愿?

龙萧萧：(双手合十示意小妹)就像这样。

小　　妹：我希望,爷爷身体健健康康的;菲利普叔叔每天都要快快乐乐;嗯……大侠哥哥和小龙女姐姐做很好很好的那种朋友,(众人鼓掌)还有……周老师和李阿姨家的屋顶早点修好,那你们就可以同一屋檐下啦。(吹灭蜡烛)

李楼长：那你自己呢?

小　　妹：我的心愿……

　　　　【小妹指向蛋糕,杨小过忽然把蛋糕抹到小妹脸上,周老师脸上也被抹上了蛋糕。众人在舞台上追逐,嬉戏。

杨小过：来,我们干杯。

小　　妹：我也要!

龙萧萧：你和欧阳爷爷喝这个。(拿出"王老吉"给她)

小　　妹：来,爷爷我们喝"老王"!(把饮料递给爷爷)

　　　　【众人干杯,灯暗。灯光再亮起时,周老师已经喝得酩酊大醉,瘫坐在地上,靠着长桌,小妹、欧阳和菲利普在一旁睡着了。杨小过示意李楼长和龙萧萧要"行动"了,李楼长和龙萧萧眯眼装睡。

杨小过：（斟酒）周老师，你们中老年人的孤独，我特能理解。你看看人家李楼长，守寡十三年，现在女儿长大了，也没有后顾之忧了，可你不知道，她心里面憋屈啊。

周老师：（举杯欲饮，闻言又放下，看着杨小过）她……她为什么憋屈？

杨小过：周老师，其实，一个人的时候并不孤独，想一个人的时候才寂寞……我也很孤独啊！

龙萧萧：你孤独什么呀？

周老师：看上哪个姑娘了吧！哈哈……

杨小过：她……就是比我大了一点儿……（看萧萧）

龙萧萧：（装睡）

周老师：年龄不是问题，贵在有情有义，问心无愧！当年杨过不也是这么追到小龙女的嘛。

杨小过：（灵机一动）那周老师，要是……现在有人衷情您呢？

周老师：谁会喜欢我呀……（起身走到门口处）我老婆带着孩子到国外过好日子去了，我一个穷老师，有什么魅力啊！（周老师发现酒杯空了，回到桌边倒酒，被杨小过抢过酒杯）

李楼长：可您是人类灵魂的工程师啊。（脱口而出）我就一直很欣赏您！

周老师：李楼长？——（坐下）

李楼长：俗话说，远亲不如近邻。您过去的林林总总，在我看来，那可都是历历在目，记忆犹新啊。

周老师：我一个教书匠……要什么没什么，而你李楼长，至少还有三套房，住一套，租两套，妥妥的大户人家呀。

杨小过：周老师，您这是在自我逃避，给自己找借口。我知道您心里也有意，就是放不下以前的那个心结对不对？人嘛，不能老活在记忆里,总是要向前看的。即使过去有过惨淡的婚姻,也不能一闷棍把所有姑娘都抢倒不是,尤其是那些个对您真心实意的姑娘家。

周老师: (把李楼长当萧萧了)萧萧啊,你怎么就一点儿都不像你妈呢……你看你多有修养,多有……

李楼长: 我怎么了?

周老师: 俗话说男子女相者贵,女子男相者——母夜叉!

李楼长: 姓周的……

【小苏北进入居委会。

小苏北: 你们都在啊,没事儿,你们继续聊。

【小苏北在房间里找小妹。

小苏北: 小妹!

小　妹: (醒来)叔叔!

小苏北: 你这个小讨债鬼,都几点了?你跑这来做什么?跟我回去。

小　妹: (害怕得边说边往杨小过身后退)我不回去。

【杨小过把小苏北拦下。

杨小过: 小苏北,今天是你女儿生日,我们给她过生日呢。(指了指蛋糕)

小苏北: 生日?!什么生日?

杨小过: 小妹说,自打她出生那天起,你就没给她过过生日,一个六岁大的小女孩儿连生日蛋糕是什么滋味儿都不知道,你这爸爸怎么当的。

小苏北: 丫头过什么生日!

周老师: (起立)孩子已经那么大了,怎么还不让她去上学。老在我们居委会待着,像什么样!

【周老师回到长桌边坐下,然后把小妹拉到身边,示意其坐下,小妹不敢坐。

周老师: 坐！不用怕,咱们过生日。

【小苏北感到尴尬,便走向欧阳,绊倒了躺在地上睡着的菲利普,菲利普也醒了

欧　阳: 虎毒不食子啊！……

菲利普: (醒来看到小苏北,不知发生了什么)小苏北,纯爷们。

【小苏北不理会菲利普。

小苏北: 孩子没户口不能上学校啊。

小　妹: (对小苏北)叔叔,我想上学！我好想和好多好多小朋友们在一起……(拉着杨小过的手)

杨小过: 小妹……(走到小妹旁边,给她吃蛋糕)

小　妹: (放下蛋糕,走到台前)我知道,你们不给我办户口是想以后生了弟弟,给弟弟办……可是叔叔,要是阿姨这次还生了个女儿的话,你能不能不要让她不上学！我不上学没关系,弟弟一定要上学！我回家和面去了。

【小妹跑出居委会,菲利普推着欧阳爷爷也追出。杨小过刚追出就被龙萧萧阻止,示意她自己去。杨小过回到居委会,见到小苏北气不打一处来,出手要打他,被周老师拦下,李阿姨也拉住小苏北。小苏北拿起酒瓶,大口喝酒。

小苏北: 我们郭家九代单传！我们家的生煎秘方向来是传男不传女,到我这一辈却偏偏是个丫头。这让我怎么向祖上交代！

李楼长: 小苏北,我告诉你,即使你生了个小子,你儿子将来也得为生男生女而闹心！难道你要你们郭家世世代代都为生

　　　　　　不出男孩儿都像你这样吗?!

小苏北: 我……

李楼长: 你看马路对面的那肯德基。人家的买卖做得多红火,全世界遍地开花。人家老肯家,也没九代单传啊,人家都传给儿媳,大姑什么的,怎么就你那么死心眼儿……

周老师: 李阿姨,人家是家族股份制……

李楼长: 股份制怎么了,炒股也要有智商啊,就你这个猪头还炒什么股? 幸亏你生了个丫头,你老婆的 X,比你这 Y 要管用。得亏你生了女儿,不然生了儿子跟你一样是猪头!

小苏北: (大口喝酒)和着,我是猪头啊……我们郭家在继承祖业时,都要焚香祷告……我发过毒誓,要是不按照老祖宗定下的规矩办事,家业就要败光的!

李楼长: (把小苏北拽起来)说你猪头你还不乐意了是吧,猪还知道挑好的饲料来吃呢。你是不是吃错饲料,得猪瘟了吧。

小苏北: 你……

周老师: 小苏北,你不是一心想要郭家生煎干掉"吴江路"(上海知名小吃街)那家的"小杨生煎"嘛?

小苏北: 对! 做大做强,名扬天下,一本万利。

周老师: 其实生煎的口味都差不多。关键就在于营销! 你想,将来你郭家生煎一家变两家,两家变四家,四家变八家,八家以后就上市,然后花的,可就是股民的钱啊……

小苏北: 天啊,那以后就不是小苏北,是郭董啦……

李楼长: 所以…

龙萧萧: (走进居委会)所以,你就需要一个受过教育、有知识的人来帮你打点家业! 明不明白?

小苏北: 受过教育,有知识的人?

【杨小过三人示意小苏北向门口看,欧阳爷爷、菲利普领着小妹进来。

小苏北：(看到小妹)小妹？小妹!(摘下自己身上象征祖业的"金刚虎符"给小妹挂上)爸爸这就给你去上户口,报名上学校。(到台中央)将来你就是我们郭家的 CEO 了!

周老师：小妹,去了学校以后不仅要学习科学文化知识,更重要的是要树立自己的远大理想和责任意识,别跟你爸一样老想着做买卖。

小苏北：嘿嘿……(帮小妹擦干眼泪)小妹,刚刚是爸爸不对,现在爸爸帮你把生日过完!

【众人向桌子靠拢。

龙萧萧：(看着李楼长和周老师;小妹和小苏北,对杨小过)你挺厉害啊

杨小过：这叫一炮双响,破镜重圆——(对萧萧)我行不？

龙萧萧：一边儿去。

杨小过：为小妹的生日干杯。

众　人：干杯。

杨小过：为李阿姨的盖世豪气干杯。

李楼长：为周老师的足智多谋干杯。

小　妹：谢谢大侠哥哥。

龙萧萧：大忽悠,干杯。

杨小过：(对萧萧)喜欢就好。

【鸽叫声起。

周老师：小白,是小白回来了。(跑出)

李楼长：老相好回来啦……你不许去,抓你个烂鸟……

欧　阳：抓鸟鸟。

第七场　男妇女主任

时间：上一场一周后，上午八点半。

地点：旦苑小区居委会。

人物：马主任　莫阿姨　赵同志　周老师　李楼长　杨小过

　　　小苏北　小妹　欧阳　菲利普

【旦苑小区居委会里，除了杨小过、龙萧萧、小苏北，其余
　人都围坐在桌旁。

马主任： 这小杨怎么还没来啊？

莫阿姨： 就是啊，就差他一个了。

小　妹： 我知道他去哪里了。

李楼长： 大人事情小孩子不要管。

赵同志： 什么事情啦？

李楼长：（对赵同志）不要你管，练你的木兰剑去。

杨小过：（跑进居委会）不好意思，迟到了，迟到了……

李楼长： 现在是上班时间哦，搞搞清楚啊。

杨小过： 我这不是送萧萧去了嘛，路上车堵——这不还少一个人
　　　　　嘛，小苏北还没来嘛。

小　妹： 大侠哥哥真厉害。

【众人看着李楼长。

李楼长： 都看着我干什么——普通朋友呀，年轻人呀，滑稽哇……

马主任： 我们小区这次被评为人口普查示范小区，杨小过同志功
　　　　　不可没啊！

赵同志：是啊,小过同志不错哦,他发明的那个人口普查程序好
　　　　用哦。

莫阿姨：是啊,是啊,我们老阿姨再也不用到处跑啦。

李楼长：(对马主任使眼色)

马主任：(心领神会)关于二号楼顶楼的维修方案,我们在和物业
　　　　多方论证,反复沟通后决定,在不影响周老师家鸽子正常
　　　　栖息,把施工噪音降到最低限度的前提下进行,绝对不影
　　　　响菲利普先生的绘画创作,也尽早让李楼长他们家不再
　　　　漏水,不知你们三位看这样办,怎么样?

李楼长：我没意见。(看周老师)

周老师：反正我们家小白回来了,我也没有意见。

小　妹：周老师,你可以教我怎么养小鸽子吗?

周老师：当然可以啊。

李楼长：我送你的呢?

周老师：长得可好了,就像李阿姨一样,貌美如花。

李楼长：我今天穿丝袜了。

周老师：大白腿,不穿丝袜怎么行呢!

菲利普：Better City，Better Life.

马主任：小杨在我们居委会的见习也已经满三个月了,这期间的
　　　　表现大家也有目共睹。只是现在啊,咱们居委会除了妇
　　　　委会主任的位置空缺,其他都是满员的,这个……

小　妹：大侠哥哥是好人!

菲利普：杨兄弟,我们都需要你。

李楼长：要我说啊,杨小过绝对是我们中老年妇女之友哦。

莫阿姨：身高一米八,体重六十八,大学毕业有文化,以后发樟脑
　　　　丸这种事就不要做了,我们老阿姨发发就行了。

杨小过：哎不不，全民健身，锻炼身体。

莫阿姨：怎么样呀！怎么样呀？要把我们的饭碗全都抢掉啊？

赵同志：我代表旦苑小区木兰剑协会也大力支持。你们不要看杨小过是八零后，八零后怎么了，这个世纪难题——二号楼屋顶维修不是解决得很好吗？而且小杨同志设计的人口普查程序让我们这些老同志省下不少力气啊。

欧　阳：娃娃有爱心，满满正能量。

周老师：是啊，后生可畏啊！我们居委会的工作是要一步步地交给年轻人来做咯，我们小区啊，尤其需要像杨小过这样的新鲜血液补充进来啊。

小苏北：（端着生煎进来）吃生煎啊！这是我特意为杨小过转正而研发的蟹粉生煎！大家都尝尝，私房菜，私房菜。

莫阿姨：人家以后是妇委会主任哩。

赵同志：男妇女主任。

小苏北：乖乖隆地洞，韭菜炒大葱。只有妇女工作做好了，另外半边才能更加顶得住。对哇，李阿姨。（对小妹使眼色）

小　妹：周老师，李阿姨，鸳鸯汤包！

李楼长：小苏北啊，下个月房租不要忘交哦。

小苏北：不会不会的。

　　【菲利浦闻了闻小苏北的蟹粉生煎，不敢吃。

小苏北：（对菲利普）你懂哇了啦，螃蟹，老厉害的，吃完横着走的。

　　【菲利普迅速用速写的方式画了一张以杨小过为原型的蟹妇女主任造型。杨小过迅速拿出手机拍下速写。

杨小过：酷，我要发给姑姑。

马主任：小杨啊，大家对你当选妇委会主任一职都很赞成啊，大家说是不是啊？

赵同志：全票通过。

莫阿姨：双手赞成。

菲利普：Pass。

欧　阳：过。

小　妹：Yes。

小苏北：Yes。

李楼长：我跟周老师也是 Yes。

马主任：那小过有什么话要同大家分享分享，表态表态。

杨小过：（演说）三个月以前，可能我和台下在座的一样，觉得居委会是找不到工作的人才去的地方。三个月以后，我的想法变了。而改变我想法的正是旦苑小区里那点点滴滴的感动。居委会就像是大社会中的小世界，我们在这里相遇，相知。我们有过争吵，更有过欢笑。今天，当我看见小妹背上新的书包，看见李楼长和周老师能有情人终成眷属，看见马主任他们欣慰的微笑。我知道，这是对我工作的最佳褒奖。谁说平凡的生活不能够过得轰轰烈烈，谁说居委会只是一个微不足道的存在？只要我们用心去体会，每一天都可以创造奇迹。如果还有人怀疑居委会不是梦想能够燃烧的地方，怀疑我们这一代在基层工作的信心与热情，怀疑我们的力量，那么小巷门口的长龙便是最好的答案，每一张选票背后都是对我足迹的真情写照。因为我们每一个人的努力，一定能够将这个小世界的光明传递到整个社会。对不对，姑姑！（对手机）

龙萧萧：（视频画外音）臭美，妈妈，我也要吃小苏北的蟹粉生煎。

【剧终。

本剧是笔者担任复旦剧社指导老师后的第一部作品。继支教题材的话剧《托起明天的太阳》后,本剧依旧延续主旋律风格,将目光锁定"大学生村官"的视域。不过本作的基调选用了老上海滑稽戏《七十二家房客》的节奏模式。国关学院的朱忠壹和中文系的谌梦如同学在作品主题和故事呈现上给予了很大帮助。本作获得了第二届中国戏剧奖·校园戏剧奖优秀编剧奖和优秀剧目奖。

科莫多龙

时间：当下时间与回忆时间。

地点：演出空间。

人物：

蘑菇哥——男，24岁，复旦剧社社长，历史系，大六。

逍　遥——男，18岁，复旦剧社社员，生物科学专业，大一。

罗　政——女，22岁，复旦剧社社员，医学专业，大四。

小　胖——男，22岁，复旦剧社社员，哲学系，大四。

游子萱——女，21岁，复旦剧社社员，计算机系，大四。

小广东——男，18岁，复旦剧社社员，数学系，大一。

蒋空空——女，17岁，复旦剧社社员，哲学系，大一。

田博毅——男，19岁，复旦剧社社员，国关专业，大一。

于　淏——女，18岁，复旦剧社社员，法学系，大一。

许　多——女，18岁，复旦剧社社员，新闻系，大一。

晏　奇——男，18岁，复旦剧社社员，物理系，大一。

吴敏杰——男，22岁，罗政男友，新闻系，大四。

小　静——女，28岁，历史系，博士研究生。

分场目录

第一场　序幕

第二场　寻找许仙

第三场　科莫多龙

第四场　魔障

第五场　回到序幕

第六场　放空

第七场　人生序幕

第一场　序　幕

时间：当下时间。

地点：排练厅。

人物：蘑菇哥

【通过投影，排练厅的墙面上正播放着各个同学自我介绍的视频。

田博毅：我叫田博毅，今年大一，国际关系专业，我喜欢丘吉尔，我是个好演员。（"V"字造型）

于　淏：大家好，我叫于淏，法学专业一年级生，我立志当个好律师，我爱剧社。

晏　奇：大家好，我叫晏奇，从小在巴西长大，现在回上海念书，我今年大一，物理专业，你们这儿有爱踢足球的吗？我爱剧社！

蒋空空：Hello，我叫，我叫……蒋空空，哲学专业一年级生，我在宿舍附近的公告栏里看到了面试的信息。因为我从小就胆小，希望通过来到剧社，能锻炼一下自己的语言表达能力。

小广东：（广东话）大家好，我叫小广东，来自广州，我是数学专业的。（普通话）对不起，Sorry 啊，我叫小广东，我来自广州，我是数学专业的，我想来这边，练……好……普……通话。

许　多：我叫许多，大二，新闻学院广播电视专业，高中的时候我就拿过全市摄影大赛的第八,不,是第九名······我爱剧社!

【以上视频内容播放完毕,背板中间有扇小门亮起。

逍 遥: (背着蜥蜴标本)对不起,打扰了,请问大学语文补考是在这儿吗?

【蘑菇哥关闭播放的视频。

蘑菇哥: 提问——回答。提到"爱情"这个词,大家是不是会有种青春和甜蜜的气息扑面而来? 但事实是这样的,你所喜欢的人,她是一个妖怪。不相信是不是? 你只是不知道而已,她会在你晚上睡着的时候偷偷地出去找吃的。她会趁你不注意,悄悄地舔一舔她那张长满獠牙的嘴巴。可你至今都没有发现······哦,忘了自我介绍了,我是复旦大学复旦剧社,第二十六任社长,大家都叫我蘑菇哥。惭愧,我本科一读读了六年,今天终于要滚蛋了,这里是我们的排练厅。过去的六年,我在这里排演了很多戏,认识了很多人。而现在,我,这个当年超低空飞过复旦录取分数线的家伙,居然变成了复旦剧社的社长——也许生活总是这么奇妙的吧。

第二场　寻找许仙

时间：回忆时间。

地点：排练厅。

人物：蘑菇哥　罗政　小胖　游子萱　小广东　逍遥　晏奇
　　　田博毅　蒋空空　许多　于淏

　　　【蘑菇哥、罗政、小胖、游子萱作为面试官正在给大一新生
　　　进行面试。

小　　胖：零一八号。

小广东：(从观众席上台，广东话)嗨，大家好，大家好，靓仔，嗨，大
　　　家好……

小　　胖：(对小广东)同学，同学……

小广东：(广东话)叫我啊？

小　　胖：(广东话)是啊，往后退。

小广东：(退后)这里？ 这里？

小　　胖：停，开始你的才艺展示。

小广东：我没有才艺。

游子萱：(递上台词)

小广东：??

游子萱：念。

小广东：八百——标——兵——奔北坡……炮兵并排北——边
　　　跑……

游子萱：可以了，做自我介绍吧。

小广东：（广东话）大家好，我叫小广东，我来自广州，我是数学专业的……

游子萱：说普通话。

小广东：不好意思，不好意思，嗨，大家好，我叫小广东。我来自广州，今年大一，数学专业的。我来这个地方呢，就是为了提高我的普——通——话。

游子萱：（举起"OUT"标识牌）。

小广东：O-U-T？

罗　政：走吧。

【小广东在一旁抽泣，小胖示意蘑菇哥，蘑菇哥决定再给次机会。

小　胖：（对小广东）同学，你看过《白蛇传》吗？

小广东：（广东话）白素贞、许仙、法海和小青？

游子萱：请说普通话。

小广东：看过看过，不仅看过，我还会表演。

蘑菇哥：演一段。

【此时小胖扮演法海，小广东扮演许仙。

小广东：娘子没有死，娘子没有死，法海，你害我娘子，我要与你同归于尽——我错了，虽然我打不过你，但我做鬼也不会放过你的，娘子，我来陪你了……啊（自刎）……

蘑菇哥：咔！这位同学，今天非常感谢你的倾情演出，我们会尽快通知你有没有入选的，好吗？谢谢！

小广东：（鞠躬）谢谢评委。（下）

小　胖：下一位，零一九号。

【晏奇、许多、蒋空空、田博毅、于淏五人从观众席跃上舞台。

晏奇五人组（边唱边跳）：咿——呀：我们是害虫，我们是害虫。

正义的来福灵，正义的来福灵，一定要把害虫杀死，杀死。

晏　奇、田博毅：我们是……

于　溟：S。

空　空：H。

许　多：E。

小　胖：（对晏奇、田博毅）那你俩……？

晏　奇、田博毅：保镖！

天博毅：集合。

晏　奇：报数。

天博毅：一，

许　多：二，

蒋空空：三，

于　溟：四，

晏　奇：五。

晏奇五人组：评委，老师好！

蘑菇哥：你们准备表演什么节目？

田博毅：我们准备表演——

晏奇五人组：校园生活观察小品。

蘑菇哥：开始吧。

田博毅：（拿出一罐儿杀虫剂）Camera。

【晏奇扮演的黑哥哥与许多扮演的黑阿姨以无实物表演的方式推着黑暗料理车来到舞台中央。

黑阿姨：炒饭，炒面，炒米粉。

黑哥哥：炒饭，炒面，炒米粉。

【蒋空空扮演的女大学生"空空"来到摊前。

空　空：老板,一份蛋炒饭,两个蛋,两根火腿肠。

黑哥哥：一共八块。

空　空：(递上十块)不用找了,再加两块钱米饭。

黑阿姨：小姑娘吃那么多啊。

空　空：大学生很辛苦的,又要学习,又要打工,还要谈恋爱,能不多吃点嘛——城管来啦……

　　　　【田博毅扮演的"城管男"和于淏扮演的"城管女"走上舞台。

空　空：(拿起手机对着城管)流氓,看这里——Camera,让舆论压死你们吧。

　　　　【游子萱、蘑菇哥、王珏分别举起写有 O、U、T 的牌子。

小　胖：(将两条红丝带挂在眼镜片上,模仿俄狄浦斯)戳瞎我的双眼吧。

游子萱：你们有生活观察吗?就知道在网上乱扒,乱评,乱转发……你们知道城管到底是干什么的吗?胡编乱造!

小　胖：你们被淘汰了。

许　多：淘汰!怎么可能?

蘑菇哥、罗政、游子萱、小胖：(唱)可惜不是你陪我到最后,曾一起走却走失那路口。感谢那时你牵过我的手,还能感受那温柔。

田博毅：师哥师姐对不起,我们错了。

空　空：你们这里真的好专业哦!

许　多：我们能留下来吗?

于　昊：我们喜欢这儿!

小　胖：下一组。

罗　政：导演,刚才是最后一组了。

游子萱：这都是些什么人啊！我就不明白了,如今会正儿八经演
　　　　戏的怎么就那么少呢！

小　胖：我会,让我来演许仙吧,我一定会演好的。

游子萱：你演？你见过零点一吨重的许仙吗？

罗　政：导演,要不就刚才那个小广东吧,我看他挺有内涵的。

游子萱：话剧演员必须有一口流利的普通话,让人一听就知道什
　　　　么叫专业。

罗　政：刚才皮肤黑黑的那个不蛮有男人魅力的嘛！

游子萱：卖炒饭那个！你们见过哪个许仙长得跟士兵突击的肌肉
　　　　男一样——我们要专业！

罗　政：咱先甭管专不专业,咱们这个戏到现在连个男主演都没
　　　　有？（对蘑菇哥）导演,您能告诉我男演员在哪儿吗？

小　胖：你究竟要找个什么样的许仙呢？

蘑菇哥：懂我！

小　胖：懂你？

蘑菇哥：读你千遍也不厌倦,读你的感觉像三月。浪漫的季节,醉
　　　　人的诗篇,哦……

　　　　【逍遥背着书包进入排练厅,众人被此少年气质吸引。

小　胖：你是？

逍　遥：我叫逍遥,生命科学学院一年级生,借风水宝地一用自个
　　　　习可以吗？

游子萱：你……

罗　政：习吧,习吧。

　　　　【逍遥放下书包,取出书本,顺带拿出了一个蜥蜴标本,众
　　　　人吓一跳。

游子萱：你干嘛呀,吓死我了,你包里放这个干嘛呀？

逍　遥：我是生物科学专业的,画画标本有什么大惊小怪的!

罗　政：你会画画?

逍　遥：随便涂鸦。

小　胖：给我看看。

逍　遥：哦。(打开画册)

小　胖：(接过画册)哎! 很有艺术细胞嘛!

游子萱：(抢过画册)怎么都是蛤蟆、蟾蜍、蜥蜴的! 喂,你口味好
　　　　重噢!

逍　遥：(指着画册)这是亚马逊角蛙,又名苏利南角蛙或霸王角
　　　　蛙;这红眼睛的叫哥斯达黎加树蛙;这是印度尼西亚库利
　　　　昂蛙!

游子萱：导演,我逊掉了。

小　胖：酷毙了。

罗　政：你好,火星上的男孩儿。

逍　遥：隔行如隔山,切莫要见怪。

蘑菇哥：会演戏吗?

逍　遥：演戏?

罗　政：我们这里在招男主角。

游子萱：白蛇传中的许仙许大官人。

逍　遥：许大——官——人?!

小　胖：站在你面前的就是该剧的导演,读了六年本科的蘑菇哥。

逍　遥：哇塞,六年本科,那你得挂多少科呀!

蘑菇哥：那不重要,关键是你与生俱来的表演气质。无论从你的,

小　胖：声音,

游子萱：形象,

罗　政：气韵,

蘑菇哥：还是风度出发,你和许仙这个角色的吻合度都实在太高太高了。总的来说,这个角色非你莫属。你想啊,能参演复旦剧社的毕业大戏那是何等无上的光荣啊……等我们公演那天,你就会成为全校迷妹的追逐对象。到那个时候,你就是叱咤校园的风云人物啊。

逍　遥：你们是不是实在找不到人来演,让我填坑来吧……

蘑菇哥：要填坑那也得是些个龙套角色吧！许仙是什么人物啊？男一号啊！

小胖、罗政、游子萱：一号,一号,一号,一号!

蘑菇哥：有些事情你不试试是永远不会知道自己究竟几斤几两的。是骡子是马,拉出来遛遛——上剧本。

小　胖：(递上剧本)请。

蘑菇哥：照着念。

逍　遥：为妻有话要问官人……

罗　政：那是我念的词儿,你的在下面——为妻有话要问官人……

逍　遥：……娘子请讲。

罗　政：(握住逍遥的手)姑娘降临与先生不同,十月未满便破壁而出。①

逍　遥：(从罗政手中挣脱)小生自幼就体弱多病,久病成医才开的药房。

罗　政：(再次握起逍遥的手)姑娘生自荒郊野岭……

逍　遥：哎……娘子这可要不得,小生至今还没有交过女朋友呢,

---

① 戏中戏《白蛇传》中部分台词改编自由顾毓琇编剧,陈明正导演的上海戏剧学院建院四十五周年版《白娘娘》。

这肌肤之亲……

小　胖：什么乱七八糟的!

游子萱：这位同学,请你对角色保有一份最起码的职业尊重好不好!

逍　遥：我……

游子萱：导演,这么没有职业素养的演员,我是无法同他合作的。

逍　遥：对不起,打搅各位时间了,我换个地方……*(收拾东西)*

蘑菇哥：提问!

逍　遥：*(心有灵犀)*回答!

蘑菇哥：什么是妖怪?

逍　遥：妖怪?

蘑菇哥：是这样的,我们这里两位女演员要演蛇妖,没什么经验,你给她们分析分析什么是妖怪? 从你的角度,你的角度。

逍　遥：妖? 这不是我的研究领域啊。妖,应该是人类无法理解的,一种超自然的,且具有不可思量的能量的个体。换句话说,在自然界中是寻找不到的,因为妖根本就不存在。想唬我?

游子萱：喂,我们演的就是妖怪,还是蛇形的妖怪。

逍　遥：哦……蛇妖——由蛇幻化成人形的妖怪,一般以美丽的女性形象出现。

游子萱：*(嘚瑟)*

逍　遥：蛇妖幻化成美女,用各种手段引诱青年男子,最终将男子害死或者吃掉。这些故事的用意就是要警醒世人,尤其是告诫青年男子莫要贪图美色。早期的基督教更是把蛇视为邪恶之物,是魔鬼撒旦的化身,正是撒旦化身为蛇诱使亚当和夏娃吃下了禁果,才有了今天的你们。但在我们东方,人首蛇身的女娲娘娘则被誉为华夏民族的祖先图腾而加以崇拜,因此在我国,蛇与龙都颇有渊源。

【全场寂静。

蘑菇哥:(带头鼓掌)

小　胖: 他可以去百家讲坛了。

游子萱: 他是个疯子。

蘑菇哥: 我要给他 Yes。逍遥同学,要是人和妖怪相爱了,就像白素贞爱上许仙那样? 你信吗,

逍　遥: 相信——科学。

小胖、游子萱、罗政: 嘁。

逍　遥: 科莫多龙,蜥蜴亚目巨蜥科,现存种类中最大的蜥蜴,学名为 Varanus komodoensis。该物种生活在印度尼西亚小巽他群岛的科莫多岛和邻近的几个岛屿上,该物种濒临灭绝,现已列为保护对象。最新的克隆技术研究发现,人和蛇的基因在科莫多龙的体内找到了可相对应的螺旋体代码,人和蛇是可以做夫妻的!

第三场　科莫多龙

时间：回忆时间。

地点：排练厅。

人物：蘑菇哥　罗政　游子萱　逍遥　小广东　吴敏杰

　　　【罗政(白素贞)和游子萱(小青)正在表演《白蛇传》中的"初遇"桥段。

小　青：姐姐,姐姐,西湖好美景啊。

白素贞：青妹你来看,那前面就是有名的断桥了。

小　青：好姐姐,既叫"断桥",为何桥又没有断呢?

白素贞：(团扇扑面,笑而不语)

小　青：做人真没劲,什么事情都绕着弯弯说,简单的事情复杂化。

白素贞：那你回去做妖啊……

小　青：整天面壁思过,才不要呢。姐姐,你说十六年前的恩公今日会在西湖出现,他到底在哪儿啊?

许　仙：(读者书卷)关关雎鸠,在河之洲。窈窕淑女,君子好逑。妙哉……妙哉……窈窕淑女,君子好逑。

　　　【许仙走路不看路,不小心撞到围栏,以为撞到路人,依旧读书,低头道歉。

小　青：这么远怎么看得见嘛!

白素贞：显法!

小　青：刘谦儿。

小广东：大家注意咯，接下来就是见证奇迹的时刻。（给白素贞递
　　　　上雨伞）

　　　　【此时许仙由于读书入迷，错过了驳船，但又逢风雨大作。

许　仙：（悔不当初）船家，船家……

　　　　【眼看驳船远去，只能在雨中凌乱。此时白素贞为许仙打
　　　　上油纸伞，许仙与白素贞四目相对，许仙顺着伞柄慢慢握
　　　　住白素贞的手。

吴敏杰：卡。

逍　遥：哎导演……

游子萱：为什么喊咔？

蘑菇哥：我没喊咔。

游子萱：那谁喊的咔？

吴敏杰：我喊的。

游子萱：你喊的，你有什么权力喊咔？我告诉你在这个排练厅了，
　　　　除了我们导演，谁都没有资格喊咔，懂吗！

吴敏杰：小丫头片子，我告诉说，她（指罗政）是我女朋友，我忍受
　　　　不了他和别的男的眉来眼去。

罗　政：（克制）吴敏杰，我们在排戏呢，你到台下去看好吗？

吴敏杰：好，那我就坐在下面看。

罗　政：没事儿，没事儿。导演，我们走下一场吧。

蘑菇哥：好，继续——音乐。

　　　　【白素贞与许仙回到雨伞下，二人顺着伞柄双手紧握。

小　青：红红翠翠年年暮暮朝朝。

白素贞：脉脉依依时时鲽鲽鹣鹣。

许　仙：娘子。

白素贞：官人。

许　仙：娘子,我……

白素贞：小女子姓白,名素贞。

许　仙：小生许仙,这厢有礼了!

　　　　【白许二人慢慢依偎靠近。

吴敏杰：停。

罗　政：你还有完没完了!

吴敏杰：(对罗)你干嘛靠他那么近?(对逍)还有你,你为什么搭着我女朋友?

逍　遥：嘿,我们……

罗　政：你到底想干嘛?

吴敏杰：我想干嘛?你就知道演戏,你把所有的时间都给了剧社。我呢?还叫我别来看你——我是你男朋友,凭什么不能来看你?!

罗　政：你在下面跟个警察似的坐着,我很不舒服。

吴敏杰：你不舒服!我这是关心你,爱护你,保护你,别让人家吃豆腐。

罗　政：这是艺术……

吴敏杰：少来——罗政,你是我吴敏杰的女朋友,我不能接受你和别的男生有肌肤之亲。都快毕业了,我不希望你再参加这种乱七八糟的活动……

罗　政：吴敏杰,你说话注意点,什么叫乱七八糟?

吴敏杰：不务正业,影响别人正常感情交流等一系列活动。

罗　政：这是我的毕业大戏,请你不要影响我排练。

吴敏杰：罗政,我要你跟我回去。

罗　政：我不回去。

吴敏杰：你走不走?

罗　政：我不走。

　　　　【吴敏杰欲拉罗政，蘑菇哥、逍遥、子萱挡在罗政面前，吴敏杰下。罗政坐在台口哭泣。

游子萱：她又欺负你啦？

罗　政：他总这样子，每天都要我定点定时给他回简讯。今天排练，手机静音，他就冲过来了。

游子萱：没素质——这种男人要他干嘛，鲜花插在牛粪上。

罗　政：他干嘛老这么对我！

游子萱：男人嘛，没一个好东西。

蘑菇哥、逍遥：不是好东西。

游子萱：找老婆要找漂亮的。

蘑菇哥、逍遥：找漂亮不找丑八怪。

游子萱：找到漂亮的，又不放心人家，生怕自己罩不住。

蘑菇哥、逍遥：罩不住，罩不住，罩不住，罩……

游子萱：好啦，你们男人怎么就那么"作"呀。

逍　遥：（对蘑菇哥）导演，（对罗政、游子萱）下午还有点事儿，我就先撤了。还有我觉得可能自己不太适合搞表演，以后也就不打搅大家了。对不住啊……

游子萱：这个世道啊，阴盛阳衰得厉害呢。

罗　政：哎，逍遥。

逍　遥：（对罗鞠躬，欲离开）

蘑菇哥：逍遥同学，你是我见过的最特别的演员，我非常欣赏你。

逍　遥：导演，你就别夸我了。

游子萱：（不屑）

逍　遥：导演，你别夸我了。

蘑菇哥：这不是夸你，是仰慕。我很欣赏你眼中看到的那个世界。

如果,你觉得苹果是红色的,那他就是红色;如果你觉得是绿色的,那就是绿色的。没有人告诉你苹果究竟是什么颜色。即使是同一种颜色,你眼中的绿色或者红色和我眼中的也是完全不一样的,只有你自己的信念。永远相信自己所感受到的——哥们儿,留下来,我们需要你。

逍　遥：太突然了——我是什么料？我自己最清楚啊。

蘑菇哥：那些都不重要,他们不懂你。

游子萱：哪敢问前辈,什么是最重要的？

蘑菇哥：（对罗政）你,白素贞,又名白娘子。中国四大民间爱情传奇《白蛇传》的主人公,蛇科。为报救命之恩,下界凡尘。（对游子萱）你,青蛇,与白素贞同科,爬行纲有鳞目蛇亚目。身体细长,四肢退化,部分有毒,但大多数无毒。

逍　遥：科莫多龙,蜥蜴亚目巨蜥科,与蛇类同属两栖类爬行冷血动物。一定温度下不吃不喝,有冬眠现象；与蛇类相比,多出四肢,是蛇类进化到哺乳类的中间环节。

蘑菇哥：（对逍遥）你,许仙,字汉文,性格敦厚善良,在苏杭一带的药店做伙计。与蛇科女子白素贞产下殿试状元许仕林。提问！

逍　遥：回答。

蘑菇哥：试问,你娘子怀孕期间,她肚子里究竟是个胎,还是个蛋啊？跟你学的！

逍　遥：导演——你懂我！

蘑菇哥：这才是话剧,我眼睛里的话剧。

游子萱：（对观众）嘿,有谁像他这么排戏的,人物关系,规定情境,舞台调度呢？

蘑菇哥：那些我都不在乎,我只想排一出属于我们自己的真正话剧。

罗　政：学长，您说的我不是很明白。

逍　遥：知者不言，言者不知。

蘑菇哥：通了。

逍　遥：（颤抖着）

罗　政：逍遥，你怎么了？

逍　遥：许仙好可怜，妖怪要和他谈恋爱，神仙却要他和妖怪分手，这两个都比他厉害，他到底应该听谁的？而许仙只是一个手无缚鸡之力的药店伙计，他只是一个小之又小的微微生命。他终究只是个凡人，生老病死是他无法逃脱的命运，而妖怪和法海不会，这不公平，凭什么谁力量强，谁就说了算？是这样么？我明白了，难怪有钱人可以耀武扬威，所谓强权就是真理。我想学漫画，爸妈说这是不务正业，让我滚，要我去当科学家，将来搞个昂立一号或是脑白金什么的，成为一名成功人士。成功，一定要成功，一定要变得强大！可我一点儿也不快乐。快乐要比幸福来得更加真实，对吗？

蘑菇哥：好演员！

逍　遥：一个貌美如花的富家大小姐看上一个穷困潦倒的傻书生，结果二人由相识、到相知、再到相恋，最后还要娃娃落地。我就不明白了，为什么编剧总爱把身份悬殊如此之大的两个人写入剧本呢？哦，这就叫冲突，这就叫不可能完成的任务，观众要的就是这样一份刺激。现在的市面上，本科男找个硕士女都叫资源分配严重不合理，这妖怪和人怎么就门当户对了呢？这里，我同情许仙，他太天真了，被蒙在鼓里了。

罗　政：我男朋友是个标准的富二代。我呢，不论长相，还是学历，各方面也还算不错。说起来我们也是男才女貌，门当户对。我应该爱他，因为他足够爱我，他对我的爱要比我爱他的要多得多。尽管我们一直吵架，但我喜欢他，他会保护我，不让我受一丁点儿伤害，男孩儿应该保护好女孩儿。而许仙，他总是被他老婆保护着，一个吃软饭的家伙。

逍　遥：许仙救过白素贞的命。他从樵夫手里救下了小白蛇。这难道不是最珍贵的保护吗？谁说保护就一定是无时无刻的关怀？那些到最后也都只会变成一件金钟罩、铁布衫，让人喘不过气来。

罗　政：是啊，从许仙救下白素贞的那一刻起，白素贞就在心里暗暗许下诺言，不管这个人将来如何，自己都要和他相守一辈子。一个貌美如花、心地纯良的大小姐看上一个穷困潦倒的傻书生，二人由相识、到相知、再到相恋，最后还要娃娃落地。真正的爱情不是什么简单的配对原则能够解释清楚的，爱他就要保护他，关心他，无时无刻不把他放在心上。

逍　遥：这是自私，赤裸裸地自私。白素贞只知道用自己的方式来爱许仙，但从不考虑许仙究竟需要怎样的一份爱情。

罗　政：我相信"真爱无敌"。若白娘子不爱许仙，哪会明知十月怀胎还要在端午佳节一试雄黄？如果她不爱许仙，为何宁愿荒废千年道行也要水淹金山？因为她爱许仙。许仙是个小人，如果他真爱他娘子，就不会用雄黄酒去试她，因为爱情是从信任开始的。

蘑菇哥：下一场。

第四场 魔 障

时间：回忆时间。

地点：排练厅。

人物：蘑菇哥　小胖　罗政　逍遥　游子萱

【小胖（法海）、逍遥（许仙）、罗政（白素贞）三人正在对戏，并伴有锣鼓点。

法　海：大胆！三界六道等级自然有序，人与妖岂能般配夫妻？

白素贞：阿弥陀佛，佛祖在上，弟子白素贞拜见座上。

许　仙：阿弥陀佛，佛祖在上，小生许仙拜会各路神仙。

白素贞：弟子白素贞承蒙观音大士点化，下界凡尘，今遇十六年前救命恩公，故，愿以身相许报其救命之恩。

许　仙：小生许仙今日于西湖断桥，遇上白府小姐，顿生爱恋，挥之不去。想我许家八代单传，实不想错过这份姻缘，还望神仙眷顾许仙，许仙在此叩谢各路上仙。

法　海：放肆。她是千年蛇精所变，现已化为人形，将你迷惑。今日乃端午佳节，蛇虫鼠蚁最惧雄黄，你娘子只要喝上一杯，必现原形——谁把灯给关了。

逍　遥：灯开着啊。

蘑菇哥：胖子你没事儿吧！

罗　政：小胖你行不行啊？

逍　遥：继续吗？

小　胖：没事，没事，再来……大胆——（倒下）

逍　遥：开灯,开灯……

游子萱：把他扶住了,小心小心。

　　　　【众人扶起小胖,罗政给小胖检查。

罗　政：是低血糖。

逍　遥：我有橙汁。(喂小胖)

小　胖：(慢慢醒过来)。没事儿了,谢谢。

游子萱：午饭不吃会死人的。

小　胖：我在体验生活呢。和尚吃素的,哪有那么胖的和尚。

罗　政：不对啊小胖,我中午不是看你去食堂了嘛,你没吃午饭啊?

小　胖：我妈被辞退了,我看学校里食堂的菜挺新鲜的,我就带点儿回去,这样她晚上就不用做饭了。

罗　政：所以你又没吃?

蘑菇哥：你这身板儿,就是要多吃,你不吃饱,你妈能乐意吗,你要是病了,就是大逆不道!(敲锣)

小　胖：哦。

蘑菇哥：谁有吃的,给他弄点儿。

逍　遥：(拿出书包)火腿肠、牛肉干、薯片、旺旺仙贝……都是你的。

小　胖：你怎么什么都有!

逍　遥：我有一个特麻烦的妈妈,老是给我包里塞各种垃圾食品,我又不吃。

小　胖：你这是身在福中不知福。

逍　遥：对不起,我不是有意这么说的。

小　胖：我也没这个意思。

　　　　【罗政与蘑菇哥也在翻找逍遥的食物。

逍　遥：（对罗政）少吃点儿啊，脸都大得跟足球一样了。

罗　政：怎么跟学姐说话呢！（把吃着一半儿的薯片扔向逍遥）

逍　遥：我这是好言相劝，（捡起薯片）这种东西嘛……（喂给蘑菇哥）我觉得你的脸蛋儿还是很漂亮的，就是这身材……话说回来，你长得特别像某冰冰，我妈就特喜欢某冰冰那样的女孩儿。我要是找个冰冰那样的姑娘，我妈准乐开花了。来，咱俩照一个。（掏出手机）

罗　政：一边儿去。

游子萱：妈宝男。

蘑菇哥：咔。

小　胖：导演，其实我和法海一点儿都不像，如果体型是我唯一的优势，那么我是更希望法海的灵魂也能注入我身体。我想啊，这法海一定很孤独，他一个朋友都没有，也没有人能真正理解他。人类总是站在所谓的弱势群体这一边，就像我妈一样。我妈是个好城管，她从来没有掀过人家摊子，砸过人家场子，永远就是她一个人，最不合群的那个。所以别人才不喜欢她吧……我不是个孝子，在我妈最孤独的时候，我却忙着练琴、做家教、排戏，唯独没有时间陪伴她。

罗　政：小胖，你可是我们这里的大才子啊。

游子萱：琴棋书画，吟诗作对，样样精通。

逍　遥：就跟金锁格格一样。

罗　政：那是紫薇格格。

逍　遥：哦。

蘑菇哥：法海为什么要出家？

小　胖：出家？

【小胖拉起小提琴,众人听得入神,白素贞和许仙进入
　对白。

白素贞：姑娘降临与先生不同,十月未满便破壁而出。

许　仙：小生自幼就体弱多病,久病成医才开的药房。

白素贞：姑娘生自荒郊野岭,没有学过诗词文章。

许　仙：小生也是一知半解……

蘑菇哥：(抽泣)

游子萱：导演导演,你怎么了?

蘑菇哥：没事儿,刚才有虫子飞进眼睛里去了,还不肯出来,真讨
　　　　厌——小胖,法海有妈妈吗。

小　胖：没有。

蘑菇哥：没有妈妈,那他怎么来?

小　胖：有。

蘑菇哥：试想一下,如果法海在很小的时候就被他妈妈扔进一座
　　　　破庙里……

小　胖：踏至尽头,娘亲无觅;遁入空门,古佛卧坐。

蘑菇哥：那法海会怎样看白素贞呢?

罗　政：是嫉妒,深深的嫉妒。

游子萱：因为许仕林有个爱他的好妈妈,而法海则没有。

逍　遥：不,法海,一定有个爱他的好妈妈,垃圾食品偶尔吃吃还
　　　　是蛮不错的。

罗　政：导演,我觉得把白蛇传排成一部有关母性题材的作
　　　　品——棒极了。

蘑菇哥：(唱《小龙人》主题歌)为了妈妈山高我不怕,

罗　政：(唱)为了妈妈路远我不怕,

逍　遥：(唱)为了妈妈不怕风来吹,

游子萱： (唱)为了妈妈不怕雨来打。

众　人： (唱)我们一起去找妈妈,我们一起去找妈妈。哪怕找遍海角,哪怕找遍天涯。

蘑菇哥： 排戏。

许　仙： 娘子,你说好笑不,今日我遇见了法海禅师。

白素贞： 法海禅师?! 他都对你说了些什么?

许　仙： 他说我满脸妖气,还说娘子乃……

白素贞： 乃什么?

许　仙： 说娘子乃……千年蛇妖所化,若饮雄黄,必现原形。

白素贞： 怎么? 竟有人这等胡说! 如此说来,官人今日劝酒,莫非有心试我?

许　仙： 哪有此事! 就为不信那等胡说,小生才告诉娘子的。

白素贞： 官人,你我在断桥相遇,在白府立下誓言。本来你我过得快快活活的,不知什么时候认识了什么法海禅师。他对你胡言乱语,你说你不信,可是心中总有疑虑。今日端午佳节,为妻自当陪官人尽兴,可为妻肚里还怀着孩子。

许　仙： 哎呀,这正是为了我们的孩子呀。

白素贞： 为了我们的孩子?

许　仙： 对啊,娘子,你我夫妻情意相合,举案齐眉。为了我们的孩子平平安安地降生,茁茁壮壮地长大,你非喝不可啊!

白素贞： 为了我们的孩子!

许　仙： 为了我们的孩子。

白素贞： 我非喝不可!

许　仙： 你非喝不可。

白素贞： (接过酒杯)好,孩子! 孩子! 娘亲为你喝。(一饮而尽)

许　仙： 哈哈哈,娘子海量,娘子海量。娘子! (一饮而尽)娘子,你醉了……

白素贞：（头晕目眩）官人，我没事儿。

许　仙：娘子，我们回屋里歇息。

白素贞：官人，我没醉，没醉。

　　　　　【许白二人下场。

法　海：诸佛金刚，世尊地藏。天地无极，元神寂灭。大胆妖孽，还不快快现出原形。

许　仙：（冲出）蛇，蛇，不要过来，不要过来，蛇，蛇……

小　青：（冲出）官人，官人是我。官人莫怕，想必是官人喝醉了，看到了不该看见的东西，我去瞧瞧。

许　仙：小青姐姐，小青姐姐，别去，危险……蛇，有蛇……

白素贞：（冲出）官人莫怕，官人莫怕，我是你的娘子白素贞啊，官人。

许　仙：是娘子啊。娘子我同你讲，我刚刚在里头看到好大一条——蛇。

白素贞：官人。

许　仙：你走开，你不要过来，不要过来。

白素贞：官人，你看看我，我是白素贞，我是你的娘子。

许　仙：妖怪，妖怪——你是妖怪，你是蛇妖！

白素贞：官人，官人，我不是什么妖怪。

许　仙：（四处藏躲）

小　青：许仙，姐姐怀的可是你的骨肉。你怎么可以这般对她！

白素贞：（动胎气）青儿，这不能怪她。

许　仙：（神志不清）是娘子，娘子不是妖怪。娘子……娘子……

白素贞：（抱住许仙）我在这儿，我在这儿官人。你还记得一年前，我们定情时说的话吗？

许　仙：定情？

白素贞：嗯,你还记得吗？就在这个房子……你好好想想。

许　仙：记得,我记得。

白素贞：姑娘降临与先生不同,十月未满便破壁而出。

许　仙：小生自幼就体弱多病,久病成医才开的药房。

白素贞：姑娘生自荒郊野岭,没有学过诗词文章。

许　仙：小生也是一知半解,我俩正好从头来过。

白素贞：姑娘身体不比常人,怕将来耽误了先生。

许　仙：小生抓得一手好药,保管娘子怀结珠胎。

白素贞：有朝一日,要是姑娘容貌不再,变丑了怎么办？

许　仙：两情若是久长时,又岂在暮暮朝朝!

白素贞：官人,你真是记得清清楚楚,没有辜负我的一片真心啊。

许　仙：娘子,你那么美丽,那么善良,那么纯洁,你怎么会是妖呢？就算你真的是妖,也一定是个好妖怪——我糊涂啊,娘子——我对不住你啊,我的娘子……

白素贞：(紧紧抱住许仙)官人,官人。

许　仙：蛇,蛇,蛇,好大的一条蛇。快走开,你走开,你是蛇……

白素贞：官人你看看我,你仔细看看我,我不是蛇,我是你的娘子,你的娘子白素贞啊。

许　仙：你别骗我,你就是蛇,你给我滚,滚。

白素贞：这是怎么一回事？青儿我肚子好痛,怕是这雄黄动了胎气,你快扶我进去。

小　青：姐姐,姐姐……许仙,姐姐要是有个什么三长两短,我定将你碎尸万段。

　　　　【锣鼓点声,青白二人进内堂。

许　仙：(疯了)不可能,不可能,这不可能,我和她有了孩子？人

　　　　　　家都说,生下来会是个妖怪!

法　海：许官人,红尘色相,尽是虚幻。

许　仙：都是你这个臭和尚,我与娘子情深义重,要不是你的什么
　　　　　雄黄酒,我娘子怎么会那样?

法　海：好一个情深义重,你既钟情于你的娘子,又何必拿酒
　　　　　试她?

　　　　　【内堂传来白素贞的哀号声。

法　海：许官人,滚滚红尘,皆因五欲而起。你还是随我远离尘
　　　　　世,静思己过吧。

许　仙：我看你也不像人,是人总有七情六欲,可你却心如止水,
　　　　　冷若冰霜。我是俗人,你既已看破红尘,又何必多管闲
　　　　　事呢?

法　海：只可惜人与妖难配夫妻。

许　仙：人与妖难配夫妻……科——莫——多——龙。

第五场 回到序幕

时间：当下时间。
地点：排练厅。
人物：蘑菇哥

蘑菇哥：为什么这个戏排成了这样？如果说一千个读者心中有一千个哈姆雷特，那我想说，一千个看过《白蛇传》的观众心中也就有一千个白娘子。你的生命当中总会有那么一个人，在特别或者不特别的时间出现，做着特别或者不特别的事。而你，只需一眼，就怦然心动，难以忘怀。为此你耗费一切时间向她靠近，甚至为了接近她，不惜变成一只科莫多龙，除了必要的生活所需之外，就一动也不动。推迟毕业的时间，推迟人生的进度，竭尽所能地推迟一切，只为试着去等等看，是不是有机会走到她身边。这出戏，就是为了找到那个答案。希望，你能喜欢。

第六场 放 空

时间：回忆时间。

地点：排练厅。

人物：游子萱 罗政 逍遥 游子萱 蘑菇哥 吴敏杰 小广东 晏奇 田博毅 蒋空空 许多 于淏

【除罗政、吴敏杰外，众人围成一个圈，在游子萱的带领下练习台词。

众　人：八百标兵奔北坡，炮兵并排北边跑。炮兵怕把标兵碰，标兵怕碰炮兵炮。

游子萱：小广东你来。

小广东：八百标兵奔北坡，炮兵并排北边跑。

游子萱：注意吐字归音。空空，你来示范一下。

蒋空空：八百标兵奔北坡，炮兵并排北边跑。炮兵怕把标兵碰，标兵怕碰炮兵炮。

游子萱：你听清楚了吗？

小广东：（点头）

游子萱：再来。

小广东：八百标兵——炮兵炮。

逍　遥：报告！

游子萱：说。

逍　遥：他说得我尿急。

游子萱：懒驴上磨屎尿多，去。（对小广东）归队——全体坐下。

小广东：八百标兵……奔。

游子萱：今天我们要排"水漫金山"这段高潮戏，在座的各位演员都要参与进来，虽说都是些虾兵蟹将的角色。但是，角色无大小，演员无贵贱，你们一定要全身心地投入。下面由我来给大家示范一只战斗中的北美大螯虾。（转体加劈叉）

众　人：再来一个

游子萱：小广东，出列，劈叉。

小广东：啊！

游子萱：身为演员，声、台、形、表必须样样精通，你看你这身板，差劲。

罗　政：（上场）不好意思，公司实习，迟到了。

游子萱：下次不要迟到了好吗！

罗　政：嘿嘿。

游子萱：大家分头练习吧，逍遥，电脑给我。

逍　遥：（送上电脑）子萱姐，要我电脑干吗？

游子萱：（打开电脑）

逍　遥：子萱姐，那个文档……子萱姐，不能打开啊，子萱姐，我求你了……

游子萱：帮你杀毒。

蘑菇哥：（递上自己电脑）子萱，老臣的也卡了。

游子萱：（对蘑菇哥）给我。

众男生：（取出自己电脑）启禀子萱姐。

游子萱：你们继续练。

众男生：嘛。

游子萱：你们这些男生，就喜欢网上乱逛乱扒，以后看谁给你们修电脑！

蘑菇哥： 我们的比尔盖茨。

游子萱： 盖你个头！

罗　政： 子萱你怎么了？

众　人： （狐疑）

游子萱： 看什么看，练啊。

蘑菇哥： 孩子想要当演员，爹妈要她去美国——思想不统一，不统一啊。

逍　遥： 子萱姐可是个好演员，我觉得就凭她这条件混个国际影星……

小　胖： （示意逍遥住嘴）

游子萱： 电脑修好了。

逍　遥： （接过电脑）谢谢子萱姐。

游子萱： 以后不要再逛那些乱七八糟的网站了。

逍　遥： 不会了，不会了，再也不会。（看着电脑）哇塞子萱姐，我的电脑从来没有这么快过啊。子萱姐，你就别管你爸妈怎么说，先斩后奏。等你红了成为大明星，你爸妈就无话可说了。

【众人预感逍遥的话会引起"海啸"，纷纷躲开。

游子萱： 谁要当明星了！就我这长相，我这身材，能上银幕嘛！我要长得像罗政那样，也轮不到我演小青啊！谁不想演女主角了，我注定就是个绿叶的命。既然鲜艳不了，就应该知趣。我是计算机专业的，我的未来就应该在上海当个张江女，或是去硅谷当一个 United States Lady, Right？白素贞够傻了，我比她还要傻，她是为情所困，我图什么呀！到头来，我什么都没有。这戏让我明白，游子萱，你

丫就是一大傻帽。（下）

罗　政：子萱……

小　胖：（对逍遥）你个乌鸦嘴。小青走了,这戏怎么办?

逍　遥：（对于淏）那可以让她演呗。

蒋空空：我来演。

许　多：我,我。

蘑菇哥：我来演。

众　人：（惊讶）

小　胖：你演?

蘑菇哥：演员不都在这儿嘛,别浪费时间好吗?

小　胖：下一场,"水漫金山"。

蘑菇哥：上道具。

　　　　　【舞台上,白素贞阵营的水军一族与法海阵营的金山寺众僧对峙,此时小青一角由蘑菇哥扮演。

许　仙：娘子,娘子……

白素贞：相公……

法　海：金山法寺,乃佛家圣地。妖孽,你胆敢擅闯禁地,乱我三界六道法序。我要收了你。

小　青：法海! 还我姑爷来!

法　海：大胆!

白素贞：青儿,不要胡说! 大德,我与相公恩爱深重,不能一日相离,况腹中胎儿即将出世,望求大德法外开恩,让吾夫妻团聚。

法　海：一派胡言,妖就是妖,蛊惑众生,下无间炼狱,永世不得轮回。

小　青：秃驴,我姐姐与许仙海誓山盟,各不相负,好端端夫妻,为何生生拆散？你丫积点德吧。

法　海：放肆。众释子,随我降妖,造福苍生。

【白素贞与小青同法海斗法,败下阵来。

法　海：哈哈哈哈,我成功了。

【许仙蹿出,一把抱住法海,用"挠痒痒"的方式攻其后背,并随即取出一袋奶粉往法海口中灌入。

许　仙：法海,你看这个。

法　海：这是什么?

许　仙：三鹿奶粉。法海,我与娘子情深义重,就算我娘子是妖,我爱我娘子也胜过爱世间一切。今日,我要为许仙证明,我许仙不是个孬种。(取出另一袋奶粉)这最后一袋三鹿奶粉誓要与你同归于尽。(倒入自己嘴中)

法　海：不要。

【此时,许仙如《罗密欧与朱丽叶》中罗密欧服下毒药后的状态,痛苦地在地上翻滚,并多次碾压法海,直至法海一动不动。

许　仙：娘子,娘子……

【白素贞与小青来到许仙身边。

许　仙：(奄奄一息)娘子,小青姐姐,好好带大我许仙的孩子,将来千万不要让他念奥数,上补习班。你们一定要保重,千年以后,有人会重新排演我们的故事,并为许仙树碑立传。(嗝了)

小　青：姐姐,许仙挂了,但他没有辜负我们。

罗　政：导演演不下去了。

逍　遥：我也受不了了。

蘑菇哥：口味是重了些,多走走心就好了。

罗　政：没有子萱,我演不下去。

【电话铃响。

罗　政：(接起电话)喂,我今天去不了了……你别过来,我这排
　　　　戏呢。

吴敏杰：(打着电话进来)今天是我妈的生日,我的生日你可以不
　　　　参加,但我妈的生日,你一定要去,我就只有这一个妈,你
　　　　可不能让她不高兴。

罗　政：你别在这儿捣乱? 我丢不起这脸。

【众演员纷纷来凑热闹。

吴敏杰：我妈叫你回去吃饭,她订好位置,就等你过去了。

罗　政：你妈,你妈,你到底跟谁谈恋爱啊! 吴敏杰,我告诉你,我
　　　　还没嫁给你呢,别什么都让我听你的。就算我真嫁给你
　　　　了,你也没资格对我呼来唤去的。

吴敏杰：我没资格? 我是你男朋友,我怎么没资格!

蘑菇哥：息怒息怒,有话好说,有话好说。罗政,你去吧,反正子萱
　　　　也不在,没事儿。

罗　政：(沉默不语)

吴敏杰：听见没有,导演都让你去了——谢谢导演。

【罗政与吴敏杰下。

田博毅：导演,那我们怎么办,这戏还排吗?

蘑菇哥：今天就到这儿了,就到这儿了。

【众人纷纷散去,剩下蘑菇哥、小胖、逍遥三人。

蘑菇哥：一剧组,女演员都走了,就剩仁男的了。

逍　遥：导演,演员都走了,妖怪也不用打了,嘿嘿。

小　胖：我去把子萱找回来。

逍　遥：找回来。

蘑菇哥：让她静一静。（唱）女孩的心思男孩你别猜，别猜，别猜，你猜来猜去猜也不明白——话说回来，子萱要真想走，她会在这儿跟我们闹？你们信吗，我这辈子没哭过，唯一的一次哭，是在看《还珠格格》里容嬷嬷打紫薇的时候。

逍　遥：我也觉得紫薇格格那个桥段挺可怜的。

蘑菇哥：我倒不是同情紫薇，我是同情容嬷嬷，她手一定很疼，自己疼。

小　胖：你说子萱自己疼？

蘑菇哥：梅兰芳先生说过，在一定程度上，男人比女子更懂得女人自己。所以他演的女人比女人还要女人。

小　胖：所以，你比子萱更懂得子萱？因为子萱在跟自己较劲，所以，最后子萱一定会回到这里，寻找那个真正的自我。想想子萱也挺不容易的，作为大学生的我们对于明天多少有些迷茫。更何况，在她的梦想之路上还有父母的反对和不理解。笛卡尔说过："我思故我在。"但其实在生活中，只有跳出自己的桎梏，为别人思考到才算是真正的存在。

逍　遥：科莫多龙，蜥蜴亚目巨蜥科，现存种类中最大的蜥蜴，学名为 Varanus komodoensis。该物种生活在印度尼西亚小巽他群岛的科莫多岛和邻近的几个岛屿上，隔绝的种群会产生一种遗传学上的"孤岛效应"。如果完全隔断与外界的物种交流，群体的基因组成与大陆物种的差异会渐趋加大。这种情况下，科莫多龙除了觅食，就是保持静止，一动也不动。

蘑菇哥：在你的生命当中一定有这么一个人，她在特别或者不特别的时间出现，做着特别或者不特别的事情。而你，只需一眼,就怦然心动,难以忘怀。你耗费一切时间去尝试靠近她,靠近她,甚至不惜为此变成一只科莫多龙。除了必要的生活所需之外,就一动也不动。

小　胖：人类,地球上最高级的灵长类动物。他会因为快乐而欢欣雀跃,也会因为感动悲伤而潸然泪下。法海就没有眼泪,在这一点上他远不如修成人身的白蛇白素贞。

逍　遥：生物学说,地球上现存的生物估计有两百万到四百五十万种,已经灭绝的物种至少也有一千五百万种,人类是其中的一种。

蘑菇哥：人类的历史文明,起源于文字的运用,至今不过七八千年。

小　胖：面对物欲横流的人类文明,我们究竟应该何去何从?

逍　遥：所以人类开始思考。

小　胖：所以人类开始踌躇。

蘑菇哥：所以我们开始迷惘。

逍　遥：站在科莫多龙的原点上,往前是我们即将步入的社会,往后则是伴随我们四年的安心校园。原地不动,即是放空。

小　胖：总要踏出这一步。

蘑菇哥：总要踏上这一步。

第七场 人生序幕

时间：当下、回忆时间。

地点：排练厅。

人物：罗政 游子萱 逍遥 小胖 蘑菇哥 小静 小广东
晏奇 田博毅 蒋空空 许多 于淏

【排练厅里,罗政独自在练绕口令,并没有发现躺在角落的逍遥。

罗　政：八百标兵奔北坡,炮兵并排北边跑。炮兵怕把标兵碰,标兵怕碰炮兵炮……(绷不住,哭了)

游子萱：(走进排练厅)罗政。

罗　政：(掩饰)子萱,见到你真好。你快点回来吧,我可不想再和导演演对手戏了。

游子萱：你怎么也一大早就来啦。

罗　政：早睡早起身体好——快毕业了,多来看看我们的排练厅。

游子萱：真羡慕你,大美女,大校花,苍蝇蚊子一大把。

罗　政：你当我是米田共啊! 对了,你爸妈那边怎么说?

游子萱：他们同意我来演毕业戏啦,不过职业演员是当不成了。我毕业去美国,当硅谷女……等去了美国啊,我就去百老汇,天天看戏。到那个时候,天高皇帝远,谁都管不着啦。什么时候吃你的喜糖啊!

罗　政：我们散了,就在昨天。

游子萱：散了好,恭喜你。

罗　政：他对我真的很好，可能在这个世界上，再也找不到比他对
　　　　我更好的男生了。可是我发现我根本就不爱他。有时候
　　　　我觉得白素贞是个挺自私的人。你想想，许仙那么脆弱，
　　　　她却那么强大。她只想着报恩，但她从来没有考虑过她
　　　　的爱其实给许仙带来了巨大的伤害。

游子萱：站在白素贞的立场，法海就是个大混蛋。但站在除魔卫
　　　　道的角度来看，法海并没有错，捉妖只是他的本职工作。
　　　　我要是有个学计算机的女儿，或许也会让她去硅谷。

逍　遥：提问！回答！

游子萱：喂，要吓死人的。

逍　遥：(端出玻璃器皿)对不起，昨天晚上在这儿看蜥蜴卵孵化，
　　　　熬了一宿，不想睡着了。

游子萱：喂，你偷听我们说话，这样很不礼貌哎。

逍　遥：不是故意的，你们看，马上就要孵化的小蜥蜴。

　　　　【罗政和游子萱好奇地看着玻璃器皿中的蜥蜴卵。

逍　遥：你们说，这世上是先有鸡，还是先有蛋？

游子萱：神经病！

罗　政：当然先有鸡喽，没有鸡，哪里来的蛋！

游子萱：那没有蛋，哪里来的鸡啊？

逍　遥：两者都对。请你们把右手举起来，接着把你们的右手握
　　　　拳。请问，现在是你们的手握住了你们的拳头，还是你们
　　　　的拳头握紧了你们的手？ 有恩就会有怨，所以叫恩恩
　　　　怨怨。

罗　政：爱之深恨之切喽。

游子萱：哎，你俩来电哎。

逍　遥：学姐，刚才听说你分手了，我其实挺为你高兴的，真的。

游子萱：校花就是校花啊,东边不亮,西边亮啊。

逍　遥：子萱学姐误会了,求偶是动物本能的体现。这其中并不在于是否雄性主导雌性,或是雌性诱惑雄性,二者在机理上是相互平衡且平等的。在昆虫界,雄性螳螂与雌性螳螂交配后,为了使雌性螳螂能获得更多的蛋白质来繁衍后代,他会选择牺牲自己的生命来让雌性螳螂吃掉自己;黑寡妇雌蜘蛛也会在交配之后,将精力衰竭的雄蛛吃掉。这些繁衍生命的方式听起来好像让人毛骨悚然,但却实实在在地又令人叹为观止。从这一点上说,白素贞是为了保全腹中胎儿才被法海关入雷峰塔,因为她将毕生功力都传给了转世文曲星许仕林,法力耗尽自然功败垂成。但从进化论的角度看,白素贞和许仙创造了一个崭新的物种——就是他。(拿起科莫多龙标本)来,我是你爸爸,她是你妈妈,她是你小姨子。"爸爸好""妈妈好""小姨子好"。

【小胖、蘑菇哥带领众人在排练厅门口发放演出宣传册。

小　胖：你们三个干吗呢,快来帮忙啊。

罗　政：哦。

游子萱：哦。

逍　遥：好嘞。

【众人举着海报,努力吆喝着。此时有一位穿着白纱裙的女孩儿接过宣传册。

蘑菇哥：(脱口而出)静……

小　静：同学,你是在叫我吗?

蘑菇哥：是。

小　静：我们认识?

蘑菇哥：不认识。

小　静：你叫什么名字？

蘑菇哥：我叫王珏，是历史系的。

小　静：（看海报）啊，你就是这部戏的导演啊。你好，我是这个学期新来的辅导员，叫我小静就可以了。

逍　遥：小静老师到时要来看我们的演出啊。

小　静：一定一定，拜拜。

　　　　【目送小静离开的蘑菇哥蹲了下来，抓住自己的脑袋。此时，底幕上正播放着蘑菇哥混乱的童年记忆。

　　　　【视频内容：小静，高三女生，一袭白裙，吃着甜筒走在放学回家的路上，佩戴红领巾和校徽的少年蘑菇哥（王珏）尾随其后。小静甜筒上的冰激凌滴在了裙子上，王珏上前。

王　珏：给。（递上皱巴巴的手帕）。

小　静：谢谢！小朋友，你是不是老跟着我呀！

王　珏：嗯……

小　静：（看着王珏胸前的校徽）你也是我们学校的？

王　珏：嗯……

小　静：你念几年级？

王　珏：我是初二（3）班的，你呢？

小　静：我高三了。

王　珏：你将来想考哪个大学？

小　静：复旦大学中文系。

王　珏：嗯……

小　静：我要走了，手绢还你，拜拜。

王　珏：（挥手）

【以上王珏与小静的对白都以字幕的形式出现在视频中。

罗　政：原来人世间也有如此炙热的情感,许仙是爱白娘子的。

小　胖：记忆,仅仅是一刹那的记忆,但对于青春来说,那便是刹那的永恒。

逍　遥：科莫多龙,蜥蜴亚目巨蜥科,现存种类中最大的蜥蜴,学名为 Varanus komodoensis。他们生活在印度尼西亚小巽他群岛的科莫多岛和邻近的几个岛屿上,该物种濒临灭绝,现已列为保护对象。

小　胖：李安说过,每个人的背后,都有那么一座断背山。而每个男生的记忆深处都有一个叫小静的姑娘。

逍　遥：与其一动不动原地待毙,不如主动出击迎接挑战!

罗　政：大胆告白。

游子萱：大声告白。

蘑菇哥：(慢慢走近呈现记忆碎片的底幕)

小　胖：但是现实总是残酷的。

【蘑菇哥转过身看见许仙抱着许仕林在祭塔。

许　仙：(抱着科莫多龙标本)娘子,我带着仕林来看你来了。仕林,你娘就在塔里头。仕林你长得可真像你娘,你也像我——可还是像你娘多一些,否则不会长成这样。但爸爸依然爱你,你是我和我娘子的孩子。娘子,我好生想你呀,娘子,娘子……

【蘑菇哥与许仙擦肩而过,看见许仙与白素贞第一次在断桥相会的场景。

许　仙：女菩萨,小生许仙这厢有礼了。

白素贞：官人。

【蘑菇哥用遥控器关闭视频,排练厅里只剩下他一人。此时，一袭白裙的小静老师来到排练厅躲雨。

蘑菇哥：小静老师，你去哪里？我送你，我有伞。

小　静：你去哪儿？

蘑菇哥：你去哪儿？

小　静：谢谢。

【门口，蘑菇哥为小静打着伞。

小　静：我总觉得好像在哪儿见过你。

蘑菇哥：不可能。

小　静：我念高中的时候，总有一个小男孩儿老是跟着我呢。

蘑菇哥：那你会有好运啊。

【雨中，蘑菇哥为小静打着伞；白素贞为许仙打着伞；小青在两柄伞的中间和许仕林（科莫多龙标本）嬉戏。

【剧终。

这是一部反映复旦剧社日常生活的速写自画像，剧中角色与演员姓名一致。而该剧的实验性体现在，它通过将蛇妖和科莫多巨蜥的混合来隐喻"一种回忆的切片在现实世界的再造"。十多年后再度整理该剧本时发现，今日颇具梅耶荷德演剧风格的复旦剧社表演体系，似乎从这部作品开始就埋下了创造的种子。无论从编剧、导演，表演思维看，都开始摸索一条新时期的创作语汇。

天之骄子

时间：2014 年 7 至 8 月。

地点：天骄号航母。

人物：

  唐文广——男,22 岁,天骄号航母第四飞行中队 04 甲板地勤组队员。

  彤 彤——女,22 岁,天骄号航母第四飞行中队 04 甲板地勤组队员。

  杨舰长——男,45 岁,天骄号航母舰长,唐文广父亲。

  舰务长——女,40 岁,天骄号航母舰务长。

  中队长——男,31 岁,天骄号航母第四飞行中队 04 甲板地勤组中队长。

  小凳子——男,22 岁,天骄号航母第四飞行中队 04 甲板地勤组队员。

  小桌子——男,28 岁,天骄号航母第四飞行中队 04 甲板地勤组队员。

  小椅子——男,23 岁,天骄号航母第四飞行中队 04 甲板地勤组队员。

  小柜子——男,23 岁,天骄号航母第四飞行中队 04 甲板地勤组队员。

妈　　妈——女,48岁,唐文广母亲。

明　　明——男,23岁,彤彤前男友。

众舰员、达人秀演员与评委。

分 场 目 录

第一场　集结号

第二场　第四飞行中队

第三场　家人

第四场　味道

第五场　演习

第六场　海上升红日

第七场　杨家将

第八场　尾声

第一场　集结号

时间：2014 年 7 月 25 日，星期五，上午 6 点 45 分。

地点：中国东部海域 W 区海军基地，天骄号航母 04 甲板。

人物：唐文广　彤彤　杨舰长　舰务长　众舰员

【天骄号航母准备起锚，陆陆续续的海军船员登上甲板。

唐文广：（画外音日志）公元二〇一四年，七月二十五日，星期五，上午六点四十五分，我国东部海域 W 区海军基地。今天是中日甲午海战 120 周年纪念日，而对于我们中国海军来说，又确是极为不寻常的一天。继美、俄、英、法等极少数拥有自行研发航母技术的国家后，由我国自主研发的最新型核动力航母天骄号也将很快下水试航，这艘凝结着复兴梦和强军梦的海上金刚将承载着捍卫主权、维护领土的神圣使命为我国海上疆域保驾护航。当然，想要成为天骄号上的士兵，就必须经历最严苛的淘汰和筛选。因为天骄号上的士兵，被誉为国家之利器，民族之栋梁——天之骄子，登舰天骄号。

【舞台灯亮，岸上站满了精神抖擞的海军天骄号战士，在雄壮的军乐声中，全体官兵列队，接受舰长的检阅。军乐声停。

舰务长：海军——天骄号。

众士兵：国家之利器，民族之栋梁。

舰务长：报告舰长，海军天骄号全体舰员集结完毕，请指示。

杨舰长：六十九年前，美国人的B-29轰炸机在广岛和长崎各投下一枚原子弹，日本的裕仁天皇投降了。所以，中央军委要求我们也要有自己的核武器，当时的苏联老大哥决定帮我们，可是后来呢？他们把技术，把图纸都给撤走了。于是，我们中国科学家就用我们老祖宗传下的算盘，就着窝窝头，硬是把这原子弹给造出来了。今天，作为世界第一军事强国的老美，依然拥有最强的海上战斗力，这是为什么？

舰务长：因为他们有航母。

杨舰长：没错，因为他们有航母，而且还不止一艘，他们有足足十一个航母战斗群。但是我告诉你们，从今天开始，我们中国海军，也将拥有我们自己的核动力航空母舰。她有一个非常响亮的名字，对吗，舰务长？

舰务长：非常响亮，舰长。

杨舰长：她是否代表着我们中国海军最强悍的海上战斗力？

舰务长：最强悍的海上战斗力，舰长。

杨舰长：她叫什么名字，舰务长？

舰务长：天之骄子，横空出世。

众海军：天之骄子，登舰天骄号。

杨舰长：天之骄子，多么骄傲的名字。你们都是从各个基层部队中选拔上来的优秀大学生士兵。不错，在舆论战、心理战、法律战，三战合一的信息化时代，今天的士兵需要具备更高学历，更高素质的匹配。但是我告诉你们，只有经受过最忠诚、最严苛、最残酷考验的士兵，才能真正成为海军天骄号的光荣一员。请记住，在这个所谓的"和平年代"，天骄号带给各位的是对生命、对浩瀚海洋的真正敬畏与觉醒。

舰务长：守卫海洋,保卫领土。

众　人：守卫家园,保卫祖国,敬礼。

唐文广：(日志)在天骄号的第一天,我被分配到了第四飞行中队。当然,我不是飞行员,只是隶属于航母上的航空联队。我呢,负责军械,就是给舰载机装卸弹药,属于甲板地勤。在我们中队呢,还有彤彤、小凳子、小桌子、小椅子、小柜子,我们都是第一次登上航母的士兵。

第二场　第四飞行中队

时间：2014年7月25日，星期五，上午7点05分。

地点：天骄号航空联队第四飞行中队04甲板。

人物：唐文广　彤彤　中队长　小凳子　小桌子　小椅子　小柜子
　　　众舰员

【地勤组的舰员们在04甲板擦地。

小凳子、小桌子、小椅子、小柜子：（喊着口号擦地）04甲板小凳子
　　　有，04甲板小桌子有，04甲板小椅子有，04甲板小柜子
　　　有——04甲板有有有。

彤　彤：（进场）报告。海军天骄号航空联队第四飞行中队04甲
　　　板地勤组救护员彤彤前来报到。

唐文广：（进场）报告。海军天骄号航空联队第四飞行中队04甲
　　　板地勤组军械员唐文广前来报到。

【地勤组众人没有搭理二人，继续工作，小椅子来到彤彤
　　　旁边。

小椅子：（套近乎）你好，我叫小椅子——（被小凳子拉开）

彤　彤：你好，我叫彤彤。（对文广）我们似乎不怎么受欢迎……
　　　你好，兵哥，我叫彤彤，是大学生士兵，以后多多关照……

唐文广：（对众人）报告。第四飞行中队04甲板地勤组军械员唐
　　　文广前来报到。

小桌子：知道了，大学生士兵。

彤　彤：大学生兵哥哥，帅啊，有没有女朋友，姐给你介绍一个。

唐文广：姐?

彤　彤：嗯,有事儿找姐,姐罩着你。

唐文广：请问中队长在哪儿……

小桌子：(擦地擦过唐文广)让开……

小椅子：你找中队长有什么事?

唐文广：分配任务,准备战斗。

小桌子：准备战斗!(递过毛巾)先把甲板拖干净。

唐文广：拖就拖。

小桌子：呦,是想比比吗!

唐文广：比就比。

小桌子：来呀。

唐文广：(把拖把递给彤彤)姐,罩着你。

彤　彤：对——让我来(接过拖把)。

众　人：好。

小凳子：这里到那里,三个来回,看谁拖得干净。

小椅子：两个汉堡,我赌她赢。

小柜子：三个汉堡,小妮子赢。

小凳子：四个汉堡,小桌子赢。

中队长：(亮相)我赌一罐蛋白粉!

> 【众人惊愕,纷纷列队。中队长仔细打量甲板上各处,激
> 动之余还在地上翻滚,并检查衣物上是否沾有污渍。

中队长：(检查甲板)我们飞行中队地勤组的战场就是这片甲板,
保持甲板的清洁,就是为舰载机再上一道安全锁。

众　人：明白。

中队长：明白——你是新来的?

彤　彤：海军天骄号航空联队第四飞行中队 04 甲板地勤组救护

员彤彤——就位。

中队长：地勤组救护员——你胳肢窝里夹的是什么？

彤　彤：报告中队长，是——小枕头。

中队长：小枕头——你知道我最厌恶的是什么？

彤　彤：报告，彤彤不知道。

中队长：不知道，那我就告诉你，我最讨厌的就是小枕头，尤其是带到甲板上来的小枕头。小柜子，天骄号安全条例第一百三十九条是什么？

小柜子：为确保安全，没有经过允许、检查的一系列物资，坚决不能带上天骄号。

中队长：为什么？

小柜子：怕有追踪器，对舰船，乃至全体舰员构成威胁。

中队长：如果真是这样，那意味着什么？

小凳子：那意味着，还没有开战，敌人已侵入我们的家园，因为天骄号被喻为移动的三十四亩主权领土，报告完毕。

唐文广：报告，人家不是奸细，你们一帮大老爷们儿欺负个姑娘，有意思嘛！

彤　彤：（瞪唐文广）谁姑娘了？

中队长：（对彤彤和文广）我问你们，我们头顶上飞的是什么？

众　人：舰载机。

中队长：我们脚下踩的又是什么？

众　人：战术导弹。

中队长：（指着小枕头）要是这个玩意儿被幸运地卷进飞机发动机，那么我们全都得完蛋。

彤　彤：报告中队长，我错了，小枕头您可以没收，但是那个（指着小枕头上的标识牌）可不可以留给我？

【中队长缄默，彤彤取下标识牌，众人不知所措。

中队长：第四飞行中队，全员例行安全检查。

众　人：(除了文广和彤彤)是。

中队长：(对着文广和彤彤)全员例行安全检查。

文广、彤彤：是。

小桌子：弹射器安全观察员小桌子就位。

小柜子：爆炸物处理员小柜子就位。

小凳子：飞机移动和轮挡员小凳子就位。

小椅子：着舰拦阻装置员小椅子就位。

彤　彤：舰载机救护员彤彤就位。

唐文广：军械员唐文广就位。

中队长：很好，一分钟后，04甲板集合。

众　人：是。

中队长：你俩留下——清理甲板。

彤　彤：是。

唐文广：报告，为什么还要清理甲板？

中队长：为什么？

唐文广：我是经过考核的舰载机军械员。

彤　彤：报告，我也是经过考核的舰载机救护员。

中队长：这里哪个没有经过考核？

小凳子四人组：有，有，有有有。

中队长：记住了，天骄号，还有我们的海军都隶属于我们伟大的中华人民共和国，但是，在第四飞行中队的甲板地勤组，对于一个声音，只有"是"，没有"不"。(走到彤彤面前)

众　人：是。

彤　彤：是，中队长。

中队长：很好,舰载机救护员。

唐文广：报告,这是歧视!

中队长：你在跟我讲道理,法律专业大学生士兵。

彤　彤：（对文广）你说得对,这是歧视——我可是纯爷们儿。

中队长：（对彤彤）纯爷们儿? 你看看我,男子女相者——贵,但女子男相者——母夜叉。

小凳子四人组：哈,哈——哈哈哈。

【众人离开,文广拿起拖把拖地,来到彤彤跟前。

彤　彤：（烦躁）

唐文广：姐罩着你!

彤　彤：一边儿去。

唐文广：（日志）来到天骄号的每一个人都背负着属于自己的梦想,其实梦想就像那海面上的朵朵浪花,从汹涌澎湃到波澜不惊,周而复始,永不停歇地交织又更迭,浪花一朵接着一朵,念想一个挨着一个,可海还是那片海……

第三场 家 人

时　间：2014 年 7 月 26 日，星期六，中午 12 点。

地　点：天骄号航母 04 甲板。

人　物：唐文广　彤彤　中队长　小凳子　小桌子　小椅子　小柜子
　　　　杨舰长　舰务长

　　【午饭后彤彤、小凳子、小椅子、小柜子在耍飞行棋，中队
　　长在一旁"指点江山"，文广一个人在默默玩着溜溜球。

中队长：小柜子。

小柜子：到。

中队长：小椅子。

小椅子：到。

中队长：你们俩现在可以出库了。

小柜子：舰载机进入弹射轨道，请求离舰。

小椅子：舰载机进入弹射轨道，请求离舰。

中队长：彤彤。

彤　彤：到。

中队长：今天你是舰载机预备，就在机库里待着吧——小凳子，到
　　　　你掷骰子出库了……

小桌子：（激动跑入）中队长，中队长，只有两天了，只有两天
　　　　了……

中队长：两天了？恭喜，恭喜，恭喜……（挨个儿拥抱每个队员）还
　　　　有两天，还有两天，倒计时……二、一……（婴儿哭）。

中队长：同志们，今天我有重要的讲话要发表——小桌子的孩子要出生了，这将是第四飞行中队的后代，也是英雄的后代，英雄的后代必有一个英雄的名字……我已经想好了……

小桌子：中队长，叫啥？

中队长：小小桌子？

唐文广：小桌子——桌，同"卓"，卓越、尖端、科技含量高，就像我们的航空母舰，浩然正气，天地长存。卓越，第一，航母——就应该叫卓一航。

众　人：卓一航。

小柜子：卓一航在江湖上的这十年苦练武功不是为了当上武林盟主，也不是为了行侠仗义，而是为了那一抹女子——练霓裳。队长，你的练霓裳在哪里呀？

【杨舰长、舰务长上到甲板。

小凳子：快，站好，练霓裳来了。

【众人集合完毕。

中队长：报告舰务长，第四飞行中队04甲板地勤组列队完毕，请指示。

舰务长：(对中队长)归队吧。

中队长：是。

舰务长：(看着地上的飞行棋盘)中队长，你带的兵这业余生活可够丰富呀。

中队长：报告舰务长，第四飞行中队时时刻刻，分分秒秒都在训练，即使在休息时间，我们也没有停歇，这是我们……新开发的天骄航母沙盘棋，旨在提升智力，预防老年痴呆。我们的口号是——

众　人：确保舰载机的安全离舰、着舰；确保飞行员的生命安全；确保舰载机的最高时速和最强战斗力。

舰务长：非常好。

【杨舰长上。

舰务长：舰长。

杨舰长：同志们。

中队长：敬礼。

【众人敬礼。

杨舰长：第四飞行中队04甲板地勤组肩负着航母预警机、舰载机的起飞和导引任务。尤其是这预警机更是舰载机的眼睛，你们要像对待自己的生命一样，保护他，爱护他。

众　人：保证完成任务。

杨舰长：同志们，联合演习越来越临近了，我们的任务就是在确保安全的情况下，让舰载机的起飞快一些，再快一些，哪怕是一秒钟，也是对战时阶段的大力支持。我知道，有的同志一年都回不了一次家，有的同志连孩子出生都没机会看上一眼，也有的同志到现在还是光棍一条儿，也有的……连家都没了。

小桌子：报告首长，航母就是我的家，请首长放心。对了首长，我那没出生的孩子取名卓一航，立志继承父辈的光荣传统。

杨舰长：卓一航？！

小桌子：嗯，是文广同志给起的，象征我国的航母卓越第一，浩然正气，天地长存。

杨舰长：好名字，杨文广同志。

唐文广：（不答应）

杨舰长：杨文广同志。

【小椅子把文广推出。

唐文广：报告舰长，我姓唐，不姓杨。

【众人缄默。

舰务长：中队长，所有飞机都保养了吗？

中队长：报告舰务长，无论是空警1000，还是空警2000，所有机型都保养完毕，随时可以起飞。

舰务长：所有飞机？

中队长：所有飞机。

舰务长：……那个播种机保养过了吗？

【众人呵呵。

中队长：报告舰务长，播种机是什么机型，我闻所未闻。

舰务长：（对中队长使眼色）

中队长：报告舰长、舰务长，第四飞行中队还有一架FDT预警机需要进行飞行预检。

杨舰长：去吧。

中队长：第四飞行中队，方向机库，起步走。

众　人：是。

舰务长：文广同志，你留下。

唐文广：是。

彤　彤：哇哦，二代啊。

小柜子：二代你个头……

【众人下。

杨舰长：大家都别走了。

【众人留下。

杨舰长：文广，我儿子——大家都坐吧。

唐文广：首长不坐，我也不坐。

【众人又站起。

杨舰长：我让请坐。

　　　　【众人再次坐下。

唐文广：您是舰长，我是列兵，于情于理我都得站着。

杨舰长：这儿又没外人，就跟在家里一样，坐下。

唐文广：这里不是我的家——何况我早没有家了……

杨舰长：这儿……怎么不是你家了——天骄号不是你的家，人民解放军不是一家人？

唐文广：我俩不是。

杨舰长：哪里不是了？没有我这爸爸，你哪儿来。没有天骄号，舰载机往哪儿停啊。

唐文广：（依旧站着，最后坐到队伍末端）

杨舰长：同志们，在舰上生活还习惯吧！

众　人：非常习惯。

唐文广：不习惯也得习惯。

杨舰长：小椅子，奶奶手术后，身体还好吧？

小椅子：报告舰长，可好了，现在一顿饭至少可以吃那么大个披萨。

杨舰长：胃口真好……小凳子，姐姐工作落实了吗？

小凳子：在老家开了个快餐店，生意特别好。

杨舰长：（对文广）那你家里人？

唐文广：我们都是一家人啊，部队很好，我很适应。

杨舰长：我是说……你那个谁怎么样……

唐文广：哪个谁？

杨舰长：就是你妈妈怎么样嘛——这同志……

唐文广：（站起）妈妈很好，谢谢首长关心！

杨舰长：那她就没有那个不开心？

唐文广：现在她可开心了。

杨舰长：编，接着编。

唐文广：(抄起拖把，老往杨舰长站的位置擦地)想当年，天波府老令公杨继业首创盖世神功——杨家枪。杨继业的第六个儿子——杨延昭，镇守三关，使得一手杨家枪。杨延昭的儿子杨宗保，阵前招亲，使得一手杨家枪。娶了穆桂英，生下杨文广，还是使得一手杨家枪——这就叫碧血青天——杨家将。

杨舰长：继续！

唐文广：我恨你。

杨舰长：……

唐文广：对了，报告舰长。我已经拿到美国大学的录取通知书了，我是多想上尼米兹级航母上看看，因为有人曾经说过，美国的航母最先进，有机会一定要上去学习学习——是，我终于有机会去了，但是我没有。

杨舰长：为什么？

唐文广：我要真去了，就带我妈一起，再也不回来了……反正你们也不在一块儿了……

杨舰长：你是军人的后代，中国军人的后代，你给我记住……

唐文广：是，我是一名中国军人的后代，我当然知道。从小就受教育，即使看新闻联播五星红旗升起画面的时候，我都会笔直地敬个军礼，到现在都没改过来——可我也是人，我也需要一个家，一个简单而温馨的家……

杨舰长：少拿西方的自由意识价值观来对你的父亲……你的最高指挥官回话。

唐文广：中国的古训历来就有：修身齐家治国平天下。试问，家
都管不好，怎么管国家大事？

杨舰长：（欲揍文广）

唐文广：上级军官打骂侮辱下级士兵，你要上军事法庭。

杨舰长：我打你了吗我，我打他了没有？

唐文广：你打，你打你打，我有多少年没被你打过了？你知道我什
么星座吗？你知道我现在爱看什么美剧吗？你知道现在
用打车软件坐车比乘地铁还便宜？你知道现在陆地上发
生的事情吗？

杨舰长：……

唐文广：我为什么不去美国，因为我不爱吃汉堡，也不爱吃披萨，
我只爱吃杨舰长在我十岁生日时为我下的那碗面。

杨舰长：什么面？

唐文广：云吞面。

杨舰长：云吞面？什么面？

唐文广：云吞，是我妈妈包好放在冰箱里的，方便面是那个人从超
市买回来的。他说，云吞，就是借其吞食天地，浩然正气
之意。

杨舰长：我那是忽悠你的，那天晚上部队有任务。

唐文广：我知道你忽悠我，但在我看来云吞是妈妈的味道，方便面
就是那个人的味道，云吞加方便面就是航母的味道，更是
家的味道。

杨舰长：……

唐文广：后来，每回生日，我都要模仿你给我做的长寿面，十一岁
是康师傅，十二岁是统一，十三岁是今麦郎，十四岁到现
在一直是老坛——你知道我为什么喜欢用老坛吗？老坛

厚道,买两箱还送一箱,可怎么吃都吃不出当年那碗面的味道,所以我来这天骄号了,因为杨舰长的家在航空母舰上,只有士兵和舰载机才是他的儿子。所以我来这儿了,因为我还想再吃一次云吞面,你懂吗?

杨舰长：文广同志,你辛苦了。(敬礼)

唐文广：舰长同志,为人民服务。(敬礼)

唐文广：(日志)航母再大,在海上,也就是一铁疙瘩,无论白昼,还是黑夜,你永远只能待在铁盒子里,海上的寂寞是陆地不能比拟的,什么都没有,除了海,还是海……

第四场 味 道

时间：2014 年 7 月 28 日,星期一,晚上 8 点。

地点：天骄号航母电话通讯室。

人物：唐文广　彤彤　中队长　小凳子　小桌子　小椅子　小柜子
　　　舰务长　妈妈

　　　【舞台上,一列电话亭的隔间一字摆开,在灯光的剪影下,能看见有人在打电话,有人在排队,十分忙碌。

中队长：(定点)喂,妈,我很快就回来了,您不用担心——啊？不要我回来？哎呀妈你这说的什么话呀？妈妈,那个面怎么做得又香、又滑入口即化啊？问女朋友？我……我不是告诉过你吗？我不知道人家对我有没有意思啊……喂……

小椅子：喂,奶奶,是我。我长个儿了,奶奶,鸡蛋面怎么做？对对对,就是小时候你一直给我做的那种,上面有一颗蛋的那种,哦……你说慢一点。

小柜子：我要为你做做饭,我要为你洗洗碗,然后第一滴汗,滴在爱的汤里……

小桌子：我老婆生啦,我老婆生啦,终于生了,我老婆生了,我当爸爸啦,我当爸爸了……老婆,长寿面里要放些什么？

小凳子：(彤彤在一旁记录)查理说,意大利面需要有特调酱、通心粉、罗勒叶、小碎末……OK,没问题,搞定。

　　　【唐文广意识闪回,眼前出现一碗面条。

唐文广：妈。

妈　　妈：你还是我的儿子吗？

唐文广：一直都是，永远都是。

妈　　妈：我怎么没感觉到呢……我下的面条，你向来都不爱吃，良心都给狗吃了。

唐文广：(大口吃面)好吃，妈，跟您商量个事儿，我想去找他……

妈　　妈：文广，你要是走了，家里就只有妈妈一个人了，你想过这事没有？

唐文广：我会给您写信的。

妈　　妈：写信有什么用？

唐文广：您看，那我要是出国了，您不是照样一个人嘛。同样是一个人，为什么我参军就不行？

妈　　妈：不可以……我已经让他去那了，我不能再让你去了。这对一个妻子、一个母亲、一个女人不公平……

唐文广：但我是男人……

妈　　妈：所以啊，你是个男人嘛。你今后也会有妻子，会有孩子吧？这么做对未来那个家来讲，是不是有点不负责任呢？

唐文广：但我已经决定了……

妈　　妈：你决定了，他也决定了，为什么所有的事情都最终要我来让步，为什么让步的不是你们，你们是男人啊……你爸为了飞飞机，差点连命都没了……是，他的命比我的命重要，你的命也比我的命重要，那我算什么呢……

唐文广：所以我要去找他，去找比父亲生命还重要的东西……

妈　　妈：我现在命还不如飞机了是吧？唐文广你现在姓唐，不姓杨，你记不记得啊？

唐文广：但他是我爸……

妈　　妈：可你不是我儿子吗！

唐文广：你们俩的事情为什么总要牵扯到我身上，我只是想做我愿意做的事情。我想成为中国航母的第一代舰员！

妈　　妈：唐文广，军人是一份职业，既然是职业，它就不应该是生活的全部，生命的全部，应该还有家。

唐文广：航母就是他的家，也是我的家……

妈　　妈：那我是什么？我这里是什么？是客栈？是公园？想来就来，想走就走？是，你是他的儿子，我只是负责哺育你，养育你。等你长大了，我就要把你还给他，就好像，就好像我从来都不曾拥有你。因为我是中国军人的妻子，我的丈夫是中国航母的舰长，而我的儿子，就只能属于航母。

唐文广：妈，我不走了，他保护他的航母，儿子我来保护您。

妈　　妈：（看着碗里的面）面吃完了，也该去了，文广——同志。

唐文广：妈。（哭倒在地）

　　　　【文广回到现实空间，一个人坐在甲板上。众人在后区偷窥，彤彤端着一碗面给文广，文广尝了一口，表示味道不好。

彤　　彤：你算哪根葱啊！

　　　　【抢过文广手里的面条正要回去，被队友们劝回。

彤　　彤：文广，你给我站起来——站起来。

唐文广：（站起来）

彤　　彤：把它给我吃了，这是所有弟兄用这儿（指心脏）给你做的面，吃了。

唐文广：（不为所动）

彤　　彤：不吃是吧，好，我来吃。（吃面）煮泡面的最佳时间通常是三分钟。生命当中有无数个三分钟，但唯独面对煮泡面的三分钟,我们总觉得充盈着期待和幸福。是因为三分钟更加好吃吗?好像也不是。其实,三分钟是一个心理学伎俩。人在面对食物的时候,只要等上三分钟,就会让人胃口变好,食物也变得更加美味。今天这碗面,我煮了三十分钟——但是我依旧觉得它是我尝过的最好吃的面。你知道为什么吗?因为我尝出了家的味道——为什么你喜欢吃天骄云吞面?因为那是你爸爸给你做的。我一直觉得不管是什么食物,只要是用心做的,一定也是最美味的。不管什么事情,只要出自真心,出于真爱,我们就应该原谅他,理解他。你懂吗?

【彤彤吃面,文广抢过碗,二人争着吃碗里的面,众人会心地笑了。

唐文广:(日志)直到来到天骄号才开始慢慢了解杨舰长,航母上的一切都是围绕着舰载机展开的,在这移动的三十四亩领土上,零四甲板上的工作意味着你分分秒秒都在与死神擦肩而过,舰载机的每次离舰与着舰都是一幕幕跌宕起伏的精彩画卷。为了全舰人的安全保障,你必须对抗一切不适,包括自己的生理变化。

第五场 演 习

时间:2014 年 8 月 11 日,星期一,午夜 0 点 14 分。

地点:天骄号航母 04 甲板。

人物:唐文广 形形 舰务长 中队长 杨舰长 小凳子 小桌子 小椅子 明明 众舰员 选秀选手 评委

【04 甲板上被各式照明灯照得灯火通明,能听见航母上空有战斗机不断盘旋的声音,但 04 甲板上再也不见任何起降的飞机,所有天骄号的海军舰员和飞行联队的战士都排成行在甲板上仔细寻找。

舰员甲:001,001,汇报你的位置,汇报你的位置!

舰员乙:002,002,汇报你的气压,汇报你的气压!

舰员丙:003,003,核实降落,核实降落!

【众海军各自忙于接收处理飞机讯号中。

舰务长:报告舰长,第二飞行中队的两架歼-15 战斗机,预计还有 26 分钟的油量,第四飞行中队的 FDT 预警机,只有不到 15 分钟的油量了……。

杨舰长:空中加油机还有多少时间飞抵我舰?

舰务长:两架 1925 型空中加油机在接到救援信号后已经起飞,预计十分钟后抵达指定领空。

杨舰长:通知航母战斗群二级警戒,驱逐舰防御级别上升为三级,潜艇 50 海里半径全航段护卫。

舰务长:是。天骄航母战斗群二级警戒,驱逐舰防御级别上升三级,潜艇 50 海里半径全航段护卫。

众舰员：航母战斗群二级警戒,驱逐舰防御级别上升三级,潜艇 50 海里半径全航段护卫。

杨舰长：所有舰员地毯式搜查,务必把遗失的手电找到。

众舰员：是!

中队长：报告舰长,遗失的手电已经找到。

杨舰长：允许着舰,取消警戒。

舰务长：允许着舰,取消警戒。

众舰员：允许着舰,取消警戒。

【第四飞行中队 04 甲板地勤组全员一字站开。

中队长：唐文广。

唐文广：到。

中队长：出列。

唐文广：是。

中队长：这是你的手电吗?

唐文广：是的,中队长。

中队长：你知不知道,因为你的这次小小的疏忽,差点毁掉三架舰载机。

唐文广：知道。

中队长：你知道个——?! 战时阶段要是有你这样的士兵,我们都得完蛋。

唐文广：对不起,我错了。

中队长：你错了? 不,是我错了——今天,唐文广掉了手电,那就意味着整个 04 甲板地勤组都掉了手电,我也掉了手电,全员考核没有通过。

唐文广：报告,手电是我一个人掉的和他们都没有关系,要罚请罚我一个人。

中队长：你们给我记好了,在这航母上,只有集体,没有个人。

众　人：只有集体,没有个人。

唐文广：我一人做事一人当。

中队长：一人做事一人当是吧,(对众人)腿包都打开。飞机移动和轮挡员。

小凳子：到。

中队长：弹射器安全观察员。

小柜子：到。

中队长：爆炸物处理员。

小柜子：到。

中队长：这些指令都你唐文广一个人来。

唐文广：是。

中队长：15 秒内一架舰载机从 A 区甲板准备起飞。

众　人：是。

小凳子：舰载机进入弹射轨道,请求离舰。

唐文广：舰载机进入弹射轨道,请求离舰。

小桌子：舰载机接受飞控指示,批准离舰。

唐文广：舰载机接受飞控指示,批准离舰。

小椅子：甲板安全员,例行检查。

唐文广：甲板安全员,例行检查。

小柜子：轮挡员撤销挡板,清空跑道,等待离舰指示。

唐文广：轮挡员撤销挡板,清空跑道,等待(跟不上节奏)

彤　彤：报告中队长,文广的手电是因为我而弄丢的……

唐文广：彤彤,这事跟你没关系。

中队长：你再大声说一遍?

彤　　彤：由于身体不舒服，所以我没有注意到左舷拐过来的舰载机，为了安全避让飞机排出的尾气，文广就把我给推开了。应该就是在那个时候，把手电给……

中队长：你不会管好自己的东西啊？为什么第一时间不上报？

彤　　彤：因为我觉得，我们能找着……

中队长：那你们找到了吗？天骄号是你们玩的地方吗？不舒服！你不舒服，我们命都差点没了？你过来……

小椅子：报告中队长，女生的生理结构和男生不一样。

中队长：她先是一名军人，再是一个女生。

舰务长：子不教父之过，教不严师之惰。（对中队长）你告诉我，你拿他们撒什么气。

中队长：报告舰务长，新兵蛋子没经验，全是我的责任，是我的失职，我请求处分。

舰务长：处分?！枪毙都不为过，中队长，你休息吧。

中队长：……是。

唐文广：报告，手电是我的，要罚就罚我。

彤　　彤：报告舰务长，手电是因为我弄丢的，和中队长也没有关系，要罚就罚我……

中队长：你俩都闭嘴。

舰务长：中队长魅力非凡啊，一个好汉那么多人帮啊。你们什么意思？你们当军纪军法是花瓶啊。

唐文广：报告，根据航母条例第157条规定，我们有责任也有义务照看好自己和自己的战友。我在看见紧急情况时，所实施的紧急干预措施完全符合天骄号的甲板安全守则，所以我认为，具体事件也要具体对待。

舰务长：具体对待，酌情处理，你是这个意思吗？我来告诉你，今天这件事情如果发生了，我们失去的将不仅仅是这舰载机，以及全舰人的生命，更是这天骄号航母，这移动的三十四亩主权领土。我问你，这样的责任，谁担得起！

唐文广：这只是假设，是如果，没有真正的战争，只是常规的训练和演习。

舰务长：演习就是战争，如今我们的老百姓确实生活在所谓的和平年代，但是作为军人，作为中华人民共和国的军人，永远只处于两个时代，一个就是战争时期，另一个就是准备战争时期。

众　人：时刻准备着。

舰务长：很好。今天的事件，虽是文广的手电遗失，但却是因为彤彤身体不适，大家都是女人，我本不应为难你，但是作为军人，那就要克服一切不利因素，包括你的生理变化。彤彤，你现在身体还难受吗？

彤　彤：彤彤不难受。

舰务长：非常好——天骄号第四飞行中队地勤组——代理中队长

中队长：到。

舰务长：你的士兵因为严重违反航母条例，现在请你把甲板通行手势再给她教一遍。

中队长：（愣住）

舰务长：把甲板手势再教授一遍。

中队长：是。彤彤。

彤　彤：到。

中队长：第四飞行中队，列阵。

小凳子：舰载机进入弹射轨道，请求离舰。

彤　彤：舰载机进入弹射轨道，请求离舰。

小桌子：舰载机接受飞控指示,批准离舰。

彤　彤：舰载机接受飞控指示,批准离舰。

小椅子：甲板安全员例行检查。

彤　彤：甲板安全员例行检查。

小柜子：轮挡员撤销挡板。

彤　彤：轮挡员撤销挡板。

中队长：清空跑道,等待离舰指示。

彤　彤：清空跑道,等待离舰指示。

中队长：离舰起飞。

彤　彤：离舰……(几乎倒下)。

舰务长：记住了,天骄号,绝不仅仅是男人的世界。战争,也有你我的一部分。你自己站起来。

彤　彤：(努力站起)

舰务长：代理中队长,现在你的队伍里只有彤彤是躺下的。

中队长：彤彤——站起来。

彤　彤：离舰起飞……

　　　　　【彤彤再次倒在地上,彤彤闪回开始。

明　明：彤彤,怎么了。

彤　彤：明明,我扭伤了。

明　明：没事儿吧,(揉着彤彤的脚踝)还疼吗? 你怎么又扭到了?

彤　彤：(看见明明关心自己,瞬间开怀)我跟你说哦,我还要再参加一次选秀,我要当中国好声音。

明　明：你就是我的好声音,你就是我的中国梦,你将来一定是个好大夫。

彤　彤：那是我爸妈想让我当个好大夫,也是你爸妈想让我做个好媳妇,但那不是我想要的。

明　明：如果这次还是没有晋级呢？

彤　彤：……

明　明：你告诉我全国还有哪个真人秀没去参加过？

彤　彤：那我就去消灭恐怖主义,维护世界和平!

明　明：那我呢,我算什么？你有考虑过我的感受吗？

彤　彤：好了好了,我要排练了……

明　明：那你加油。(递上小枕头)

彤　彤：彤彤专属 Vip,可以召唤"大圣"明明。祈福功效：达人秀晋级,好声音晋级,梦之声晋级,妈妈咪呀晋级……

　　　　【达人秀现场。

彤　彤：达人秀的现场朋友们,亲爱的评委们,大家晚上好! 我们是"Tridobe"组合,今天我们又回来了! 我们要给在场的观众带来的是史上绝无仅有的中国好……

评　委：开始吧。

组合甲：少林,少林,有多少英雄豪杰都来把你敬仰……

组合乙：少林,少林,有多少神奇故事到处把你传扬……

彤　彤：举起鞭儿轻轻摇,小曲满山飘满山飘,莫道女儿娇,无暇有奇巧……

　　　　【舞台上逐个亮起红灯"X"。

彤　彤：等下,评委老师,我们还会跳拉丁,对,拉丁舞,准备好……

评　委：卡,卡,卡。

彤　彤：One two,恰恰! One two,恰恰! One two,恰恰!

评　委：可以了,下去吧。来,下一组选手。

彤　彤：我们还有绝招,来,千手观音……

评　委：听不懂话啊？

【组合甲和组合乙欲拉彤彤下场，但彤彤依旧站在舞台上一动不动。闪回结束。

彤　彤：（依旧倒在地上）我是个 Loser，我是个 Loser……

明　明：（彤彤的幻象）彤彤。

彤　彤：（拿出大圣卡）召唤大圣明明。大圣祈福功效：达人秀晋级，好声音晋级，梦之声晋级，妈妈咪呀晋级。对不起，我是个 Loser。

【舰员依次归位。

唐文广：彤彤，舰载机进入弹射轨道，请求离舰。

众　人：舰载机进入弹射轨道，请求离舰。

小桌子：舰载机接受飞控指示，批准离舰。

众　人：舰载机接受飞控指示，批准离舰。

小凳子：甲板安全员例行检查。

众　人：甲板安全员例行检查。

小柜子：轮挡员撤销挡板。

众　人：轮挡员撤销挡板。

小凳子：清空跑道，等待离舰指示。

众　人：清空跑道，等待离舰指示。

小凳子：离舰。

众　人：离舰——离舰。

彤　彤：（站起）离舰起飞。

众　人：离舰起飞。

中队长：无论是战时阶段还是非战时阶段，作为第四飞行中队地勤组的战士，我们的任务就是确保舰载机的安全离舰、着舰，确保飞行员的生命安全，确保舰载机的最高时速和最强战斗力。

唐文广、小凳子：确保舰载机的安全离舰、着舰。

彤彤、小桌子：确保飞行员的生命安全。

小椅子、小柜子：确保舰载机的最高时速和最强战斗力。

中队长：敬礼。

舰务长：海军天骄号。

众　人：国家之利器,民族之栋梁。

舰务长：天之骄子。

众　人：登舰天骄号。

唐文广：(日志)那一天后,彤彤,还有大伙儿都有了一种豪情盖天的味道,也许这就是军人特有的味道吧……

第六场 海上升红日

时间：2014 年 8 月 20 日，星期三，上午 4 点 45 分。

地点：天骄号航母 04 甲板。

人物：唐文广 彤彤 杨舰长 中队长 小凳子 小桌子 小椅子 小柜子

【彤彤在激情练歌，文广躺在一旁吹海风，彤彤没有发现文广。

彤 彤：（唱歌）让我们红尘做伴活得潇潇 Sha（洒）Sha（洒），策马奔腾共享人世繁华。

唐文广：（加入和声）对酒当歌唱出心中喜悦，轰轰烈烈把握青春年华……

彤 彤：文广——

唐文广：我，我什么都没听见……

彤 彤：那你来干吗？

唐文广：你来干吗？

彤 彤：我当然是一、二、三、四……睡不着啦，你也是？

唐文广：嗯，我也睡不着。

彤 彤：那天——还是谢谢你。

唐文广：没事儿，姐罩着你嘛。

彤 彤：（追上）杨文广，你——

唐文广：（边躲边唱）让我们红尘做伴活得潇潇洒洒——潇潇洒洒。彤彤，你说，咱们在这海上待了多久了？

彤　　彤：(估摸着)快有一个月了……除了海,还是海。

唐文广：(哼唱)让我们红尘做伴活得潇潇洒洒……

彤　　彤：闭嘴,文广。

唐文广：彤彤,说真的,刚才你这歌儿唱得可好听了。真的!

彤　　彤：你不觉得我有跑调吗?

唐文广：跑调? 跑调好啊! 这歌儿就得这么唱,他们不懂。

彤　　彤：你骗我,唐文广。

唐文广：我骗你干什么? 彤彤我问你,就刚才那歌儿,杨舰长会唱吗? 他会个得儿。你瞅瞅这大海——你是风儿我是沙。(唱)你 Si(是)风儿,我 Si(是)Sa(沙)……

彤　　彤：唐文广,你——懂我。(唱)你是疯儿我是傻——

文广、彤彤：Can(缠)Can(缠)绵绵到天涯,你 Si(是)风儿,我 Si(是)Sa(沙)……

【杨舰长"呼"地来到 04 甲板,看着第一代舰载机,心潮澎湃。

杨舰长：(引吭高歌)军号嗒嗒嗒吹来了游击队,革命红旗迎风舞呀,奋勇杀白匪。嘀嘀嘀哒——嘀嘀嘀哒——嘀嘀嘀哒嘀——哒哒哒——奋勇杀白——(发现二人)

彤　　彤：舰长!(敬礼)

杨舰长：我什么也没看见。(欲离开)

彤　　彤：舰长您歌儿唱得真好,是吧,文广?

唐文广：(没搭理)

杨舰长：我那是用心唱的——当然唱得好了。(看着眼前二人,会心一笑)

彤　　彤：(尴尬)报告舰长,那舰载机的尾翼上,Y-A-N-G 是您的名字吗?

杨舰长：是，那上面不仅有我的，也有新中国到现在一代又一代王牌飞行员的名字。那是我们中国第一代舰载机，为了确保能在甲板上顺利起降，不少都掉海里了，那些最顶尖的飞行员也不在了。

唐文广：他们不是都有降落伞吗。

杨舰长：没有人跳伞。

众　人：（沉默）

杨舰长：那个时候，没有人愿意飞机毁在自己手里，哪怕还有一点希望，都要让他飞起来，把机头拉起来，机在人在。因为航母是舰载机的家，所以我飞回来了。

彤　彤：那他还能飞吗？

杨舰长：能飞，当然能飞。但很快就会被更先进的飞机所替代，中国海军要进步，天骄号要更新，天骄号的舰载机也会日新月异。所以彤彤、文广，你们来航母，我非常高兴，非常骄傲。我多么希望再飞一把舰载机，在你们的旗舰导引下……可惜，我越来越飞不动了，就像这第一代舰载机，都要进博物馆了，中国航母的未来在你们手里。

唐文广：可我是四眼，飞不了舰载机。

杨舰长：那说明你爱好学习，现在大学生不都是噶亮嘛。

唐文广：Y-A-N-G。

杨舰长：Y-A-N-G，杨。想当年天波府老令公杨继业首创盖世神功——杨家枪。杨继业的第六个儿子——杨延昭，镇守三关，使得一手杨家枪——

唐文广：杨延昭的儿子杨宗保，阵前招亲，使得一手杨家枪。娶了穆桂英，生下杨文广，还是使得一手杨家枪……

杨舰长：对不起，文广，我不是一个好丈夫，更不是一个好父亲。

彤　彤：可您是个好舰长。

杨舰长：好舰长……也够不上。

唐文广：碧血青天——杨家将。

杨舰长：舰上风大，照顾好女同志。

唐文广：是。

杨舰长：哦对了，那天演习你表现得很好，该出手时就出手，像我——当我没说过。（下）

【彤彤文广不知所措。

彤　彤：你有一个好父亲，羡慕你。

唐文广：……

彤　彤：（迎着海风）你知道吗？我不想再唱歌了。

唐文广：不想唱歌？为什么？

彤　彤：因为……来，你上来，来呀。（闭上眼睛）你听，这是什么声音？

唐文广：（登上高处甲板）海浪。

彤　彤：还能有什么声音比这个更动人心魄？

唐文广：（闭上眼睛）是啊，再大的事情在这里都化作了细沙和尘埃。

彤　彤：天骄号，现在我知道为什么叫他了！

唐文广：海天一线，天之骄子，乘风破浪。

彤　彤：天之骄子，乘风破浪。

唐文广：我看见他的名字了，杨舰长的名字。

彤　彤：杨家将！

唐文广：杨继业！

彤　彤：佘太君！

唐文广：杨宗保！

彤　彤：穆桂英！

唐文广：杨文广！（看着彤彤）

彤　彤：——杨排风。

唐文广：恐怕，我这辈子是超不过他了。

彤　彤：姐罩着你。

唐文广：（唱）让我们红尘做伴活得潇潇洒洒……

彤　彤：你看。

唐文广：海上升红日。

彤　彤：太美了！

唐文广：（看着彤彤，看着旭日）我们要保护她。杨舰长，我虽然成为不了舰载机的飞行员，但我向你保证，我会用生命来保护舰载机和他的飞行员，我保证。

彤　彤：保护她，明天的太阳，用我们的责任托起她。

唐文广：彤彤，我想我终于找到了比父爱更深沉，比母爱更伟大的荣耀——我要当爹了。

彤　彤：啊？

唐文广：你要当妈了。

彤　彤：唐文广，你说什么呢？

唐文广：干爹，干妈。（下）

彤　彤：你要去哪？

唐文广：找他亲爹去啊。

　　　　【文广下，彤彤看着脖子上的大圣祈福卡，透过卡中的细孔面朝旭日，发现大圣祈福卡的秘密是……

彤　彤：红彤彤的齐天大圣——谢谢你。

　　　　【唐文广把地勤组众人拽上甲板。

小桌子：(被蒙着眼睛)才几点啊,干吗啊? 大清早的,还让不让人睡觉了啊?

　　【小桌子被文广领到彤彤所站的甲板上,面朝旭日。

众　人：一、二、三! 卓一航,生日快乐!

唐文广：小桌子,我跟彤彤以后就是小小桌子的干爹啦。

彤　彤：我是他干妈,干妈!

小桌子：好! 请你们吃饭!

　　【彤彤帮小桌子摘下眼罩,递给小桌子大圣祈福卡。

小桌子：大圣祈福卡?

彤　彤：(示意小桌子从瞳孔看旭日)

小桌子：(透过细孔)红彤彤的齐天大圣。

彤　彤：红彤彤的小小桌子,红彤彤的卓一航,红彤彤的天之骄子。

小桌子：(迎着朝阳)我爱你! 老婆! 儿子!

小椅子：(迎着朝阳)奶奶!

小凳子：(迎着朝阳)八戒!

小柜子：(迎着朝阳)姐姐!

唐文广：(迎着朝阳)舰长!

彤　彤：(迎着朝阳)你一定要幸福!

中队长：(突然出现,迎着朝阳)舰务长——做我的练霓裳,好不好!

众　人：好!

彤　彤：中国好大兵!

　　【众人迎着旭日敬礼,此时舰载机从上空飞过。

唐文广：(日志)每一个航母上的地勤工作者,都有一个愿望,那就是把自己的名字写在自己维护的飞机上。FDT 预警机上就有杨舰长的名字,因为他是中国第一代预警机飞行员。而我们的任务就是要让舰载机的离舰,着舰快一点,再快一点。

第七场 杨家将

时间：2014 年 8 月 31 日，星期日，凌晨 1 点 45 分。

地点：天骄号航母 04 甲板

人物：杨舰长　舰务长　唐文广　彤彤　中队长　小凳子　小桌子

　　　小椅子　小柜子　妈妈　幼年唐文广　众舰员

【海面上风起云涌，第四飞行中队的战士正指挥舰载机入库。由于暴风雨大作，舰员们很难站稳。而杨舰长正在舰员帮助下穿着飞行员制服。

舰务长：报告舰长，由于气候原因，三架舰载机返航遇阻。

杨舰长：派 FDT 预警机升空导引。

舰务长：报告舰长，这样的气候还没有飞行员有能力驾驶预警机升空导引。

杨舰长：这是全天候演习备战的最佳时机。气候越恶劣，效果越卓著。第四飞行中队。

众　人：是。

杨舰长：飞机出库，我亲自飞，一定把舰载机带回来。

小凳子：报告中队长，预警机准备出库，请指示。

中队长：彤彤、文广。

彤彤、文广：到。

中队长：引导预警机进入起飞轨道。

彤彤、文广：是。

【文广与彤彤跑去预警机旁，解除绑定绳索，暴风雨越来越大。

舰务长：所有舰员迅速清空跑道、迅速清空跑道。

中队长：彤彤,文广,迅速返回甲板。

彤彤、文广：是。

【舰长准备登机。

彤　彤：杨舰长。

杨舰长：(对彤彤、文广)我要在你们的起降导引下,再飞一把。

文广、彤彤：是。

舰务长：三分钟倒计时。

【第四飞行中队 04 甲板地勤组众人引导飞机出库。

中队长：第四飞行中队。

小凳子：弹射器安全观察员就位。

小桌子：飞机移动和轮挡员就位。

小椅子：着舰拦阻员就位。

小柜子：弹射器安全观察员就位。

舰务长：舰桥指示,倒计时三十秒。

小凳子：航母时速十五节,风速十一。

小桌子：驱逐舰三号捕获。

大椅子：护卫舰六号捕获。

大椅子：直升机观察就位。

舰务长：左弯舵——报告舰长,现在暴风雨越来越大。

杨舰长：保持逆风航向,准备起飞。

舰务长：是。

彤　彤：舰载机进入弹射轨道,请求离舰。

唐文广：舰载机接到飞控指示,批准离舰。

彤　彤：甲板安全员例行检查。

唐文广：轮挡员撤销挡板。

彤　彤：清空跑道,等待离舰指示。

唐文广：离舰起飞。

彤　彤：离舰起飞。

众　人：离舰起飞。

　　　　【预警机滑出跑道,冲上云霄,消失在茫茫夜空。

舰务长：预警机准备着舰。

中队长：着舰拦阻员就位。

小椅子：着舰拦阻就位。

小桌子：着舰导引就位。

　　　　【舰载机划过跑道。

中队长：报告舰务长,第一次着舰失败。

舰务长：二次着舰。

中队长：二次着舰。

小椅子：着舰拦阻就位。

中队长：舰载机发射拦阻挂钩。

小椅子：拦阻挂钩断接。

中队长：拦阻挂钩断接,舰载机再次升空,全员注意。

舰务长：舰长。

　　　　【舰载机再次划过跑道,众人卧倒。

唐文广：爸……

　　　　【此时,舞台前区是妈妈和幼年文广。舞台后区两块高台
　　　　分别站着杨舰长和成年文广

妈　妈：想当年,天波府老令公杨继业首创盖世神功杨家枪。

幼年文广：想当年,天波府老令公杨继业首创盖世神功杨家枪。

妈　妈：杨继业的第六个儿子杨延昭,镇守三关,使得一手杨

　　　　　家枪。

幼年文广：杨继业的第六个儿子——杨延昭,镇守三关,使得一手
　　　　　杨家枪。

妈　　妈：杨延昭的儿子杨宗保,阵前招亲,使得一手杨家枪。

幼年文广：杨延昭的儿子杨宗保,阵前招亲,使得一手杨家枪。

妈　　妈：娶了穆桂英,生下杨文广,还是使得一手杨家枪。

幼年文广：娶了穆桂英,生下杨文广,还是使得一手杨家枪。

妈　　妈：这就叫碧血青天杨家将。

幼年文广：这就叫碧血青天杨家将。

杨舰长：现在最火的美剧叫《纸牌屋》,听彤彤说,已经第二季了。
　　　　　最火的韩剧叫《来自星星的你》,最火的综艺节目叫《花样
　　　　　爷爷》……这些我都没看过,也从来不关心。我的世界里
　　　　　只有航母,只有舰载机,作为海军天骄号的战士,预警机
　　　　　是航母,是舰载机的眼睛,他很重要,非常重要,所以我一
　　　　　定要把他飞回来。

唐文广：舰载机接受飞控指示,准备着舰。确保舰载机的安全离
　　　　　舰、着舰,确保飞行员的生命安全,确保舰载机的最高时
　　　　　速和最强战斗力。

众　　人：确保舰载机的安全离舰、着舰,确保飞行员的生命安全,
　　　　　确保舰载机的最高时速和最强战斗力。

中队长：着舰拦阻。

众　　人：卡位,着舰。

中队长：拦阻。

众　　人：拦阻。

　　　　　【舰载机拦阻成功。

中队长：（激动）舰长。

【杨舰长摘下飞行头盔出现。

杨舰长：海军天骄号。

众舰员：国家之利器,民族之栋梁。

杨舰长：天之骄子。

众舰员：登舰天骄号。

舰务长：报告舰长,在我国东南海域,距离南沙群岛六百七十海里,发现不明飞机,飞行时速七百海里每小时,正逼近我海域防空识别区。报告完毕,请指示。

杨舰长：航母战斗群,一级警戒,全速前进。

众舰员：全速前进。

第八场　尾　声

时间：2014 年 7 月 25 日，星期五，上午 6 点 45 分。

地点：天骄号航母 04 甲板

人物：杨舰长　舰务长　唐文广　彤彤　中队长　小凳子　小桌子

　　　小椅子　幼年文广　众舰员

【众大学生士兵纷纷登上航母，站成回字形。

舰员甲：王步润，中国上海，基础医学。

舰员乙：周佳碞，中国上海，自然科学。

舰员丙：刘承昊，河北承德，社会科学。

舰员丁：刘嘉玮，山东青岛，软件工程。

舰员戊：钟雯雯，贵州六盘水，信息工程。

舰员己：刘向昆，黑龙江齐齐哈尔，历史。

舰员庚：王祎，山西忻州，高分子。

舰员辛：沈夏堃，浙江杭州，数学科学。

舰员壬：严晗铭，福建福州，电子科学。

舰员癸：王利斌，中国上海，信息工程。

舰员子：苏子伟，广东广州，物理。

小柜子：小柜子，四川自贡，哲学。

小凳子：小凳子，江西南昌，飞行器设计。

小椅子：小椅子，浙江黄岩，社会工作。

中队长：中队长，江苏无锡，材料物理。

小桌子：小桌子，中国天津，核技术。

舰务长：舰务长,黑龙江牡丹江,高分子。

杨舰长：舰长,四川成都,材料化学。

彤　彤：魏羽彤,中国重庆,生物科学。

幼年文广：小小文广,复旦附小。

杨文广：中国人民解放军海军天骄号战士大学生士兵,杨文广——海军天骄号。

众舰员：国家之利器,民族之栋梁。

杨文广：天之骄子。

众舰员：登舰天骄号。

杨文广：敬礼!

【剧终。

　　在该剧创作的 2012 年,中国航母还是一个相当"神秘"的事物,乔治·卢卡斯的《星球大战》给予了笔者很大的鼓舞。正因为绝大多数观众没有机会登上航母,所以它反倒赋予笔者更大的创作空间。有关航母的很多内容、专有名词都是笔者自己想象来的,这也使得航母空间颇有科幻题材的创造剪影。因为想象是校园戏剧的一湾活水,充满着青春与朝气。本剧获得了第四届中国校园戏剧节,中国戏剧奖·校园戏剧奖"优秀剧目奖"。

天之骄子(美厨达人版)

时间:2020年冬。

地点:天骄号航母。

人物:

    唐　　布——男,20岁,大学生士兵,法律学专业,二年级生。

    龙　　龙——男,19岁,大学生士兵,心理学专业,二年级生。

    欧阳慧——女,20岁,大学生士兵,新闻学专业,二年级生。

    罗大副——女,36岁,天骄号航母大副,上校。

    孟波波——女,32岁,天骄号后舱厨房主厨。

    小凳子——男,22岁,天骄号后舱厨房炊事班战士。

    小桌子——男,21岁,天骄号后舱厨房炊事班战士。

    小椅子——男,23岁,天骄号后舱厨房炊事班战士。

    吕不韦——男,45岁,天骄号总厨师长,唐布父亲。

    罗大秘——男,26岁,罗大副第一助理。

    罗二秘——女,24岁,罗大副第二助理。

    查　　曼——男,34岁,天骄号前舱厨房主厨,外号 X-MAN。

    众舰员等。

分 场 目 录

第一场　集结号

第二场　牛肉面

第三场　天外飞仙

第四场　渡情

第五场　一抹红

第六场　约战

第七场　顶级厨师

第八场　尾声

第一场　集结号

时间：2020年8月1号，上午9点。

地点：我国东部沿海海域航母天骄号主甲板。

人物：唐布　龙龙　欧阳慧　罗大副　罗大秘　罗二秘　众舰员等

【舞台中央，我国自主研发的最新型核动力航母天骄号准备试航，甲板上能隐约看见站满了即将登舰的海军官兵。

唐　　布：（画外音日志）公元二〇二〇年，继美、俄、英、法等极少数拥有自主研发航母技术的国家后，由我国自主研发的最新型核动力航母天骄号将于一百天后正式下水试航，这艘凝结着我国全民智慧和辛勤汗水的天骄号将承载着捍卫主权，维护领土的神圣使命在我国沿海保驾护航。当然，想要成为天骄号上的士兵，就必须经历最严苛的淘汰和筛选。因为天骄号上的士兵，被誉为国家之利器，民族之栋梁——天之骄子，登舰天骄号。

【舞台灯亮，岸上站满了精神抖擞的海军天骄号战士，在雄壮的军乐声中，全体官兵向军旗敬礼，接受副舰长罗大副的检阅。

【军乐声停。

罗大秘：海军天骄号。

众舰员：国家之利器，民族之栋梁。

罗大秘：报告大副，海军天骄号预备役集结完毕，请指示。

罗大副：海军天骄号的战士们，你们都是从各个基层部队中选拔上来的优秀大学生士兵。

唐布、龙龙、欧阳慧：（极其喑瑟）

罗大副：不错,在舆论战、心理战、法律战三战合一的信息战时代,今天的士兵必须具备更高学历,更高素质的匹配,但是只有经受最严苛考验的战士,才能登上我身后的这艘海上金刚天骄号。

罗大秘：海上金刚,天骄号。

罗大副：真正成为天骄号航母的光荣一员。

罗大秘：光荣一员。

罗大副：守卫海洋,保卫领土。

罗大秘：守卫海洋,保卫领土。

众舰员：守卫家园,保卫祖国,敬礼!

罗大副：请记住,在和平年代天骄号带给你们的是对生命、对宇宙、对浩瀚海洋的真正敬畏与觉醒。

众舰员：天之骄子,登舰天骄号。

罗大秘：下面,由罗大副宣布海军天骄号预备役各工种分配。

【唐布很自信地站在队伍中,感觉自己成为了真正的勇士,这种感觉我们都懂的。龙龙和欧阳慧的双眼也死死锁住罗大副。

罗大副：肖遥,舰载机离舰引导员。

肖　遥：是。

罗大副：朱梦成,舰载机离舰引导员。

朱梦成：是。

罗大副：陈嘉伟,舰载机着舰引导员。

陈嘉伟：是。

罗大副：龙龙,天骄号炊事班后舱厨房。

龙　龙：……是。

罗大副：欧阳慧,天骄号炊事班后舱厨房。

欧阳慧：厨子？是。

罗大副：唐布,天骄号炊事班后舱厨房。

唐　布：(沉默)

罗大副：唐布,天骄号炊事班后舱厨房。

唐　布：是。

罗大副：康嘉诚,舰载机着舰引导员。

康嘉诚：是。

罗大副：沈夏堃,舰载机装弹控制员。

沈夏堃：是。

罗大副：严晗铭,舰载机装弹控制员。

严晗铭：是。

罗大副：以上人员编制宣读完毕。

欧阳慧：报告!

罗大副：讲。

欧阳慧：为什么是我去炊事班?

罗大副：这是命令。

欧阳慧：报告!

罗大副：讲。

欧阳慧：我欧阳慧是来参军的,不是来当家庭主妇的。

罗大副：第一,军人首先要服从军令;第二,就凭你,现在还没有资格和我讨价还价。

欧阳慧：——报告,我是新闻专业大学生士兵,我和其他士兵不一样(瞥龙龙)。

龙　龙：报告,我也是大学生士兵。我叫龙龙,心理学专业,我立志登上天骄号,成为最优秀的海军士兵——我去当厨子,是不是弄错了?

罗大副：弄错?

唐　布：报告,我各项考核都是优秀,请求上级重新复核我的成绩。另外,从法律上讲,获得知情权,是每个公民所享有的基本权利。

罗大副：有这个必要吗?

唐　布：报告! 公开,公平,公正是对于每名海军战士最最基本的尊重。

罗大副：唐布。

唐　布：到。

罗大副：欧阳慧。

欧阳慧：到。

罗大副：龙龙。

龙　龙：到。

罗大副：仔细看好了,在你们身边的都是高学历、高素质的天骄号战士,你们不去炊事班,自然有人会去,对于不服从军令的,请随时准备下舰。

龙　龙：海军天骄号战士,立志成为顶级厨师。

欧阳慧：(鄙视地看着龙龙)

罗大副：很好。(对三人)如果你们仨真是做西服的料,就请证明给我看,别把西服做成裤衩了。

罗大秘：全体队友,解散。

【众人离开。看着罗大副离去的背影,唐布、欧阳慧、龙龙三人彼此两两相望。

龙　龙：太邪门儿了,(朝着罗大副离去的方向)我可从来不会做

饭。我们家都是保姆做的,这怎么可能呢? 绝对不可能
啊……

欧阳慧: 你烦不烦……

龙　龙: (模仿慧慧口吻)我是新闻学专业大学生士兵,现在呀,我
可是家庭主妇了啦。

欧阳慧: 我削你——(一记直拳直刺龙龙面门)

龙　龙: (龙龙一个闪躲后反扣住慧慧)小辣妹,我喜欢。

欧阳慧: (鹞子翻身)找抽吧你。

龙　龙: (走近唐布,开始模仿)唐布,法律专业大学生士兵——拥
有知情权是每个公民所享有的基本权利。

唐　布: (一把握住龙龙的手腕)

龙　龙: 断了,断了。

唐　布: (对龙龙和慧慧)唐布,拥有准律师执照的炊事员,请多多
指教。

龙　龙: 放开我。

唐　布: (放开)

龙　龙: 这都是些什么人啊……

欧阳慧: 往后,咱们可就是一伙的啦!

龙　龙: 那也只是暂时的。

第二场　牛肉面

时间：紧接上一场，两小时后，午餐时间。

地点：天骄号后舱厨房。

人物：小凳子　小桌子　小椅子　孟波波　唐布　龙龙　欧阳慧

【炊事班的长条桌上，整齐地摆着三碗牛肉面。小桌子和椅子抬着一筐土豆进来。

小椅子：（嗅到气味）发现情况。

小桌子：（闭眼，闻到气味）宝刀屠龙号令天下，

小椅子：（闭眼）倚天不出谁与争锋？

小桌子：（睁眼）灭绝师太重见江湖！

【二人朝着桌上的牛肉面看去。

小桌子：孟波波，你咋就知道我俩没有吃午饭呢？

小椅子：还多下一碗。

小桌子：怕咱俩不够呀。

小椅子：我的好孟波波——那就不客气了。

【二人迅速端起各自面前的牛肉面，正瞄准第三碗。

小凳子：住手。

小桌子：干嘛，你……（还要下筷）

小凳子：这不是你们的，是孟波波给新来的战士准备的。

小椅子：新战士？

小凳子：天骄号来了一大批高素质，高学历的大学生士兵。

小椅子：大学生就了不起啊。

小桌子：我知道了，一定是现在就业不景气，想来部队镀个金，回去再谋发展，咱们可是天骄号，说出去多有面子……

小凳子：有面子个 P，有本事你们吃，看灭绝师太回来怎么请你们吃倚天剑。

孟波波：（手持擀面杖出现）

小凳子、小桌子、小椅子：班长好！

孟波波：你们三个在干什么？

【小凳子三人迅速把桌上的面条重新放好。

小凳子：报告班长，我把土豆搬回来了。

孟波波：搬土豆是他们两个干的，你干什么去了？

小凳子：（看见开着的冰箱门）报告班长，我把冰箱门打开了。

孟波波：你信不信，我把你也冻进去一块儿做土豆泥。

小凳子：我想还是不用了，班长。

孟波波：那为什么这冰箱门从早晨到现在一直都没有关上——你们知不知道我最讨厌的是什么？

小凳子三人：不知道。

孟波波：我最讨厌的就是不保鲜的食物。

小凳子三人：是。

孟波波：那还不给我去关上。

小凳子：是。（关上冰箱门）

孟波波：一会儿，我不叫你们，你们谁都不许出来。

小凳子三人：是。

【小凳子三人躲进储藏室。唐布、龙龙、欧阳慧小心翼翼走进，后厨的狭小空间和昏暗的光线让三人极度不适。

孟波波：（在昏暗的角落）请坐。

【唐布三人吓一跳，转身就跑。

梦波波：上哪儿去,回来。

欧阳慧：(发现孟波波)大妈你好。请问大妈,这就是后舱厨房啊?

孟波波：这里就是。

欧阳慧：那孟班长在吗?

孟波波：你找她有事儿吗?

龙　龙：我们是分配到这儿的新战士,来向他报到。

孟波波：就你们仁?

唐　布：对,(嫌弃地看着龙龙和慧慧)就我们三个。

孟波波：很好,还没吃饭吧。

龙　龙：没有。

孟波波：(指着桌上的牛肉面)快吃吧,一会儿都凉了。

欧阳慧：谢谢大妈。

龙　龙：(看着牛肉面)这大妈真好。哇喔——超大块儿的牛肉面。

唐　布：(吃面)面很滑,很 Q,入口即化。

欧阳慧：(吃面)肉很赞,很有嚼劲,入口即化。

龙　龙：(吃面)料很足,汤头浓,入口即化。

孟波波：美食节目看多了吧,快点吃,吃完了好——上——路。

【唐布三人停下碗筷。

欧阳慧：(害怕)我觉得这个大妈,好像有点奇怪。

龙　龙：奇怪,这碗底下怎么还有字啊? 孟。

唐　布：(看碗底)孟。

欧阳慧：(看碗底)孟——孟婆汤?

孟波波：小凳子,小桌子,小椅子。

小凳子三人：在。

孟波波：大刑伺候。

小凳子三人：是。

　　【小凳子三人用黑色垃圾袋将唐布三人罩住。

唐　布：（兴奋）反恐演习，我喜欢。

　　【唐布三人各施绝技，但皆被孟婆婆的倚天擀面杖一一制服。

唐　布：你们是什么人？

小凳子：海军天骄号战士——小凳子。

小桌子：海军天骄号战士——小桌子。

小椅子：小椅子。

孟波波：海军天骄号后舱厨房厨师长，孟——波——波。

　　【此时唐布三人依然被蒙着塑料袋。

唐　布：报告首长，海军天骄号战士唐布前来报到。

龙　龙：龙龙报到。

欧阳慧：欧阳慧报到，帮我解开。

孟波波：罗大副说，你们都是一等一的高手，但是在我这里，我可不需要只会舞文弄墨的娃娃兵。

欧阳慧：孟婆婆，不，孟班长，是我们有眼不识泰山，多有得罪，还望见谅。

　　【慧慧欲摘去头套，被小椅子阻挠。

孟波波：有眼无珠没关系，我们这里讲究的是味觉。在这天骄号上，三千多人的食物都从我们厨房出。所以后舱厨房就是军事重地，闲人免进。

唐布三人：是。

孟波波：很好。那么现在端起你们的面，告诉我刚才的牛肉面里都用了哪些大料。

　　【唐布三人被小凳子三人领到桌前。

欧阳慧：(尝试)只有味觉和嗅觉，这也太难了吧，我放弃。

龙　龙：(尝试)不对，这个也不对……我放弃。

唐　布：(尝试)有香菜，这是做牛肉面的必备辅料，还有咖喱，辣椒，蒜，这是孜然……

孟波波：很好。

小凳子：这么牛。

小桌子：比我们还厉害。

小椅子：瞎蒙的吧。

小凳子：你蒙个试试。

孟波波：小凳子。

小凳子：在。

孟波波：唐布以后就跟你了，好好带他。

小凳子：是。

　　　　　【唐布三人的头套被摘除。

孟波波：(对龙龙和慧慧)还有你们两个，我要告诉你们，在这里没有吃闲饭的小主。今天晚上，后舱官兵的碗盘就拜托你们了。记得把洗碗机清理一下。

龙　龙：报告孟班长，请问后舱厨房负责多少官兵？

孟波波：小桌子。

小桌子：后舱厨房负责全舰三百八十九名官兵的日常饮食。

龙　龙：四百个盘子，那不刷疯了！

孟波波：几百个盘子就把你吓成这样，这可远远不止我们的工作量——小桌子。

小桌子：以美国为例，一艘平均拥有五千名舰员的核动力航母，每天要制作一万六千至一万八千份餐饭，供餐时间从早晨六点一直到午夜十二点，还有宵夜。每个月要消耗一点三吨的炸鸡、一点三吨的鱼肉、三点六吨的培根、三点六吨的牛排、三点五吨的土豆、四吨的生菜、五点四吨的大米、十一吨汉堡包、二十吨热狗、七万两千枚鸡蛋，以及四千五百升苏打水、六千八百升牛奶，和一万五千升橙汁。报告，完毕。

欧阳慧： 敢问大哥，哪里高就？

小凳子三人： 神抽职业技工学校！

小凳子： 免费试学，包就业。

小椅子： 技工班，发助学金三千元。

小桌子： 农村学生减免两千五百到五千元学费。

小凳子： 开设汽车维修和装具，数控机床，电工电子，挖掘机操作，电接焊，烹饪，食品雕刻，电脑等专业。

小椅子： 走进神抽，前程无忧，奔幸福大道。

小桌子： 学技术，到神抽，

小凳子三人： 你我就业准无忧，神抽职业技工学校。

孟波波： 怎么样啊，大——学——生士兵，他们仨虽从来没有上过大学，但技术照样是杠杠的。

唐　布： 那我们就比一比，我就不信我唐布做饭会做不过他仨。

小凳子： 好啊，我们等你。

孟波波： （对龙龙、慧慧）你们两个呢？

龙　龙： 比就比，谁怕谁！

欧阳慧： 干。

孟波波： 好，那今天的碗盘就先搁在账上。明天早上每人做一碗面给我，不过关的，那就老账新账一块儿算。

唐布三人： 答应。

小凳子三人： 神抽职业技工学校

第三场　天外飞仙

时间：紧接上一场,第二天早上7点。

地点：天骄号后舱厨房。

人物：唐布　龙龙　欧阳慧　孟波波　小凳子　小桌子　小椅子
　　　罗大副　吕不韦

【在《男儿当自强》的歌曲中,唐布三人正在各自准备料理,孟波波扛着孟字大旗带领套着狮头的孟家军,即小凳子三人组在舞台中央围绕唐布三人舞狮。最终小凳子三人回到舞台中央,摘去狮头以美食评委身份亮相。舞台中央的长桌上放着慧慧做的早餐面条。

小凳子：顶级厨师军旅特别番,Action。

【小凳子三人组品尝了慧慧的面条。

小凳子：女嘉宾,我想跟你说,你的鸡蛋煮得太熟了,鸡蛋面一定要注意蛋液流黄的配比,而且番茄酱的味道也没有调好,还不如麦当劳叔叔的调味包……对不起,No。

小桌子：女嘉宾,你的外形很漂亮——Sorry,我是说鸡蛋面的外形,但是怎么评价你的鸡蛋面呢? 这就跟女人一样,外形再漂亮没有内涵,也是个烂花瓶,我只想送你八个字,金玉其外败絮其中——Not Yes。

小椅子：女嘉宾,你要记住,鸡蛋面的主角首先是面,而不是蛋蛋。鸡蛋的任务就是要当好绿叶,衬出面条的星辉,而不是抢了主角的风头。所谓酒品见人品,餐品见本真。对不起,我不能给你 Yes。

小凳子：女嘉宾，三位评审都给了你 No，所以很抱歉你不能晋级，那么——

小凳子三人：今天的餐盘就拜托你了。

欧阳慧：各位评委，我知道今天自己没有发挥好，但我真的真的不想脱掉身上的围裙，我老公还在医院里等着我，我希望自己能够走得更远，让我的老公为我感到骄傲，为他的妻子感到光荣。我一定要得到我的梦想基金，这样我老公就能够早点站起来。（抱起一旁的狮头，哭得声嘶力竭）老公，你一定要站起来，一定要站起来，我不会放弃的，一定不会放弃的，老公……

【小凳子三人组举牌，全票 Yes 通过。

欧阳慧：我成功了。美食选秀节目往往不在于参赛嘉宾的食物有多么可口抓人味蕾，而是在于选手们背后的故事。真人秀节目皆是如此，娱乐至死。媒体的力量！新闻的力量！舆论的力量！

小凳子：孟班长，这也算啊！

孟波波：没有说不可以啊？龙龙。

龙　龙：到。

【龙龙端上自己做的面，小凳子三人正要品尝龙龙的面条。

龙　龙：稍等，还差八秒钟……开动吧。

【小凳子三人品尝面条。

小凳子：你在玩什么啊？Red Card。

小桌子：你拿方便面来唬我？Out。

小椅子：看我不扁你？No。

龙　龙：(哈姆莱特情结)为什么是他？没错——生命当中有无数个三分钟，但唯独面对煮泡面的三分钟时，我们总觉得充盈着期待和幸福。是因为三分钟会让面条变得更好吃吗？好像也不是。其实，三分钟是一个心理学伎俩。人在面对食物的时候，只要等上三分钟，就会让人胃口大开，食欲大增。不管你是康师傅还是今麦郎；无论是统一还是辛拉面，都会因这神奇的三分钟而变得爽口，弹牙，销魂。

孟波波：水分太多，来点干货好不好。

龙　龙：没问题。(取出一包方便面)各位请不要眨眼，马上到见证奇迹的时刻。请各位观众检查一下，这包老坛酸菜牛肉面是不是和市面上买的一模一样，里面没有任何机关对不对？很好，请各位不要眨眼，现在只需三秒钟就给大家带来一份全新的龙师傅军事早餐——请看。

　　【龙龙把方便面捏碎，请评委品尝。

龙　龙：尝尝我龙龙的军事小点心，野战时期必备产品，比战备压缩小饼干的口感可要好太多了。

小凳子：(咀嚼)很脆，很 Q，入口即化。

小桌子：(咀嚼)是初恋的味道，很酥，很麻，入口即化。

小椅子：(咀嚼)不仅可以大把大把地吃——梁山好汉；还可以碾得稀碎稀碎再尝——很袖珍，还很复古。

龙　龙：还可以搓成一个圈，变成张君雅小妹妹，滑溜溜，好享受。只需三秒钟——还你全新的舌尖上的美味。

孟波波：可以了，你不用再表演了，你晋级了。

小凳子：前面两位选手都已顺利晋级，这第三位选手的心里一定亚历山大。

小桌子、小椅子：四百个盘子呦！

【唐布端着面摆到评委面前，小凳子三人依次品尝。

小桌子：这……

小椅子：这……

小凳子：这……

孟波波：我来尝尝。（品尝）为什么是云吞面？

唐　　布：汤头好，切题海上。云吞，则是航母上的舰载机，可爱，洁白，口感滑嫩。

孟波波：那为什么用方便面来做？

唐　　布：香港的汤面用得就是出前一丁。为了遵循原汁原味，我用了龙龙剩下的老坛来平替，是不是很 Q，很滑，又很弹？云吞，是妈妈的味道，我妈妈教会我包的云吞。每逢过年的时候，我们都爱吃云吞。云吞是南方的美食，面条加上云吞就像军舰加战机的组合，也就是航母组合的味道。天骄云吞面，吞食天地，浩然正气，天地长存。

【罗大副、吕不韦进来。

罗大副：说得好。

众　　人：首长好。

罗大副：这么特别的面，我倒要尝一尝。（品尝）不错，吕中校，您也来尝尝。

【吕不韦紧盯着唐布走到桌前，撤掉筷子，从上衣口袋里取出一把金属勺子拨弄着面条，仔细品尝。

罗大副：孟班长，这几个娃娃兵还中用吧！

孟波波：小凳子，小桌子，小椅子。

小凳子三人：在。

孟波波：刷盘子去。

小凳子三人:是。

罗大副:回来。孟班长,天骄号对于中国海军如何保障大型水面
舰艇的伙食提出了新的挑战。从烹饪角度来看,西餐制
作相对简单、营养价值又高,中餐虽然口味好,但制作过
程较复杂,而且炊事用水需求量大、排污量也高。

罗大副:对于动辄数千人的航母来说,未来天骄号的航母伙食肯
定要走中西餐相结合的集约化、成品化道路。为此,我们
请来了留美的营养学博士吕不韦中校来担任天骄号的总
厨师长。

吕不韦:航母不仅仅是一个武器平台,她更是一个复合的作战系
统。除了高技术装备,像吃饭这类看似平常的行为也会
成为影响整体战斗力的重要因素,从而需要严谨而又科
学的统筹安排。

孟波波:对不起,做了二十年的中国菜,洋快餐我不会做。

唐　布:再美味的饭菜,若不是厨师亲自下厨,而一味地靠大机
器,大微波炉烘焙出的食品是没有爱的。(套上狮头)作
为军人,我们不是杀人机器,而是人,是堂堂正正的人。
人若没有爱,那跟旺财吃米田共有什么区别?

孟波波:(钻进唐布的狮尾,与唐布舞狮)天下风云出我辈,一入江
湖岁月催。皇图霸业谈笑间,不胜人生一场醉。有骨气,
不愧是我孟波波的兵。

小凳子三人:神抽职业技工学校。

罗大副:吕中校,您的部下似乎不怎么听话呀。

吕不韦:是妈妈的味道,但可惜少了一样东西。

众　人:……

吕不韦:(掏出装威士忌的贴身小酒壶)女儿红。每逢七巧节,广

东的阿妈就会给待嫁的妹子煮上一碗云吞面,让待字闺中的小妹将来能找到一位如意郎君。而绍兴的阿爹则会在女儿出生那天为其埋下一坛女儿红,等到十八年后女儿出嫁那天,阿爹就会取出当年埋藏的酒作为女儿的陪嫁贺礼。酒香思故里,遥遥叙别离。中国的美食在于意境,(往唐布的云吞面中滴入一滴女儿红)再尝尝看。

龙　龙：(品尝)我想哭,太好吃了。

欧阳慧：(品尝)是阿爸的味道。

【孟波波喝过一口面汤后,刚想一饮而尽又克制了下来。小凳子三人在品尝后也被惊艳到鸦雀无声。

吕不韦：后舱厨房的战士们,一流的海军要有一流的厨房。航母是作战团队,每个环节都必须紧密结合,天衣无缝。所以,我将代表天骄号对于所有厨师进行业务考核,达不到要求的就各回各家,各找各妈。

众　人：是。

【众人下场,唯独唐布一人看着桌上的面。

第四场　渡　情

时间：紧接上一场，当天下午。

地点：天骄号后舱厨房。

人物：唐布　龙龙　欧阳慧　孟波波　小凳子　小桌子　小椅子

【小凳子三人在玩斗地主，慧慧和唐布在刷盘子，龙龙在
　一旁看着星象学方面的书。

小凳子： 妹妹。

小桌子： 妹妹不要。

小椅子： 飞机带翅膀。

小桌子： 不要。

小椅子： 空扔一大猫

小凳子： 不要。

小桌子： 不要。

小椅子： 那我又赢了。

小凳子：（对小桌子）炸呀……

小桌子： 没呀。

龙　龙： 你们的业余文化生活太贫瘠了。

小凳子： 又看不起我们是不是？有位爷爷说得好，不管黑猫白猫，
　　　　　能抓老鼠的就是好猫。

龙　龙： 他还说过，学电脑要从娃娃抓起。

小凳子三人： 神抽职业技工学校。

小桌子： 开设汽车维修和装具，数控机床，电工电子，挖掘机操作，

电接焊,烹饪,食品雕刻,电脑等专业。

小椅子：走进神抽,前程无忧,奔幸福大道。

小凳子：学技术到神抽,你我就业准无忧。

小凳子三人：神抽职业技工学校。

龙　龙：(看手里的笔记本)难怪你们那么不正常,你们和憨豆先
　　　　生一样都是摩羯座的。

小椅子：摩羯座? 好霸气的名字。

小凳子：你懂个 P,摩羯座就是被割掉蛋蛋的山羊。

　　　　【小桌子、小椅子愕然。

孟波波：(端着碗进来,一脸铁青)今天的番茄炒蛋谁做的?

小凳子三人：不是我。

欧阳慧：也不是。

龙　龙：正是在下。

孟波波：(对龙龙)你尝尝。

龙　龙：(尝一口后,吐掉)

孟波波：现在是敏感时期,各个厨房都是如履薄冰,你竟然犯那么
　　　　大错误。

龙　龙：我记得早上还是好好的,怎么就那么咸了呢!

唐　布：(接过勺子,尝了一口)这不正好嘛!

龙　龙：你舌头瓦特啦。

孟波波：打掩护啊!

唐　布：对不起,我以为龙龙忘放盐,所以就给他添上了。对不
　　　　起,龙龙。对不起大家。

龙　龙：什么事儿这是!

欧阳慧：今儿早不还好好的嘛,怎么舌头说坏就坏了?

孟波波：唐布,给我下碗面。

唐　布：是。

　　　　【众人盯着唐布,在一旁叽叽歪歪。唐布下好面,端给孟
　　　　波波。

孟波波：(尝了一口)太逊了,怎么会这样?

唐　布：对不起,孟班长,我让你失望了,我不会做饭了,我尝不出
　　　　味道了,我味蕾坏了。

小凳子：布布失去味觉了,天啊,太不可思议了……

欧阳慧：(对着小凳子)一边儿去。唐布,你没事吧?

孟波波：唐布,你今天上午表现多英勇,很长我们志气和威风啊,
　　　　怎么那么快就蔫儿了?

龙　龙：男嘉宾你在说谎,你的眼神出卖了你。

欧阳慧：你有事情瞒着我们。

小椅子：唐布,一家人不说两家话。尽管看你不是很顺眼,但你有
　　　　难处可以告诉我们,捐个一块、两块的,还是没有问题。

小凳子、小桌子：一块、两块还是有点问题。

　　　　【唐布哼唱起《世上只有妈妈好》,唱着唱着就哭了,龙龙
　　　　在一旁抚慰。小桌子也哭了。

小凳子：(对小桌子)你怎么哭了?

小桌子：好久没有回去了,想家了。

小凳子：(发现小椅子也哭了)你怎么也抽泣了?

小椅子：我想我奶奶!

小凳子：我也有点想我的八戒了。

孟波波：那你们可以给他们写信呀。

小凳子三人：嗯。

　　　　【小凳子三人各自写信。

小桌子：麻麻,我很想你。好想好想的那种想。舰上的兄弟们,还

有班长都很照顾我。抱歉我不能给你打电话，不可以视频聊天，这是我们的规定，因为漂亮国那个什么"棱镜计划"——嘘，这个是我们新来的战士慧慧告诉我的，说写信才比较安全，我不能告诉你我的位置，但是我真的很想你，麻麻。

小椅子：奶奶，我好想你，你还好吗？最近舰上新来一个女大学生叫慧慧，她说海天一线，因为我们两个其实一直离得很近，你从来没有离开过我。奶奶，每年春晚郭德纲的相声我都录下来了，我会在明年的清明放给你听。奶奶，我好想吃你给我熬的海鲜粥，我真的好想你……奶奶。

小凳子：八戒，爸爸在外面工作，要很长时间才能回来，你要听爷爷的话，每天只能吃一顿，现在你还随便拉粑粑吗？你都会按时去医院打针吗？舰上的慧慧告诉我，一月八号起东方卫视有《狗狗冲冲冲》，等回来爸爸带你去参加。

孟波波：老公，很久没有给你写信了。昨天班里来了三个新战士，他们都很优秀。其中有个姑娘叫慧慧，和当初的我一样天不怕，地不怕，初生牛犊不怕虎。我说过，等找到合适的接班人就回去陪你，还有我们的缪缪，但眼下我们还有一个艰巨的任务要完成……

【看着孟波波等一干炊事班战士在给家人写信，唐布三人透过舷窗望向海面。

唐　布：我本叫吕布，三国第一勇士，我爸在我出生前就把名字想好了，男的就叫吕布，女的就叫吕凤仙。后来，也不知道什么原因，他们就分开了，我随了母姓。

【一阵舰载机轰鸣，龙龙奋力握着唐布的手，欧阳慧紧紧勾着唐布的肩膀。

第五场 一抹红

时间：三日后，凌晨 3 点。

地点：天骄号甲板。

人物：唐布　龙龙　欧阳慧　孟波波　小凳子　小桌子　小椅子
　　　罗大副　吕不韦　罗大秘　罗二秘　众舰员等

【天骄号所有舰员进行海上防御演习。后舱炊事班的任务是在 40 分钟内沿指定路线到达目的地，现距离截止时间还剩 5 分钟，罗大副与吕不韦在终点等候众人。

罗大副：我那仨宝贝疙瘩偏偏被你挖去了炊事班，这哪里是他们的用武之地，他们应该去我那里的作战指挥部，这叫物尽其用，否则就是最大的人才浪费。

吕不韦：宝珠在昏暗的地方能更显其亮度。

罗大副：你的意思——炊事班是个不起眼的地方？

吕不韦：恰恰相反，航母的战斗体系早已不是过去传统的样式，而是全复合、跨平台的战术革新。宝贝就得安放在那些容易被我们忽略的细节上，因为天骄号的未来就在他们手里。

罗大副：那我呢？

吕不韦：魅力依旧不减当年，海上霸王花之美誉绝非浪得虚名。

罗大副：……做饭就做饭，现在还要求他们像一线作战部队那样训练，真是搞不懂你。

画外音：倒计时最后三分钟。

【此时众人陆续到达目的地。

罗二秘： 小椅子，三十七分十五秒……龙龙，三十七分十八秒……小凳子，三十七分二十秒……小桌子，三十七分四十五秒……孟班长，三十八分四十四秒……报告大副，现在距离截止时间还有不到一分钟，天骄号后舱厨房至今还有唐布和欧阳慧没有到达。

吕不韦： 罗大副，按照演习规定，没有按时归队的战士将被淘汰。

【各人都气喘吁吁，罗大副、孟班长等都在焦急等待唐布、欧阳慧。

唐　布： 加油，慧慧，快点，马上到了。

【唐布扛着欧阳慧的背包，拽拉着欧阳慧冲向终点。

罗二秘： 三十九分五十八秒。

罗大副： 过线，达标。

吕不韦： 唐布，欧阳慧出列。

唐布、欧阳慧： 是。

吕不韦： 虽然你们达标，但作为后舱厨房的最后两名，你们要给我觉得可耻。

唐布、欧阳慧： 是。

吕不韦： 欧阳慧，深蹲两百个。唐布，三百个，罗二秘记录。

罗二秘： 是。

欧阳慧： 报告，要惩罚就惩罚我一个人，唐布是因为我才没有拿到好名次的……我身体不舒服。

小椅子： 我也身体不舒服。

小凳子： 你懂个 P，人家是那个了……

吕不韦： （对小椅子、小凳子）你俩想和他们一起受罚？

欧阳慧： 报告。唐布怕我有不测，一路跟着我。此事起因在我，和他没有干系。

唐　布：报告,欧阳慧和我都是后舱厨房的战士,我不能丢下她一
　　　　人不管。

罗大副：演习就是战争,军人的意志品质要能克服一切不利因素,
　　　　包括你们的生理变化。

唐　布：作为军人,如果见死不救,那么我们的人道主义在哪里,
　　　　还谈什么正义与非正义的战争。

罗大副：军令如山。

唐　布：唐布只知道,在战友患难时,抛弃自己的战友是唐布不能
　　　　接受的。唐布是人,不是机器。何况每个女生都有大姨
　　　　妈,这是生理本性,长官您也会有。

罗大副：放肆。(紧盯吕不韦)

唐　布：为在战时阶段避免减少非战斗性减员,女儿家来亲戚,老
　　　　爷们就得担着点儿。

小凳子：护花使者呦。

欧阳慧：这里没有男人和女人,只有是否合格的军人。我家来的
　　　　亲戚,我自己来解决。

罗大副：巾帼不让须眉,有骨气。吕总厨师长,我看今天就算了
　　　　吧,毕竟二位也都达标了。

吕不韦：等等。唐布你知不知道,在战时阶段,会因你一时的优柔
　　　　寡断,儿女情长,而招致整个队伍的任务失败,我因你的
　　　　一己私欲而罚你,你服不服?

　　　　【慧慧看着唐布,脸蛋涨得通红。

唐　布：唐布——服。

小椅子：有猫腻。

小凳子：你懂个 P。

龙　　龙：报告。军人的天职是服从命令，但女生因亲戚登门而成绩不佳，这一点情有可原，因为突然拜访的亲戚会打乱女生所有的计划。而唐布因助人为乐而遭受连坐，这一点龙龙表示坚决抗议。

吕不韦：龙龙，你也要挑战军纪军律的底线吗！

龙　　龙：龙龙不敢。

欧阳慧：报告，欧阳慧一人做事一人当。我家来亲戚，我没管住，但我和大老爷们儿一样，我们都是军人，军人就应该有军人的统一标准，而且我先是一名军人，再是一个女生。

小桌子：小辣椒，火辣辣。

吕不韦：没有女生，哪儿来的爷们儿。辛苦了。（对着罗大副）

罗大副：天骄号绝不仅仅只是老爷们儿的世界，她是我们移动的堡垒，她需要有更多母性的抚慰与关怀。你明白吗，欧阳慧。

欧阳慧：所以才叫航空母舰。

唐　　布：而不叫航空父舰。

吕不韦：（看着罗大副）正因此，慧慧、唐布，你们更要在这天骄号上起到表率作用。

【欧阳慧与唐布接受体罚。

欧阳慧：（边深蹲边说）作为新闻专业的大学生，在新闻与救难面前，我会首先选择获得第一手新闻资料，那样会唤醒更多民众对苍生的悲悯。我欧阳慧可以弃小爱而从大爱……十一、十二、十三、十四、十五、十六……

唐　　布：（边深蹲边说）大姨妈是光荣的，因为我从来没有大姨妈。但有大姨妈的年轻，说明我们的青春、我们的活力还在，多么渴望那骄阳似火的一抹红。如果她没有了，说明我们的青春也到头了,但这天骄号,她会依然扬帆远洋,她会迎来又一批同样富有朝气的战士,与其劈波斩浪,大海无疆。二十五、二十六、二十七、二十八……

龙 龙:(加入到体罚行列)即使是天骄号,也会有寿终正寝的那一天。虽然面对浩瀚无垠的海洋,天骄号也不过是沧海一粟,但正因为有我们一代又一代,一波又一波的朝气、青春、热血,助推着一朵朵堆叠的浪花奔涌向前,前进——骄阳似火的一抹红!四十、四十一、四十二、四十三、四十四……

孟波波:(加入深蹲)无论是战时阶段还是非战时阶段,后舱厨房就是我们战士腹中的弹药库,它的任务就是要让我们的战士吃饱喝好,兵强马壮。所以,趁我们还骄阳似火的时候,在营养均衡的搭配下,尽情大快朵颐吧。加油慧慧,加油唐布……六十、六十一、六十二、六十三、六十四……

小凳子:看我大姨夫……七十、七十一、七十二、七十三、七十四……

小桌子、小椅子:看我二姨夫……

【小桌子、小椅子也加入进来。

第六场　约　战

时间：上一场三天后下午。

地点：天骄号后舱厨房。

人物：唐布　龙龙　欧阳慧　孟波波　小凳子　小桌子　小椅子　查曼

【后舱厨房一众在孟波波的领衔下，以团体太极的形式集体和面。此时查曼走了进来，脸上戴着口罩。

孟波波：对不起，厨房重地，闲人免进。

【查曼没有理会，依旧巡视着厨房各处。

孟波波：这位有何贵干？

查　曼：（摘下口罩）师妹，你连我都不认识？

孟波波：师兄！让我们欢迎前舱厨房的厨师长查曼。

查　曼：（看着盆里发酵的面团）牛肉面！小儿科。我知道孟班长的手工牛肉面冠绝全舰，但是天骄号三千多名舰员，不是每个人都有口福能享受到波波的美味啊。

龙　龙：所以才由我们来把它发扬光大。

查　曼：天骄号上的士兵需要的是更多高热量，高蛋白的食物来补充他们的身体机能，兵贵神速，你孟波波的牛肉面一天也做不了一百碗，而海上巨无霸天骄号上的厨房也要全面升级，要打造能海量生产的美食机器，到时候这孟波波的手工牛肉面也就不得不请下神坛了。

孟波波：这是上头的意思？

查　曼：波波，天骄号是我军海上国防科技的最高配备，自然天骄号上的一切也都必须是崭新的。

孟班长：你的意思是我成老帮瓜不顶用了对吗？

查　曼：新人新气象嘛。

龙　龙：天骄号上为什么不能有我们自己的味道？技术再更新，再进步，没有波波牛肉面的味道，就没有天骄号的味道，没有家的味道那就不是我们天骄号舰员的早晚三餐。

查　曼：（对慧慧）小丫头片子来这儿和面可不是你的所想所愿吧？（又看孟波波）

欧阳慧：上得了厨房，下得了厅堂。上善若水，以柔克刚。（揉出一个大面团子）要是女子也能上战场，那军功章的另一半儿也得拿下了。前舱厨房的查班长怕是要把这后舱厨房也一锅端吧。

查　曼：生存法则，优胜劣汰。

欧阳慧：士兵、厨师长，包括您查班长在内都有被取代的一天，但有些精神传承是务必要保留下来的，这牛肉面就是我们后舱厨房的味道，更是天骄号的味道。柴米油盐，牛肉面粉都可以买新的，但这口味儿绝对一点儿都不能变——永不撤销的味道。

众　人：天骄牛肉面。

孟波波：师兄，我跟你打个赌。等到厨艺军事考核那天，我的娃娃兵一定能赢，不然的话，我就向舰长提议，我这后舱厨房也归你管。

查　曼：为了表示对于后舱厨房的绝对尊重，到时候你们的对手就是我。（下）

小凳子：我们死定了。这位远近闻名的深海第一刀查曼厨师，外号 X-MAN，就是因为他，害得孟班长自废半年武功。

小桌子：你怎么知道？

小凳子：你忘了，我以前是侦察连的。

小椅子：真你妈头，你不是因为成绩不好才来炊事班的嘛。

小凳子：请不要打我的头，否则我就回不了侦察连了。

欧阳慧：怕什么？有我在，我可是天蝎座的。

龙　龙：天蝎座的慧慧。

小凳子：青蛇卓尔口，

小桌子：狂蜂尾后针，

小椅子：两者皆不过，

孟波波：最毒女人心。

欧阳慧：提问。

小凳子三人：回答。

欧阳慧："9.11"后，全球最著名的电视台是哪家？

小凳子：哈哈少儿。

小桌子：炫动卡通。

小椅子：东方购物，八心八箭。

欧阳慧：错，是有海湾 CNN，阿拉伯 BBC 之称的卡塔尔半岛电视台。它之所以出名，是因为每天早晨八点，就会有一辆皮卡经过电视台门口，然后蒙面司机以迅雷不及掩耳之势丢下一盒录影带，立马绝尘而去。这时候，门卫会从飞扬的灰尘中捡起那盒录影带，跑回大楼。就这样全球观众所关注的纪实影片"本·拉登的一天"又开播了。可见，最危险的地方往往也是最安全的地方。

唐　布：你的意思是——置之死地而后生？

龙　龙：危机就是转机。

欧阳慧：据我搜集的最新情报，天骄号满编满员共计三千六百四

　　　　　　十一人,其中有三千六百四十人选择喜爱吃家乡的面条,
　　　　　　所以我们的天骄牛肉面一定会大有卖点。

龙　　龙：现代战争,强调的是在心理上就击溃对手。

欧阳慧：不用枪炮,不用导弹,用语言,用文字,用舆论压倒对手。

小凳子三人：忽悠噻。

欧阳慧：不,这叫兵马未动,舆论先行;兵战已止,舌战不休。新闻
　　　　　的力量。

唐　　布：法律战! 先法后兵、兵以法进、兵止法进!

龙　　龙：空城计,草船借箭,七擒孟获,尽在心理战!

孟波波：还是忽悠啊!

欧阳慧：不,从营销学、广告学的视点看,形式就是内容。

龙　　龙：从心理上打动对方,击溃对手,孙子兵法第一条,不战而
　　　　　屈人之兵。

唐　　布：比起 X-MAN,我们就是菜鸟,但我们务必扬长避短。狭
　　　　　路相逢——

小椅子：勇者胜。

唐　　布：智者赢。提问。

小凳子三人：回答。

唐　　布：你们知道五星级酒店和经济型连锁酒店的实质差别在哪
　　　　　儿吗?

小凳子：因为价钱不一样。

唐　　布：那价钱为什么不一样?

小桌子：大酒店住得舒服,宽敞……

唐　　布：还有呢?

小凳子：有私人茅房,私人澡堂。

欧阳慧：是服务!

唐　布：Bingo。

龙　龙：更是体验！

唐　布：Yes。如果，我们的舰员来我们的厨房用餐，在享受食物的同时感受到天骄号特有的精神与文化，这将是怎样的天骄盛宴。

欧阳慧：前美国国务卿基辛格博士说过，

小椅子：一个电台的能力相当于二十个师。

欧阳慧：戈培尔将军说过，

小凳子：谎言重复千遍就会成为真理。

欧阳慧：苏联朱可夫元帅说过，

小桌子：不是列宁格勒惧怕死亡，而是死亡惧怕列宁格勒。

龙　龙：与其做饭，不如献计。

唐　布：图穷匕见！

第七场 顶级厨师

时间：上一场三天后晚上。

地点：天骄号舱内大型平台。

人物：罗大秘　罗二秘　查曼　罗大副　吕不韦　唐布　龙龙

欧阳慧　孟波波　小凳子　小桌子　小椅子

【舞台被布置成选秀类节目的演播厅，但航母元素明显。评委席上是罗大副、吕不韦和孟波波。主持人罗大秘、罗二秘出场。

罗大秘：中国梦之声，中国好声音，中国达人秀。

罗二秘：统统弱爆了。

罗大秘：今天，给全舰官兵，全国观众呈现的，是由我们推出的一款有关航母文化的创新型节目——中国好大兵第一季之炊事员去哪儿了。

罗二秘：我们的节目不买版权，不拷贝国外，完全自主研发。

罗大秘：更可贵的是我们的节目不仅在祖国的海上、在陆地、天空中播映，同时我们还要返销到世界各地，使其成为全球瞩目的热播节目，并让"中国好大兵"的形象深入人心。这就是孙子兵法所言的战法最高境界，不战而屈人之兵。

小桌子：中国好大兵。

小凳子三人：厨艺我最行。

罗二秘：今天我们中国好大兵番外篇，炊事员去哪儿了的题目为天骄盛宴。首先，我们来介绍一下到场的三位嘉宾，他

们是，

罗大秘：后舱厨房厨师长孟波波。

孟波波：（亮相）中国好大兵，我行你也行。

罗二秘：第二位是天骄号总厨师长吕不韦中校。

吕不韦：中国好大兵，你行我也行。

罗大秘：第三位是我们作战指挥部的总指挥，天骄号副舰长，罗大副。

罗大副：中国好大兵，不行也得行。

罗二秘：经过我们三位评审的严苛选拔，残酷淘汰，最终只有两组选手进入到决赛的拼杀环节。首先让我们请出天骄号前舱厨房厨师长神秘的查曼，

罗大秘：X-MAN。

【查曼的拥趸在台下疯狂地呐喊加油，直到查曼示意停下。

查　曼：主持人好，评委好，各位观众好。

罗大副：查厨师长，为什么一大把年纪了还要来参加这个比赛，您这样不是不给年轻人出头的机会嘛。

查　曼：大副的意思是，我成了老帮瓜不顶用了是吧。

罗大副：不不不，您误会了。我是说，这样的擂台让您徒弟出马就绰绰有余了，哪需要劳您兴师动众啊。

查　曼：我就是来教育教育现在的年轻人，太自以为是了，强中自有强中手，一山更有一山高，真正的军人是没有年龄限制的。我就是要通过这场比赛来告诉我们的军区司令员，我，还没有到退休的年龄。我，还要为全舰官兵做出最最美味的佳肴，让漂亮国汗颜，让霓虹国害怕，让……

众　人：X-MAN，X-MAN，X-MAN……

吕不韦：开始你的厨艺吧。

【查曼开始现场展示厨艺，罗大副与罗二秘同步解说。

罗二秘：只见 X-MAN 从用盛满冰块的泡沫盒中取出一条深海金枪鱼，娴熟的技法，精湛的刀工，把金枪鱼开膛破肚，尤其是他的那双冰手。

罗大秘：没错，正是那双冰手，才能保证金枪鱼的肉质鲜嫩，味道不被破坏。他是怎么炼成的呢？

罗二秘：这是个秘密，只知道 X-MAN 因为一直想成为一名和马友友齐名的音乐家，而苦练提琴。

罗大秘：但最终类似航母的身材，让他不得不告别深爱的乐坛，而走向了炊事的道路。他那耍得如火纯青的一手圆月弯刀，也正是来源于那条曾经拉弦的右臂。

【查曼把装盘的金枪鱼交给评委们品尝。

孟波波：（尝毕）金枪鱼，餐桌上的软黄金，鱼子酱勾勒的造型，就像停靠在航母上的歼-99。而生吃的味道更能保持食物的鲜美，和营养的摄取。师兄就是师兄——Yes。

吕不韦：（尝毕）太好吃了，我也要学。

罗大副：（尝毕，久久不能平静）无须多言，Yes。

众　人：X-MAN，X-MAN，X-MAN……

【查曼在众人的欢呼声中下。

罗大秘：各位观众，此时场上已嗨爆到顶点。我不知道这样的比赛还有进行下去的必要吗？

罗二秘：面对如此强大的对手，我们下面要出场的三位娃娃兵他们还顶得住吗？

【唐布三人列队亮相。

欧阳慧：天骄号顶级厨师——助理，大学生士兵，欧阳慧（掏出一个馒头），白馒头。

龙　龙：天骄号顶级厨师——助理，大学生士兵，龙龙（掏出一瓶老干妈），老干妈。

唐　布：天骄号顶级厨师——助理，大学生士兵，唐布（掏出一包方便面），方便面。

唐布三人：上台鞠躬。

孟波波：（异常尴尬）

罗大副：（不忍直视）

吕不韦：你仁唬我啊！

欧阳慧：（唱）馒头馒头真可爱，馒头本是粮食来，运到船上厨房卖，战士一见笑颜开。买的买，卖的卖，堂吃打包忙得欢。买的买，卖的卖，大家心里乐开怀。（说）馒头，软的时候可以果腹，硬的时候还可以当武器。把他切开往里加上京葱、姜蒜，再来点儿酱牛肉——天啊，这就是我们自己的 Hamburger。

龙　龙：不要小看这嫩嫩的白馒头，这里头可蕴藏着我们战法祖宗《孙子兵法》里的"风林火山"。

唐　布：其疾如风，其徐如林，侵略如火，不动如山。部队在迅速推进时，轻盈的馒头便于携带，如狂风飞旋；行进从容时，馒头的松软宣呼就如森林那般徐徐展开。

龙　龙：摧城拔寨时，配上这老干妈，如烈火迅猛，雷霆万钧。

欧阳慧：驻守防御时，如大山岿然。

唐　布：我们的白馒头，踏实，敦厚，让人心如止水，不动如山。

欧阳慧：白馒头，就像罗大副。白白的面容，高高的个子，软软的肌肤，就像女子最矜持的一面。但是，女子的温柔可以软化我们躁动的心。古有花木兰从军，穆桂英挂帅，上善若水，以柔克刚，那骄阳似火的一抹红，就像我们的航母天骄号，女人我最大。罗大副，我懂你。

龙　龙：没错，是老干妈，骄阳似火的老干妈，热情，奔放，活力四射。一直以为，天底下最好吃的东西就是鲍鱼、刺身、象鼻蚌，但家的味道才是那真正的舌尖上的美味。家的味道是什么？是简单，是温馨，是放心，因为没有转基因。

唐　布：厨房是个神奇的地方，我们把我们的爱，我们的泪，都浸润在我们的食物中，爱心便当，放心牛肉面，这些都倾注着我们对于妈妈的，航母的爱。

龙　龙：世上只有妈妈好，有妈的孩子像个宝。

欧阳慧：白白胖胖的馒头宝宝。

龙　龙：抹上宝宝的老干妈妈。

唐　布：这就是航母的味道。

孟波波：你仨到底在做什么？

唐　布：炊事员的目的不是仅仅让我们的舰员填饱肚子，我们要告诉他们，当航母上的舰载机一次次出海飞翔的时候，甲板上一定有他们的守候在等待他们归航。

欧阳慧：航空母舰，就是鸡妈妈每天都要数着小鸡仔等待着自己的宝贝一个都不少地回来。舰载机的妈妈，就是我们的航母。航母的妈妈，就是我们的军港。家就得有家的味道。

唐　布：但是请不要忘记，武器可以更新，航母可以更新，但家的味道永远不能变，为了这一成不变的味道，我们殚精竭虑，竭尽所能，哪怕刀山火海，哪怕荆棘刺破手臂。

龙　龙：但作为新时代的海军士兵，在保留原味的同时，我们也力图打造属于我们自己风格的餐食。因为国防在进步，天骄号要更新，天骄号的厨房也会日新月异。

【三人为评委端上餐品。

罗大副：云吞面！

唐　布：汤面好，切题海上。云吞则是航母上的舰载机，可爱，洁白，口感滑嫩。

罗大副：为什么用方便面？

欧阳慧：报告，云吞面用的都是出前一丁，我觉得很Q，很弹，所以就照搬了。但是，小日本的出前一丁被我用国产品牌白象取代了。

龙　龙：云吞，就是借其浩然正气，天地长存，吞食天地。

欧阳慧：云吞，是娘亲的味道，我妈妈教会我包的云吞。过年的时候，我们都爱吃云吞。云吞是南方的美食，云吞加面条就是航母的味道。

孟波波：怎么会有我的味道？

唐　布：云吞的馅儿是您孟波波的牛肉，寓意家的味道永远裹在心坎儿里。烫头也是您的牛骨熬的，寓意海上金刚，铁骨铮铮。

【吕不韦闻到面香后哽咽了，唐布三人走到其跟前，由唐布亲自喂给吕不韦品尝。

龙　龙：天下武功出少林，天骄美味出心坎儿。

欧阳慧：在广东，每逢七巧节，阿妈就会给待嫁的妹子煮上一碗云吞面，让待字闺中的小妹将来能找到如意郎君。

龙　龙：所以我放了慧慧的一抹红，不，是绍兴的女儿红。在绍兴，阿爹会在女儿出生那天为其埋下一坛女儿红。待其出嫁那天，当年的女儿红就成为了女方的陪嫁贺礼。

罗大副：为什么是女儿红？

唐　布：真正代表中国的国酒不是茅台，也不是五粮液，而是我们的黄酒。作为全球最古老的酒种之一，黄酒只有中国有。

龙　龙：作为料酒的主要种类，黄酒去腥增香，尽可放心食用。

【查曼来到评委席，端起云吞面就尝了起来。

查　曼：从今日起，前舱厨房也将增设云吞面，此面更名"天骄云吞"。

吕不韦：天之骄子，吞食天地。

小凳子三人：浩然正气，天地长存。

罗大副：待我们的歼-99 凯旋归来，我们共尝天骄云吞，一个都不能少！

众　人：一个都不能少。

第八场　尾　声

时间：上一场十天后。

地点：天骄号主甲板。

人物：唐布　龙龙　欧阳慧　孟波波　小凳子　小桌子　小椅子

　　　罗大副　吕不韦　罗大秘　罗二秘　其他舰员

舰员甲：（画外音）天骄号准备试水，天骄号准备……

舰员乙：（画外音）轮机舱检查完毕……

舰员丙：（画外音）雷达自适应巡航开启，三、四号甲板清理完毕，舰载机各就各位。

舰员丁：（画外音）一号、六号甲板清理完毕，舰载机各就各位，起飞控制员各就各位。

舰员戊：（画外音）天骄号舰员各就各位，天骄号舰员各就各位。

舰务长：（画外音）一分钟倒计时开始：五十九，五十八，五十七，五十六……

【众舰员在航母甲板上以回字形站位依次排列。龙龙、唐布、欧阳慧从舞台纵深处向观众席走来。

唐　布：（画外音）如果你爱自己的家园，那就义无反顾地去保护她，守卫她，不要让她受到一丁点的伤害。人生就像一条射线，人不因生命的长短而卑微，因为生命终将结束于线段。生命的方向掌握在自己手中，方向的选择并不取决于他人，而是从灵魂深处最渴望的基点开始进发。

龙　龙：（画外音）今天的战争，已成为集"海陆空天电"五位一体的复合型战场。航母不仅仅是一个武器平台,而是一个庞大的系统工程。除了高新技术装备外,像吃饭这类看似平常的因素也会成为影响整体战斗力的关键。

欧阳慧:(画外音)后舱厨房就是我们的战场,锅碗瓢盆就是我们的武器。登上天骄厨房,我们是大学生士兵;离开天骄厨房,我们是士兵大学生。

唐布三人: 天之骄子。

众 人: 登舰天骄号!

【剧终。

这一版就像《东邪西毒》的番外篇《东成西就》,但它的创造要比正式的《天之骄子》早一年。尽管有部分人物关系和素材重合,不过依然是一部截然不同的作品,基调"过分"欢快。以至于被初评评委直言,不符合"主流"校园戏剧的基调,而被退档。为了不重蹈《科莫多龙》的覆辙,所以又用一年时间"翻烧饼",才最终获得了第四届中国校园戏剧节中国戏剧奖·校园戏剧奖。但这部作品在笔者看来是很能代表当时大学生们的创意思维和活力因子的,它将航母、食神、武侠元素进行一种有机的拼贴。

种子天堂

分场目录

第一场　初遇

第二场　种子课堂

第三场　雪草

第四场　小树

第五场　誓言

第六场　此时此刻

第七场　回梦 1979

第八场　回梦 1984

第九场　回梦 2018

第一场　初　遇

时间：2001 年 4 月某日,上午 7 点。

地点：西藏某处河谷。

人物：

  钟　　扬——男,37 岁,复旦大学植物学教授。

  卧　　龙——男,23 岁,复旦大学植物学直博生。

  萌　　萌——女,24 岁,复旦大学植物学直博生。

  扎　　西——男,37 岁,西藏大学本科毕业生,藏族。

藏民若干。

  【帐篷外,钟扬正在做早餐,然后把面包、榨菜、矿泉水和藏语听力教材装进背包。接着从身边的麻袋里取出两个光核桃①吃了起来,并努力把桃核留下。此时,传来悠悠的牧民歌谣,钟扬沉浸其中。萌萌从帐篷中探出头,看见在生火做饭的钟扬,欲继续回到帐篷赖床,被钟扬发现。

萌　萌：钟老师早……

钟　扬：(听着藏语磁带)(藏语)早……

萌　萌：不好意思,又睡过头了。

钟　扬：吃早饭吧,西藏风味的早餐,面包夹榨菜,配上这里特有的奶酪——尝尝。

萌　萌：(嫌弃)昨晚又没有睡好,有点吃不下……

---

  ①　光核桃：产自西藏的一种植物,可食用,因核光滑而得名。

钟　扬：你身体没事吧……

萌　萌：（看见钟扬手中的光核桃欲溜）

【西藏的牧民在牧歌下砍伐树木。

钟　扬：听，多么美妙的声音啊！

萌　萌：不行不行，身体在天堂，灵魂在地狱。

钟　扬：萌萌（示意光核桃）！

萌　萌：啊！

钟　扬：别忘了，一天三顿，一顿两颗光核桃。

萌　萌：（祈求）钟老师！

钟　扬：这也是科学研究嘛，对不对！

萌　萌：（来到帐篷旁）起床啦——懒猪——起来啦。

卧　龙：（从帐篷出）钟老师……那么早就起啦……嘿嘿！

钟　扬：年轻人当然要多睡一会儿……

卧　龙：不不不，早起的鸟儿有食儿吃。

钟　扬：——来尝尝（递过酸奶）。

卧　龙：钟老师，我还没有刷牙！

钟　扬：这就是漱口。

卧　龙：哦。（尝上一口）好好喝。

钟　扬：西藏的酸奶是在空气中完成发酵的，只有这里的纯净空气才能做到。中国大陆生产的酸奶至今都是用国外进口的菌种，以后我们培植自己的酸奶菌种——把这些带回去，就当作菌种样本啦。

卧　龙：钟老师，上次采的种子还没有处理完呢……（感觉说错话了）

萌　萌：（瞪着卧龙）

钟　扬：对了，你提醒我了，来来来，帮我个忙。（示意二人抬起两

　　麻袋光核桃)

卧　龙：钟老师,这也太多了吧,而且一点儿都不好吃。

钟　扬：一共八千颗,要想提取种子,只能把它吃掉才能提取桃
　　　　核,你不吃,难道让我一个人吃啊!

萌　萌：哈哈哈哈……

卧　龙：萌萌,来,你一口,我一口,酸酸甜甜小两口。

萌　萌：一边儿去!

卧　龙：钟老师,西藏的特有物种有两千多种,每种植物都要采集
　　　　五千粒种子,而西藏的面积占中国的八分之一,相当于一
　　　　百九十个上海那么大,这要采到什么时候啊!

钟　扬：采到采不动为止。(递给卧龙和萌萌光核桃)你一颗,你
　　　　也来一颗,加油吧。

　　　　【卧龙与萌萌极其勉强地吃下光核桃,吐出桃核,钟扬将
　　　　桃核装入袋子,突然钟扬的裤子开线了。

钟　扬：(尴尬)两百斤的身子趴在地上采种子,这裤子又不是铁
　　　　皮做的,不破才怪呢。

萌　萌：钟老师,我帮您补补吧。

钟　扬：不不不,不管新旧,一趴就破,这样挺好。

萌　萌：可您是大教授。

钟　扬：这里除了你俩,也没其他人认识我呀。

卧　龙：你懂什么,这是五角场①最新款。

　　　　【不远处传来争吵声。

萌　萌：钟老师,您看,那里有人好像打起来了。

　　　　【一个年龄稍大的牧民正推搡着一个年轻人。

---

　　①　五角场坐落于上海市杨浦区,本处作为上海市高校东北片区昵称。

扎　西：（藏语）这树不能砍……

藏　民：（藏语）走开，不要多管闲事……

　　　　【看见钟扬等人，将年轻人推倒在地后走开。

卧　龙：（藏语）还好吗？

扎　西：（藏语）没事。

卧　龙：会讲汉语吗？（递过手绢）擦擦。

扎　西：会。

萌　萌：怎么跟人打起来了？

扎　西：他们砍"神树"，我不让他们砍。

卧　龙：神树？

萌　萌：什么神树？

钟　扬：西藏巨柏！

萌　萌：哦！

钟　扬：这树现在在哪里？

扎　西：（警惕地看着钟扬）。

萌　萌：我们不是坏人，这是复旦大学的钟教授，我叫萌萌，他叫
　　　　卧龙，我们都是复旦大学的学生。

扎　西：（一片狐疑）复旦大学！

萌　萌：（出示证件）嗯，这是我的学生证。

卧　龙：这是我的。

扎　西：萌萌……卧龙，（看着钟扬）可是上海来的大教授怎么穿
　　　　那个！

卧　龙：这是我们五角场最新款。

萌　萌：你们是衣服穿一半儿。

卧　龙：我们是裤子开一半儿。

扎　西：我们现在放牛的都不这么穿了。

钟　扬：因为我比较胖，这样采种子方便，还通风透气呢。

扎　西：您是教植物学的？

萌　萌：对啊，钟老师可厉害了。

扎　西：那你们来西藏做啥子？

卧　龙：来西藏采种子，把这里的特有植物统统盘点一遍。

扎　西：那不可能，西藏那么大，交通也不方便，怎么采得完？

萌　萌：(指指光核桃)这不是刚采的两麻袋嘛。

扎　西：这是光核桃，你们采这个做什么？

卧　龙：不错哦，行家啊！

扎　西：这个我当然认识了，我从小就在西藏看着这些东西长大
　　　　的，可这个东西你们采了真没什么用，这东西都是给猴子
　　　　吃的。

卧　龙：给什么吃的？

扎　西：猴子。

萌　萌：嗯，大马猴(对卧龙做猴状)。

卧　龙：钟老师，我吃了好多……

扎　西：你为什么要吃这个？

卧　龙：把里面的种子取出来。

扎　西：种子？这个的种子？

钟　扬：西藏的许多种子都有抗寒抗旱的基因，说不定哪天和我
　　　　们的南汇水蜜桃①嫁接，还能诞生出新的品种。而且这
　　　　个光核桃里面还有些藏药的成分，可以提取研究一下。

扎　西：这里面能有藏药？

钟　扬：对，巨柏在哪里？

---

① 　南汇水蜜桃：上海土特产。

扎　西：……我不能说。

钟　扬：要想保护它，就要把每一棵树都登记起来，给它身份，为它编码。

扎　西：每一棵树？

钟　扬：每一棵。

扎　西：那得花多少时间？

钟　扬：没有期限！

扎　西：没有期限——您会一直待在这边吗？

钟　扬：我们又没有走，不是吗？

扎　西：真的吗！（一种难掩的情绪迸出心头）

钟　扬：你知道藏民为什么要砍神树吗？

扎　西：因为要做藏香。

钟　扬：很好，人家要做买卖，你这不是断人家财路嘛。

扎　西：这买卖不能做，这是珍稀物种，砍完了，就再也没有了。

钟　扬：正因为是神树，所以才拿来做藏香。你能让他们不烧香吗？

扎　西：（不语）。

卧　龙：既然巨柏是做藏香的主要原料，那就找其他植物代替呗。

萌　萌：巨柏是柏科柏木属下的一种植物，我们可以找其他种类的柏树来替代啊！

卧　龙：所以，我们也得弄些巨柏的种子来研究研究，看看里头究竟底有什么成分。

扎　西：你们说得都很对，我知道巨柏在哪儿——它们就在的河谷正下方，我可以带你们去。

钟　扬：等等——你叫什么名字？

扎　西：扎西，扎西次仁，在藏语里是吉祥、长寿的意思，我来自西藏大学!

钟　扬：世界最高学府!

扎　西：嘿嘿! 您这么说也对。

钟　扬：(指着两个麻袋)这下种子可有着落了,你愿意跟我采种
　　　　子吗?

扎　西：愿意啊!

钟　扬：那你愿意做我的种子吗?

扎　西：(藏语)老师!

　　　　【藏族牧歌响起,钟扬与扎西、卧龙、萌萌三位弟子踏上了
　　　　科考之旅。

扎　西：(独白)后来,钟老师带我用了整整三年时间,在悬崖灌丛
　　　　中逐一采样,终将全世界仅存的三万多棵西藏巨柏全部
　　　　登记在册,建立起保护西藏巨柏的“数据库”。再后来,我
　　　　们走进了钟老师的实验室,在实验室里,我们发现在制造
　　　　香气功能上完全可以替代巨柏的柏木,这为真正保护巨
　　　　柏建立起了最坚实的屏障。

第二场　种子课堂

时间：上一场两日后，上午 10 点。

地点：西藏大学报告厅。

人物：

钟　　扬——男，37 岁，复旦大学植物学教授。

卧　　龙——男，23 岁，复旦大学植物学直博生。

萌　　萌——女，24 岁，复旦大学植物学直博生。

扎　　西——男，37 岁，西藏大学本科毕业生，藏族。

萨　　布——男，19 岁，西藏大学理学院本科生，藏族。

尕　　娃——男，20 岁，西藏大学理学院本科生，藏族。

普　　布——男，18 岁，西藏大学理学院本科生，藏族。

卓　　玛——女，20 岁，西藏大学理学院本科生，藏族。

拉　　琼——男，26 岁，西藏大学理学院教师，藏族。

德　　吉——女，22 岁，西藏大学理学院教师，藏族。

其他西藏大学学生。

　　　【卧龙与萌萌将两麻袋光核桃摆放到讲台上，并在一旁竖起一块写有"免费试吃鲜桃七颗"的牌子，旁边围了一圈人，但都没有人上前试吃。

萨　布：（藏语）听说复旦来的教授要给我们上课。

尕　娃：（藏语）怎么还没有来——那里有块牌子——免费试吃鲜桃七颗……搞不懂。

扎　西：老师们，同学们，大家好。钟老师还没有来，不过我带来了钟扬老师采摘的八千多颗光核桃,请大家品尝一下,尝完之后把桃核留给我,这是我们做科研要用的种子,谢谢大家,扎西德勒!

普　布：(藏语)还有这样的事儿,给我尝尝。

【普布接过光核桃,咬上一口,直接吐掉。

普　布：(藏语)这什么东西,太难吃了。

扎　西：这东西是不怎么好吃。

【拉琼与德吉走进报告厅。

扎　西：(藏语)老师好!

萨　布：(藏语)拉琼老师好,德吉老师好!

拉　琼：(藏语,对德吉)援藏教授来我们这里镀镀金,回去至少是个处长了。

德　吉：(藏语)我听说,人家以前已经是个副厅级的干部了,为了当老师,一切职务待遇都不要了。

拉　琼：(藏语)不知道他为啥来,我们这儿可比复旦大学差太多了。

扎　西：(藏语)他说要和我们这儿的老师搞科研,和我们一起申请课题。

拉　琼：(藏语)我们这儿的老师,既没有教授,也没有博士,好多都是大专毕业,好课题都申请不上。

德　吉：(藏语)来我们这儿的教授一拨又一拨,有谁真正帮我们科研突破了? 到现在一个教授也没有带出来。

扎　西：两位老师,钟老师还没有来,请老师们品尝一下鲜桃,留下桃核就行。

拉　琼：(藏语)不用了。上海来的钟老师呢?

扎　西：(藏语)由于刚到这里高原反应太厉害了,正在发烧,再加上吃了太多光核桃,肚子有点不舒服。

【钟扬走进报告厅,拾起一颗桃核,擦擦干净,众人纷纷落座,安静下来,钟扬举起桃核。

钟　扬：一个基因可以拯救一个国家,一粒种子可以造福万千苍生。一七五九年,英国皇家植物园邱园开始向全球采集各物种的种子,至今已收集了五万种植物,占已知植物的八分之一;进入 21 世纪,挪威在距离北极点一千公里的永久冰川冻土层建立"末日种子库",时刻提醒全人类,当危机来临之时,我们要为人类的明天存下种子。今天,在我们国家的云南昆明,也建立了野生生物资源库,我们要把这粒种子保存到那里——希望不会有用到的那一天。

普　布：老师,既然都不希望用到,那为什么还要采它,这有什么意义呢?

钟　扬：一百年后,可能对人类有用,不过一旦物种消失,就再也挽救不回来了。

德　吉：钟老师,为什么来我们西藏搞植物学?

钟　扬：因为没有人来。青藏高原是我们中国最大的生物基因库,有两千多种特有植物,但由于高寒艰险、环境恶劣,植物学家甚少涉足,这个世界屋脊的生物家底还没有被盘点过呢。

普　布：西藏那么大,怎么采得完?

钟　扬：靠大家,靠在座的每一位。

【台下安静。

钟　扬：这两麻袋光核桃是我和我的两个学生在西藏采的,由于没有专门的分离机,我们只能用最原始的方法把它取出来。但不能因为条件艰苦,我们就放弃了,对吗?

【台下安静。

钟　扬：(举起种子)只要种子还在,基因就能绵延不断地传承下去。西藏的植物,应该由西藏的科学家来研究,这是西藏的基因宝藏,你们就是西藏植物学的播种者。

拉　琼：钟老师,我们这里没有一位老师有博士学位,我们迫切需要专家的指导。我们见过一批又一批的援藏科研人员、专家,但都是来了就走,没留下什么合作成果,更别说扎根下来了。

钟　扬：不培养出博士,我绝不离开西藏!

【台下安静。

钟　扬：都说西藏是距离天堂最近的地方,因为这里的环境极少遭到破坏。天堂的种子,应该被好好地采集保护下来。一天到晚采种子,眼前没有任何经济效益,一辈子也不一定能看到它的用途。但在环境遭遇越来越严重破坏的时候,至少高原的天空依然湛蓝,湖水碧波荡漾。(下)

【音乐起,德吉与拉琼老师走上讲台,拿起光核桃吃下,取出种子,攥在手里,其他学生也依次取出桃核。此时舞台上站成两列纵队如云梯一般,每个人都将手中的种子举起。

扎　西：我是扎西次仁,我是钟扬老师培养的第一位藏族植物学博士。

拉　琼：我是钟老师第二位藏族植物学博士,是西藏大学理学院院长,学科带头人,我叫拉琼。

普　布：我叫普布。

萌　萌：我叫萌萌。

萨　布：我叫萨布。

卓　玛：我叫卓玛。

尕　娃：我叫尕娃。

卧　龙：我叫卧龙。

德　吉：我叫德吉，是钟老师第一位，也是最后一位藏族女博士。

第三城 雪 草

时间：2011 年 8 月某日,下午 2 点。

地点：珠峰北坡。

人物：

　　钟　扬——男,47 岁,复旦大学植物学教授。

　　扎　西——男,47 岁,钟扬博士研究生,藏族。

　　拉　琼——男,33 岁,钟扬博士研究生,藏族。

　　武　警——男,26 岁,藏族。

　　中　尉——男,31 岁,藏族。

　　【钟扬坐在石头上,拉琼与扎西在地上寻找着什么。

钟　扬：野草、野草,全都是野草……

扎　西：都是野草……

钟　扬：除了野草,还是野草。

拉　琼：野……(晕倒)

钟　扬：拉琼,拉琼……

　　【钟扬把自己的氧气管子给拉琼,自己忍受着高原反应。

钟　扬：用力吸,用力——还好吗?

拉　琼：没事,我可以——(欲站起,拒绝吸氧)

钟　扬：脸都绿了,赶紧呢。

拉　琼：老师,我不用。

武　警：站住! 你们是干什么的? 请出示边防证!

拉　琼：我们是西藏大学的老师,想去珠峰那里采集物种。

武　警：不可以,这里是禁区,没有允许,不能前进——他怎么了?
　　　　(指拉琼)

扎　西：(欲解释)

钟　扬：武警同志,我叫钟扬,是一名大学教师,这两位都是我的
　　　　学生,他们也都是西藏大学的老师。我们正在采集野生
　　　　高原植物种子,并把采集的种子带回去进行 DNA 提取,
　　　　希望能够得到抗病抗寒的基因,将来可以为我们的战士
　　　　提供医疗保障,你在这保卫边疆,我们也在造福全人
　　　　类——这是我的工作证(出示证件)。

扎　西：这是我和拉琼的。

钟　扬：这是我的背包,里面都是科学考察仪器和植物种子,请
　　　　检查。

武　警：稍等!

　　　　【武警跑回哨所。

武　警：报告。有三位来自西藏大学的老师,要去珠峰附近采集
　　　　植物种子,其中一位是上海来的援藏教授,他们的证件都
　　　　可靠,也没有猎枪,不是偷猎者,是否放行?(递上证件)

中　尉：(来到三人面前)您是教授?为什么到这个地方来采
　　　　种子?

钟　扬：(气喘厉害)我是植物学家,我来采雪莲。

中　尉：雪莲?

钟　扬：是的,在海拔六千米以上的高原有雪莲的存在,我要把它
　　　　采到。

中　尉：这不可能,这里除了野草,什么都没有——即使真有雪
　　　　莲,也不会有人来珠峰这边采。

钟　扬：一九三八年,有位德国科学家在珠峰南坡六千三百米的

地方采到过，正因为这里没有人来，所以我更需要来这里，把任何可能存在的植物信息都记录下来，这是我的工作。

中　尉：这里是珠峰北坡，和南坡情况不一样。

钟　扬：所以更要上去看一看，这才是研究生物多样性最有价值的地方，同一个物种在不同地理环境下的生长演变才是我们研究的目标。来一次珠峰大本营太不容易了，我们那么多困难都克服了——我知道雪莲在等我们……（身体虚弱）

中　尉：（检查钟扬背包）钟教授……你们的御寒物资太少了。

扎　西：武警同志，你听我们解释，这都是因为钟老师想多装些植物样本而腾出来的。

中　尉：这样不行——三班长。

武　警：到。

中　尉：把包背上，你和三位老师一起去，沿途务必注意安全。

武　警：是。

中　尉：教授，珠峰天气多变，没有向导我们都不准登山者私自前行，钟教授，早去早回，敬礼！

钟　扬：敬礼！

　　　　【音乐起，钟扬等人在武警战士带领下向珠峰更高处挺进。

拉　琼：现在海拔多少？

武　警：从珠峰大本营过来，海拔又升高了近一千米，现在估计六千了。

钟　扬：（继续前行，呕吐，头晕目眩）

武　警：（对扎西）他已经快虚脱了，不要再上去了。

扎　西：钟老师,这样好不好？让武警战士护送您回大本营,我和
　　　　拉琼上去。

钟　扬：(摆手)我最清楚……(话说不清)我最清楚植物的情况,
　　　　我不去的话,你们更难找。你们能爬,我也能爬。扶我
　　　　起来！

　　　　【此时,武警不走了,拉琼上去解释,两人交涉起来。

钟　扬：(对扎西)他们在说什么？

　　　　【扎西走到武警和拉琼之间。

扎　西：武警说……

钟　扬：你说。

拉　琼：他说,我们这样不合规矩,根据珠峰的登山惯例——钟老
　　　　师现在的身体状况不适宜再继续攀登了——即使,即
　　　　使……

钟　扬：即使发生意外,也不会有人去营救,因为物资,体力只够
　　　　维持一个人的生存……。

扎　西：老师！

钟　扬：武警同志,我们再上升三百米,如果再找不到,我们就
　　　　回去。

　　　　【拉琼也来到武警身边解释,武警一个劲儿摇头。

钟　扬：(藏语)三百米,就三百米。

拉　琼：老师！

武　警：我是来保护你们的,你们劝劝他不要上去。

钟　扬：再升三百米高,我们就到达了当年德国人采雪莲的高度,
　　　　如果我们发现了雪莲,这就意味着我们攀登到了中国植
　　　　物学家采样的最高点。

武　警：老师,您就那么不爱惜自己的生命吗？

钟　扬：我是植物学家,我要找到它!

武　警：我是军人,我要保护您。

钟　扬：保护我们找到它——(藏语)保护我们找到它。

武　警：(藏语)保护你们找到它——就三百米!

钟　扬：三百米。(藏语)三百米。

【扎西等人帮钟扬重新整理行装。

钟　扬：扎西德勒!

武　警：不要说话了,保存体力。(从自己背包里取出旺旺雪米饼①)

扎　西：(对武警)他已经恶心到什么都吃不下了。

武　警：把上面的白糖吃掉,您需要能量!

钟　扬：(接过雪米饼,舔着雪米饼上的白糖)扎西不要动。

【钟扬冲到扎西面前。

拉　琼：钟老师,不要跑。

【钟扬瘫倒在扎西身边,目光如炬,呼吸急促。

扎　西：老师!

钟　扬：别动。

【钟扬从扎西脚边扒去积雪,采出一朵雪莲,双腿跪在地上。

拉　琼：是雪兔子。

武　警：雪兔子!

扎　西：是大自然的精灵。

【音乐起,钟扬把雪莲捧在手心,卸下背包,把雪莲小心放

---

①　旺旺雪米饼:一种米饼类零食,表面涂有糖浆。编剧本人曾与钟扬去西藏拍摄纪录片时,由于产生高反并伴有幻觉,在钟老师建议下通过摄入雪米饼外部包裹的糖浆来补充能量。

进包中,将背包紧紧抱在怀里。很快,钟扬站起身,仔细打量四周,扎西和拉琼也帮着找寻。

钟　扬：(看着小草)是你们,是你们……我找到了,我找到了!

拉　琼：找到什么了?

扎　西：是小草,是小草。

拉　琼：是雪草。

钟　扬：哈哈哈,扎西,拉琼,是它们把雪莲推上了一米又一米的高峰。

扎　西：雪莲就是靠着一群又一群不起眼的小草承担起"奠基者"的任务,向新的高地一代又一代缓慢推进。

钟　扬：扎西、拉琼,谢谢,谢谢你们!

扎西、拉琼：老师!

钟　扬：我今天太高兴了,我看到了希望,真正的希望。扎西、拉琼,你们是我的学生,也是我心中的雪莲,更是未来整个西藏的植物学家,而我就是那雪域高原上的一棵小草,托举出一株又一株的雪莲花。

扎西、拉琼：老师!

武　警：老师!

钟　扬：(画外音)任何生命都有结束的一天,但我毫不畏惧。因为我的学生,会将科学探索之路延续;而我们采集的种子,也许在几百年后的某一天生根发芽,到那时,不知会完成多少人的梦想。这一次,我们师徒三人攀登到了中国植物学家采样的最高点。

第四场　小　树

时间：2015年寒假某日下午。

地点：上海南汇红树林育苗基地。

人物：

　　钟　扬——男,51岁,复旦大学植物学教授。

　　羽　佳——女,9岁,熊猫小队队长。

　　诺　诺——男,8岁,熊猫小队队员。

　　晓　明——男,8岁,熊猫小队队员。

　　心　心——女,9岁,熊猫小队队员。

　　蔡　妈——女,45岁,育苗基地浇水阿姨。

　　樊　姨——女,47岁,育苗基地施肥阿姨。

【钟扬带领小朋友们在采集植物标本,蔡妈和樊姨看着田垄里冻死的植物。

蔡　妈：钟教授,今年寒冬,又有好多树苗没有扛过去,就剩那么点了。

范　姨：看样子,我们南汇老百姓还是没有福分盼到红树林啊,是伐蔡妈。

蔡　妈：钟教授,我们都指望以后不种辣椒,种红树林啊,我侄子在深圳那边打工,那里红树林区的房价像特斯拉火箭一样噌噌往上蹿啊——但是这个南边的苗苗到我们这里严重水土不服啊。

樊　姨：而且我听说,这里以后要造停车场,这片育苗区估计也要拆掉了。

蔡　妈：那我们也搞停车场,旁边再种点青椒……钟教授,你怎么一点都不急啊,还有空和小朋友来南汇郊游啊。

钟　扬：我们在搞熊猫小队的植物科普活动。

樊　姨：你是给博士生上课的老师呀,还要给小学生上课啊,他们能听懂吗?

钟　扬：蔡妈、樊姨,科学知识是要从小培养的,现在让他们多一点兴趣,说不定今后就多出几个科学家。

蔡　妈：那我外孙女可以来报名哇?

钟　扬：当然欢迎啊。

樊　姨：(眼红)我外孙也要报名的哦!

钟　扬：好好好,都来都来,明天暖棚再加厚一点。

蔡　妈：放心,钟教授! 那我们先走了,再会!

钟　扬：(对小朋友们)和蔡妈、樊姨再见!

　　　　【小朋友们向蔡妈、樊姨方向跑去。

樊　姨：小祖宗不要过来,把苗都踩坏啦,啊呀……

　　　　【钟扬看着大棚里的植物,捧起一棵苗,看着孩子们,又从旁边采下一棵蒲公英。

钟　扬：小朋友们,这是什么植物?

众　人：蒲公英。

钟　扬：很好。

诺　诺：蒲公英是菊科植物

钟　扬：漂亮。

晓　明：英语叫“Dandelion”。

钟　扬：Bingo。

　　　　【诺诺嫉妒晓明的表现,两人开始掐架,钟扬拉开二人。

钟　扬：(对孩子们)你们想不想跟钟伯伯去采种子啊？

【孩子们都不作答。

钟　扬：没有人想跟我去采种子啊，那钟伯伯可伤心了——诺诺，你长大了想做啥？

诺　诺：我想当建筑师，我爸爸是建筑师。

钟　扬：那厨房要搞大一点，钟伯伯肚子太大，转不过身。

诺　诺：(在钟扬腰间比画)那就给钟伯伯造一个足球场那么大的厨房。

钟　扬：太大太大了。那晓明呢，你长大想做啥？

晓　明：我想当蜘蛛侠！(做吐丝状)

钟　扬：为什么啊？

晓　明：因为蜘蛛侠的衣服很棒，刀枪不入，如果穿上它，警察就不会牺牲了。

羽　佳：我喜欢画画，我以后要画出漂亮的植物送给钟伯伯。

钟　扬：谢谢，谢谢大家。孩子们，你们真棒。那么小就有远大的梦想，有梦想就一定要去实现。你们看，这些种子尽管看起来特别小，但是它们在显微镜下，会呈现出特别美丽、特别动人的线条、结构、色彩。

【钟扬取出显微镜放在地上，孩子们透过显微镜看到缤纷的种子细胞。

诺　诺：哇，像大飞碟。

晓　明：像大蜘蛛。

羽　佳：像星空。

钟　扬：这些小小的种子会为我们的建筑、艺术、材料科学提供崭新的思路。(对晓明)防弹衣的材料就像蜘蛛侠吐出的丝一样结实，因为衣服面料的组织结构与众不同——就像这蒲公英。

诺　　诺：是个球球。

晓　　明：像费列罗。

钟　　扬：哈哈！你们知道蒲公英的种子在哪里？

　　　　　【众人摇头，钟扬对着蒲公英一吹，舞台上到处都是飞舞的蒲公英种子。

钟　　扬：你们看。

羽　　佳：好美。

钟　　扬：天上飞的就是蒲公英的种子，风会把它们带到下一个家。你们可以送它们一程。

　　　　　【小朋友们吹起了蒲公英。

诺　　诺：（偷偷的）希望徐羽佳不要和朱晓明坐一起……

钟　　扬：那和你坐一起好不好？

诺　　诺：被你听到啦……

钟　　扬：轻轻吹一下，愿望会实现！

诺　　诺：真的吗？

钟　　扬：你吹！

诺　　诺：（吹出蒲公英）

钟　　扬：现在我们两个两个一组，钟老师带你们看一种很特别很特别的植物。羽佳你和诺诺一组，心心你和晓明一组。

羽　　佳：哦。

诺　　诺：（窃喜）

钟　　扬：（指着地上一株红树苗）谁知道这是什么植物？

众　　人：不知道……

诺　　诺：是红树。

羽　　佳：那为什么不是红色的呢？

诺　诺：因为……因为……

晓　明：因为红树的叶子并非红色，树干才显红色，而且要拨开树皮才能看见，所以叫红树。

羽　佳：(羡慕)晓明好棒!

诺　诺：(嫉妒)

钟　扬：小朋友们，红树林这种植物在恐龙时期就有了，它们一般都长在沿海旁边，有海岸卫士之称。那么作为长江的入海口，我们的故乡上海应不应该也有红树林?

众　人：应该。

钟　扬：但是它们不好长，很难存活，因为上海的气候、地理环境不适合它们的生长。不过，钟伯伯在资料里查到过，在二十万年前上海曾经有过这种植物，所以钟伯伯相信它们还能在这里长大，成为上海未来的海岸卫士。这些红树林苗苗，是钟伯伯从海南引种过来的，就像蒲公英，希望它的种子可以在新的地方孕育新的生命。

晓　明：钟伯伯，红树长大成林要多久啊?

钟　扬：可能十几年，可能几十年，也可能……钟伯伯怕是等不到那一天了，但那是钟伯伯送给你们，也是送给未来上海的礼物。你们会喜欢它，保护好它吗?

众　人：会。

诺　诺：钟伯伯，我们帮你捉害虫。

晓　明：帮你采种子，好多好多的红树林种子，让它们和我们一起长大。

钟　扬：谢谢，谢谢，孩子们!

羽　佳：钟伯伯，我们帮你种红树，熊猫小队集合。

　　　　【小朋友在羽佳的带领下集合。

羽　佳：全体立正。

众　人：是。

羽　佳：一字站开。

众　人：有。

羽　佳：起步走。一，一，一二一……立定——铲土！

众　人：嘿嘿。

羽　佳：插苗苗。

众　人：嘿嘿。

羽　佳：抓害虫。

众　人：嘿嘿。

羽　佳：浇水。

众　人：嘿嘿。

羽　佳：和苗苗说再见。

众　人：再见。

羽　毛：熊猫小队，收队！

　　　　【众人下。

羽　佳：（独白）但由于长期的高原生活和超负荷的科研工作，钟
　　　　伯伯最终还是生病了，我们好想去看他。

第五场　誓　言

时间：2015年3月某日,凌晨2点57分。

地点：上海长海医院加护病房。

人物：

    钟　扬——男,51岁,复旦大学植物学教授。

    晓　艳——女,53岁,钟扬妻子。

    护　士——女,22岁。

    【舞台一侧,护士在值班。另一侧,晓艳趴在钟扬床边睡着了,钟扬发现睡在一旁的妻子,不忍翻身,但努力想取床头柜里的信纸和笔,惊动了妻子。妻子醒来,钟扬又迅速装睡过去,妻子帮钟扬重新盖好被子,悄悄走出病房。妻子一出房间,钟扬又找出信纸,在上头修修改改。

护　士：钟师母。

晓　艳：你好,护士。

护　士：整整两天没合眼了,您辛苦了。

晓　艳：你也辛苦了。

护　士：这是我的工作——哦,对了,钟老师睡得好吗?

晓　艳：挺好,我去下洗手间,麻烦你了。

护　士：应该的。

    【护士走进钟扬病房,钟扬又假装睡着。护士看见一切正常,正欲离开,此时钟扬手机闹铃突然响起,把护士吓一跳。

钟　扬：不好意思，不好意思，吓到你了。

护　士：钟老师，您需要休息，不许接电话。

钟　扬：不是电话，是闹钟。

护　士：现在是凌晨三点，不是工作时间，拿来。

钟　扬：不要告诉我老婆。

护　士：拿来。

钟　扬：（交出手机）

护　士：钟老师，不能开玩笑，您需要静养，必须静养。

钟　扬：知道知道，拜托拜托——不要告诉师母哦——这就睡，这就睡。

【钟扬假装睡去，护士走出病房，碰到晓艳。

护　士：钟师母……（交出手机）他太拼命了，这个时候，还想着工作。

晓　艳：这不是起床的闹钟，是叫他睡觉的闹钟，钟老师经常忘了睡觉，为了提醒他睡觉，才把闹钟调到这个时候。

护　士：钟师母！钟老师叫我不要告诉您！

晓　艳：谢谢。

【晓艳把手机又交给了护士，走进病房，看着病床上的钟扬，坐到他身边，钟扬装睡。

晓　艳：你要是睡不着，就和我说说话吧。

钟　扬：（尴尬）对不起……晓艳，我……有点害怕……

晓　艳：我也害怕！

钟　扬：我担心……我再也不能去西藏了。

晓　艳：那里海拔高，你身体吃不消。

钟　扬：我的学生、我的同事、我的种子都在那里……

晓　艳：这里也有你的家，你的学校，你的孩子，还有我呢……睡吧……

【在晓艳的怀里,钟扬渐渐睡去。

晓　艳：(回忆)在美国读书,当别人都选择留下的时候,我跟你回
　　　　到了中国;当别人都努力购置国外的彩电冰箱时,你却把
　　　　我们攒的生活费都买了计算机设备捐给单位;你说宁愿
　　　　不要当所长也要去上海当老师,我同你来到复旦;你说要
　　　　去援藏,我支持你。每一期援藏结束,你都有无可辩驳的
　　　　理由继续——第一次是要盘点青藏高原的植物家底;第
　　　　二次是要把西藏当地人才培养起来;第三次是要把学科
　　　　带到一个新的高度;你说你不擅长带孩子,孩子十五岁以
　　　　前,我多管一点,十五岁以后交给你管;你说你喜欢植物,
　　　　所以儿子的名字也与植物相关,你说,如果人们都喜欢用
　　　　植物给孩子取名字,那就是最好的科普时代到来了;你说
　　　　你爱西藏,连儿子读的学校都是藏语学校……到如今,我
　　　　们家的全家福还是十年前拍的……

【看着熟睡的钟扬,晓艳悄悄离开病房。

钟　扬：(醒来)让你费心了！今后,一定多陪陪你,陪陪我们的儿
　　　　子……我怕以后西藏那边的工作没有人接手,所以给组
　　　　织写了一封信,希望组织要继续支持、重视西藏生物多样
　　　　性的发展。以后钟扬去不了西藏,还有其他人可以
　　　　去……

钟　扬：敬爱的党组织,西藏是我国重要的国家安全和生态安全
　　　　屏障,要建设一个长效机制来筑建生态安全屏障,关键是
　　　　人才队伍。我建议开展“天路计划”,专门从事青藏高原
　　　　生态屏障建设。十四年的援藏生涯对我而言,既有跋山
　　　　涉水、冒着生命危险的艰辛,也有人才育成,一举实现零

的突破的欢欣;既有组织上给予的责任和荣誉为伴,也有窦性心律过缓和高血压等疾病相随。就我个人而言,我将矢志不渝地把余生献给西藏建设事业……

护　士：(独白)遵照医嘱,钟老师不能再去西藏这样高海拔的地方了,但仅仅两周之后,他又搭乘航班飞往拉萨。

第六场　此时此刻

时间：2018 年 4 月 3 日，晚上 7 点 30 分。

地点：复旦大学相辉堂舞台。

人物：讲解员——周涛，复旦大学教师，微电影《播种未来》[①]导演。

【《播种未来》解说词（钟扬原声）。

钟　扬：我曾经有过许多梦想，那些梦想都在遥远的地方。我独自远航，为了那些梦想。我坚信，一个基因可以为一个国家带来希望，一粒种子可以造福万千苍生。初到这片土地，只为盘点世界屋脊的生物家底，寻找生物进化的轨迹。在漫长的科考道路上，我慢慢地意识到这片神奇的土地需要的不仅仅是一位生物学家，更需要一位教育工作者将科学研究的种子播撒在藏族学生的心中，也许会对未来产生更为深远的影响。生物多样性的排名，西藏在全国一直是前三，西藏还有很多没有被探索的地方。高原植物学人才的培养不仅仅在课堂，也在雪山脚下、荆棘丛中。这一路总是充满艰辛，而我的学生，未来的植物学家必须要学会克服困难，迎接挑战。采样是很辛苦的，为了采样，我们每年至少走三万公里。（扶起受伤的学生）来，我们先扶他离开这个地方，到处都是过敏的东西，

---

① 《播种未来》：2013 年上海市教师节献礼片。

采种子路上经常会发生各种各样的状况。高原反应嘛，差不多有十七种。在过去的十三年间，每一次我都有那么一两种，我们也不能因为高原反应，我们就怕了是吧！科学研究嘛，本身就是对人类的挑战。海拔越高的地方，植物的生长越艰难，但是越艰难的地方，植物的生命力越顽强。我希望我的学生就如这生长在世界屋脊的植物一样，坚持梦想，无畏艰险。我相信，终有一天梦想之花会在他们的脚下开放。（带领学生采集香柏）这里有一片难得的香柏林，这种生活在海拔四千米以上的植物很有用处，我们尽量多采一点。生长在海拔四千米以上的香柏，在复旦大学药学院提取出抗癌成分，并得到国际权威认证。梦想无论多么遥远，总驻守在我们心里，创新的心永远无法平静。只要心在不断飞翔，路就不断向前延伸。我这十三年在西藏干了三件事，为国家和上海的种子库收集了上千种植物的四千万颗种子，它们可以储存上百年；培养了一批藏族科研人才，我培养的第一个藏族植物学博士已经成为了教授；为西藏大学申请到第一个生态学博士点，第一个国家自然科学基金项目，希望打造一种高端人才培养的援藏新模式。任何生命都有其结束的一天，但我毫不畏惧，因为我的学生会将科学探索之路延续，而我们采集的种子也许会在几百年后的某一天生根发芽。到那时，不知会完成多少人的梦想。不是杰出者才做梦，而是善梦者才杰出。我是钟扬，一名工作在青藏高原的生物学家，一名来自上海的援藏教师。

周　涛： 五年前，我与剧中的主人公有个约定，要为他拍摄一部一个小时的纪录片，但因为进藏一周就产生了严重的高原反应,含氧量只有百分之二十六,中途被迫离藏,原本一个小时的纪录片就变成了五分钟的微电影。去年七月,我接到钟老师电话,他说想排一部关于知识科学的话剧,两个月后的一场车祸,我们再次错过了合作的机会……不会再有下次了。钟老师,尽管我们隶属于不同的部门,但您作为前辈,作为老师,一直都很关照我。您时常对我说,一个有博士学位的艺术家一定会更有深度。不是杰出者才做梦,而是善梦者才杰出。我和您拍过不少照片,但这一张我印象最深。您说过,博导的衣服都穿了,还怕考不上博士?钟老师,如今我也考上了历史系的博士,尽管历史不能倒转,但当历史与戏剧相遇也许还会结出时间的种子,那么就让时空来偿还这未完的心愿吧!

第七场　回梦 1979

时间：1979 年年初某天下午。

地点：湖北黄冈中学操场一角。

人物：

钟　扬——男,14 岁,黄冈中学学生。

天　明——男,16 岁,黄冈中学学生。

阿　康——男,16 岁,黄冈中学学生。

春　晓——男,16 岁,黄冈中学学生。

钟主任——男,40 岁,湖北省黄冈市教育局招办主任。

张老师——女,35 岁,钟扬班主任。

【钟扬与春晓在掰手腕,阿康在一旁看热闹,天明跑来。

春　晓：怎么样,怎么样?

天　明：天大的好消息！（对钟扬)我刚才——就在刚才——听到
　　　　你爸和张老师……

钟　扬：少废话……说重点！

天　明：此次政策允许非毕业班学生,也就是高一学生可以报名
　　　　参加高考！

阿　康：咱们可以提前高考啦！

春　晓：钟扬,你的大学梦终于要实现啦。

钟　扬：哈哈哈——天道酬勤！

春　晓：黄冈四杰,大照四方。

众　人：大照四方！

钟　扬：我,钟扬——钟大胆!

天　明：我,天明,明日之星!

阿　康：阿康,未来——康庄大道!

春　晓：我,傅春晓,春眠不觉晓!

钟　扬：团结就是力量!

众　人：(唱歌)团结就是力量,团结就是力量,这力量是铁,这力
　　　　量是钢,比铁还硬,比钢还强……

天　明：对了,钟扬,你爸真够意思。

阿　康：那是,虎父无犬子!

春　晓：好老爹!

天　明：好老爹!

钟　扬：一边儿去!

阿　康：钟扬,这回高考,清华北大可是最低消费啊!

钟　扬：(得意)

天　明：你将来想做啥!

钟　扬：(眉飞色舞)

天　明：说啊!

春　晓：跟老爹一样,也当个教育局局长!

阿　康：小官迷!

钟　扬：我不稀罕,跟你们说,我要当老师!

天　明：老师?

钟　扬：(模仿老师样子)同学们好!

众　人：老师好!

钟　扬：(感觉别扭)不是这个意思——(换个感觉模仿)请同学们
　　　　翻开书本的第十五页——也不对——我至少要比他强。

阿　康：那你就去当大学老师,那可是钟教授了!

天　明：对啊，大学老师不受教育局管！

春　晓：我也要当大学老师。

天　明：我也要……

阿　康：大家都是大学老师，都是教授。

【钟扬往上场门方向跑。

天　明：钟扬，去哪儿？

钟　扬：找班主任要高考报名表！

阿　康：我也去！

春　晓：等等我！

天　明：还有我！

【众人撞见钟扬父亲钟主任和班主任张老师，钟扬躲到天
明三人后面。

阿　康：张老师好，钟叔叔好。

天　明：张老师好，领导好。

春　晓：两位老师好。

钟　扬：张老师好。

张老师：他们就是我们班上最优秀的学生。

天　明：报告领导，我是高一（2）班的天明。

阿　康：老师，我叫阿康。

春　晓：我叫春晓。

钟主任：几位同学看样子是刚锻炼完回来呀。

天　明：是。

钟主任：毛主席说，德智体要全面发展——你们现在是要干什
么去？

钟　扬：我们去找你！

钟主任：找我干嘛？

钟　扬：要报名表!

钟主任：什么报名表?

春　晓：高考报名表!

钟主任：(看着张老师)

阿　康：不是说这次非毕业班学生也能参加高考吗?!

钟主任：非毕业班学生参加高考,你们觉得这样对毕业班同学来说公平吗?

　　　　【众人不语。

钟　扬：当然不公平了,我们年纪小,他们年纪大,理应我们吃亏!毕竟,他们比我们多读一年书!所以,对于我们非毕业班的学生来说自然不公平,但是,我们不在乎。

天　明：钟扬说得对,我们不在乎!

钟主任：不在乎?有人在乎,你们非毕业班的学生若提前参加高考,那么对于毕业班的学生来说,就违背了"机会均等"原则,我这个招办主任怎么对毕业班的学生和家长交代,就你们会打如意算盘!除非……

钟　扬：除非我们提前办理毕业手续,也就是说,所有在读生只能参加一次高考,这样算不算"机会均等"!(对天明三人)你们想清楚了吗?

　　　　【天明、阿康、春晓三人思索片刻,点头示意。

钟　扬：(对班主任)张老师,我们申请提前办理毕业手续,请给我们高考报名表。

天明、阿康、春晓：(异口同声)请给我们高考报名表!

　　　　【班主任张老师将报名表依次交给天明、阿康、春晓三人,当交给钟扬时……

钟主任：(打断)你不可以。

钟　　扬：为什么？

钟主任：没有为什么。

钟　　扬：就因为我是你儿子？

钟主任：总之，你必须放弃这次高考的机会。

　　　　　【音乐起。

钟　　扬：一九七七年，春节刚过那天，黄冈中学四名应届毕业生，胸佩大红花，精神抖擞地站在大操场上，望着恢复高考后的第一届大学生，我心里面多么希望其中有一个是我，在我眼里他们就是黄冈中学两千多名学生心中的英雄，因为在那个时候只有不到百分之一的人可以上大学。但我想不通，为什么管教育的爸爸不让自己的儿子考大学？你为了避嫌，为什么要牺牲我的意愿？家长有什么权力可以剥夺自己子女学习的权利？我参加高考违反了哪条纪律？我和他们有什么区别？就因为你是我爸！我要是以后管教育，一定让你知道什么叫因材施教！

　　　　　【钟扬跑出操场，张老师以及天明三人追出。

　　　　　【黄冈中学另一处，钟扬四人一起。

天　　明：钟扬！

阿　　康：我们都知道这件事对你很是不公平，但钟伯父决心很大，大家对他的做法也很服气。

春　　晓：你不要惹他生气，不能提前参加这次高考，明年再来……

天　　明：（对春晓）就你话多。

阿　　康：别饱汉子不知饿汉子饥，哪壶不开提哪壶。

天　　明：（看阿康）

春　　晓：（感觉说错话）

张老师：（上场）我打扰你们了？

天　明：没有没有。

张老师：我都不知道学校还有这么个地方，钟扬，你今年多大了？

钟　扬：十六。

众　人：（笑）

钟　扬：十五，还不到十五。

张老师：好年轻啊！

钟　扬：（感觉讽刺）。

张老师：谁说年纪轻就不能上大学？只要有才华，只要经过考试，谁都可以上大学。

钟　扬：……

张老师：邓小平说的。

钟　扬：我爸……

张老师：那就去中科大少年班，以最优异的成绩接受祖国的挑选。

钟　扬：（振作精神）

张老师：去年三月，中国科学技术大学正式创建少年班，采取单独考试、改卷和录取的模式。主要招收尚未完成常规中学教育、但成绩优异的青少年接受大学教育。这样就不会有人说对毕业班的学生不公平了，对吧？

春　晓：钟扬，你肯定行的。

钟　扬：（难掩激动）

张老师：不过，当年在全国仅招收二十多人，竞争异常残酷，全黄冈成绩最好的学生也没考上。

天　明：我放弃。

阿　康：我没戏！

张老师：钟扬，你有信心吗？

钟　扬：有。

张老师：记住，假使你考不上少年班，也不能像正常高考一样可以
　　　　　调剂到其他大学。

钟　扬：那就以最优异的成绩接受祖国的挑选。

　　　　　【音乐起。

阿　康：（独白）在通过高淘汰率的初审、复试和面试后，钟扬考入
　　　　　中科大第三期少年班，就读无线电专业。当年，整个湖北
　　　　　约有六十名学生报考中科大少年班，钟扬的初试总分排
　　　　　名第二。那一年，钟扬十五岁。

第八场　回梦 1984

时间：1984 年 7 月某日下午。

地点：中科院武汉植物研究所办公室。

人物：

　　钟　扬——男,20 岁,武汉植物研究所研究员。

　　晓　艳——女,22 岁,武汉植物研究所研究员。

　　所　长——男,45 岁,武汉植物研究所所长。

　　小　赵——女,22 岁,武汉植物研究所研究员。

　　秋　鸣——男,30 岁,武汉植物研究所研究员。

　　　　【所长带着钟扬走进办公室。

所　长：同志们,让我们欢迎来自中科大无线电专业毕业的高才
　　　　生钟扬同志来到我们武汉植物研究所工作——大家
　　　　欢迎!

　　　　【众人鼓掌,钟扬第一眼就瞥见了站在众人当中的张晓
　　　　艳,两人目光相触。

小　赵：他好年轻啊!

秋　鸣：人家少年班出来的,神童哎!

钟　扬：大家好,我叫钟扬,我是无线电专业毕业的,请前辈多多
　　　　指教!

秋　鸣：学无线电的?

小　赵：(瞥一眼一旁的电脑,对张晓艳)晓艳,他好像比你还
　　　　小哎!

秋　鸣：（小声）就你话多。

钟　扬：对了所长，我想看看我们所里的计算机。

所　长：不忙，刚来这边先熟悉一下环境，对我们植物所也多了解一下，毕竟和你之前的专业不同。这是赵文竹，你可以叫她……

小　赵：小赵。

所　长：这是秋鸣。

秋　鸣：秋蝉鸣树间，玄鸟逝安适——秋鸣。

所　长：这位是张晓艳同志，和你一样也是刚到我们植物研究所工作的。

晓　艳：你好，叫我晓艳就可以了。

钟　扬：晓艳你好，我叫钟扬。

所　长：钟扬同志刚来我们植物所工作，植物学的相关知识也需要尽快充实起来，便于尽快开展工作。

钟　扬：所长，我已经和武大那边联系过了，从明天起我会去旁听一切有关生物学方面的课程，争取用两年时间让自己成为真正的植物学工作者。

所　长：钟扬同志第一天来我们这里，干劲十足，你可是我们这里的计算机专家啊，所里唯一的一台计算机以后就交给你了，同时我也把你交给晓艳同志。

晓　艳：所长……

所　长：晓艳，尽管你也是新来的，但作为林业大学的毕业生，你从现在起就是钟扬同志的植物学老师，这是你来我们这儿的第一项任务。

晓　艳：是，所长。

钟　扬：（对张晓艳）张老师好！

晓　艳：千万别……

钟　扬：我班主任也姓张,张老师都是好老师。

晓　艳：你好,钟同学。

所　长：介绍完之后呢,我们植物所有一个对于新来同志的传统
　　　　欢迎仪式——请吃猕猴桃。

　　　　【秋鸣把盛有猕猴桃的篮子递给大家。

钟　扬：(吃猕猴桃)好酸,也好甜。

所　长：小钟,知道这是哪里产的吗?

钟　扬：新西兰的猕猴桃又叫奇异果,维生素含量丰富。

秋　鸣：好吃!

小　赵：这是产自我们湖北的猕猴桃,可以说,今天全球的奇异果
　　　　都是从我们湖北走出去的。

秋　鸣：只是拿走的方式不够光彩,一百多年前英国的传教士,或
　　　　者叫植物猎人剪了湖北宜昌的二十多根枝条带了回去,
　　　　然后培育出了今天的奇异果。

所　长：世人都只知奇异果好吃,却不知这本是我们中国自己的
　　　　水果,种子在我们中国。

钟　扬：中国的种子。

所　长：中国的种子,所以我们搞植物学的绝对不允许这样的事情
　　　　再发生,这是你们来武汉植物所的第一课,晓艳你也尝尝。

晓　艳：(尝)真甜。

所　长：钟扬,晓艳,你们都是未来植物学的种子。计算机我不
　　　　懂,但我相信有一天它会为我们研究所带来新的前景,所
　　　　以你来了,我非常高兴。小赵,秋鸣,我们去看看其他新
　　　　来的同志。

　　　　【所长抓起一颗猕猴桃尝了一口。

所　长：酸了。

秋　鸣：(尝)很好吃啊,口感丰润啊。

所　长：我年纪大了,舌头不行了。

秋　鸣：哪有,所长可厉害了,每天都吃五碗大米饭!

所　长：你才是饭桶!

小　赵：哈哈哈!

【所长、小赵、秋鸣下,舞台上剩下钟扬、晓艳两人。

晓　艳：来这儿都是学植物学的,你学无线电的,怎么会来这儿?

钟　扬：服从分配! 接受祖国的挑选——那张老师您呢?

晓　艳：和你一样,服从分配。

钟　扬：(指计算机)对了,张老师以后想研究什么植物?

晓　艳：我想做荷花研究。

钟　扬：荷花好,出淤泥而不染,濯清涟而不妖。

晓　艳：我喜欢荷花,不艳丽,不张扬,纯洁,典雅,安详。

钟　扬：那我愿意做淤泥。

晓　艳：为什么?

钟　扬：淤泥能种出莲花也是好泥土。

晓　艳：你的看法很独特,如果你做老师,学生一定很喜欢你,你
　　　　会带给他们崭新的视角。

钟　扬：在植物学方面,现在您是我的老师——我喜欢老师……

晓　艳：怎么了,钟扬?

钟　扬：因为我在妈妈肚子里的时候,就注定要成为老师了,我妈
　　　　妈在生我的前一个小时,还在课堂给学生上课。

晓　艳：你母亲是老师?

钟　扬：我们一家都是。

晓　艳：难怪你那么优秀,基因决定一切——好的种子,才能结出

丰润的果实。

钟　扬：好的种子,也要有好的园丁来灌溉,否则它无法成长。

晓　艳：适者生存,物竞天择,根据达尔文的学说,任何物种都有自己的生长规律,即使环境再苛刻,只要抓住生物链中的一丝契机,它也能尽其所能,开出鲜艳之花,你能想象雪莲在海拔六千米以上的高峰还能生长吗?

钟　扬：雪莲?

晓　艳：一九三八年,一位德国的探险家在海拔六千三百米的珠穆朗玛峰南坡采集到一棵几厘米高的喜马拉雅山雪莲,被国际高山植物学教科书奉为经典,这是迄今为止所发现的世界上海拔最高的植物。但是在我国,被誉为最大生物"基因库"的青藏高原,由于高寒艰险、环境恶劣,至今鲜有植物学家前去深入采样。我相信,那里一定会有惊喜。

钟　扬：以后我一定采一棵下来,给您做研究。

晓　艳：真的!

钟　扬：种子在特定的条件下,会诞生新芽。张老师,今天你把他种下了(捂着胸口),有朝一日,它会生根开花。

晓　艳：(紧张)

钟　扬：(吃猕猴桃)湖北的猕猴桃,真甜。

晓　艳：甜……

秋　鸣：(上场独白)在研究所的十六年间,钟扬在植物学和计算机学交叉学科中取得重大进展,他从一名无线电专家转型成为了植物学专家。但为了心中的教师梦,二〇〇〇年,年仅三十六岁的钟扬放弃武汉植物研究所副所长的职务,来到复旦大学成为了一名普通的大学教师,其妻张晓艳随钟扬一同来到上海。

第九场 回梦 2018

时间：2018 年清明。

地点：上海自然博物馆展厅。

人物：

　　钟　扬——男，53 岁，复旦大学植物学教授。

　　晓　艳——女，55 岁，钟扬妻子。

　　甲、乙、丙、丁等若干小朋友。

【同步讲解图片，自然博物馆里，一群群孩子正在听晓艳
　讲解各种植物。

晓　艳：这是我们上海的红树苗，它是古生物，恐龙时期就有了，
　　　　将来会长成红树林，非常漂亮。

小　甲：老师，老师，我们要多久可以看到它长成红树林啊？

晓　艳：从小苗长成大树，需要二十多年，成为红树林要五十年甚
　　　　至更久，种树的人自然看不到这一天了。

小　乙：种树的人都看不到成林的那一天，我们为什么还要种
　　　　它呢？

晓　艳：这是种红树林的钟伯伯送给上海的礼物，他希望在上海
　　　　未来的海岸线上能长出美丽的红树林！

小　丙：钟伯伯呢？他现在还好吗？

晓　艳：他很好，看见你们对植物那么感兴趣，我相信他现在一定
　　　　很高兴，这里展板上所有的中英文简介都是他一字一句
　　　　亲笔修改的。

小　丁：（照着展板上的文字念）雪兔子，又叫雪莲花，生长在海拔六千米高的悬崖。

晓　艳：这是迄今为止海拔最高的植物的种子，雪莲，这也是钟伯伯和他的学生在海拔六千米的珠穆朗玛峰采摘来的。你们知道，在那么寒冷的地方，它是怎么存活下来的吗？

众　人：（摇头）

晓　艳：就是靠它旁边一点一点的小草。

小　甲：为什么是小草呀？

晓　艳：是小草以牺牲自己为代价将雪莲托举上六千米的高峰。

小　乙：我想当雪莲花，环境越恶劣的地方，生命力越顽强。

小　丙：我要做小草，保护好心中的雪莲。

　　　　【孩子们下，钟扬出现在舞台后区高台。

钟　扬：晓艳……

晓　艳：……

钟　扬：晓艳……

晓　艳：钟扬！

钟　扬：湖北的猕猴桃真甜。

晓　艳：甜。

钟　扬：孩子们都好吗！

晓　艳：放心，他们很懂事！爸爸妈妈也都好！今年的红树长得特别好！

钟　扬：真好，真想去看看，看看上海的红树林，看看复旦的校园，看看美丽的藏波罗花！

晓　艳：你那儿还好吧！

钟　扬：晓艳，谢谢你。我突然想到，你才是我的第一位植物学老师，是你把我领进了植物学的大门，是你在我心中播种下了第一颗植物学的种子,张老师,您好!

晓　艳：钟同学……

钟　扬：张老师……

晓　艳：嗯!

钟　扬：张老师,以后还要做您的学生。

【剧终。

　　本作品是为了悼念时代楷模,复旦大学研究生院院长,植物学家钟扬教授。本作的另一个重要意义在于,它让笔者明了作为校园文化的重要组成部分,校园戏剧不仅是服务于学生的,同时也是服务于教师的。其实大学的真正组成部分只有两个,教师和学生。戏剧也一样,单纯到只剩下演员和观众。本剧获得了第六届中国校园戏剧节"优秀展演剧目"称号,剧本以单行本的形式于2018年由复旦大学出版社出版。

短　剧　篇

4：1

时间：2012年5月某日下午。

地点：复旦大学足球场休息区。

人物：

缪　缪——女，22岁，新闻学院四年级生，校报记者。

华莱士——男，22岁，新闻学院四年级生，足球队11号球员，队长。

梅　西——男，21岁，新闻学院四年级生，足球队10号球员，小个子。

卡　卡——男，21岁，新闻学院四年级生，足球队7号球员，高个儿。

鲁　尼——男，22岁，新闻学院四年级生，足球队9号球员，胖子。

画外音：(广播)2012年"院系杯"足球联赛，新闻学院对阵物理学院的上半场比赛结束，目前比分零比四，物理学院领先，现在中场休息十五分钟。

【缪缪站在摄像机前调试设备，手举麦克风。

缪　缪：各位同学，各位观众，欢迎收看由校电视台足球评论部为您发回的现场报道，我是来自09级新闻学院的特派记者缪缪。此次四比零的悬殊比分开创了"院系杯"承办以来的上半场最大失球纪录，那么下半场这一纪录是否会被打破？欢迎继续关注我们……

【梅西上场,卡卡和鲁尼抬着华莱士紧随其后。

梅　西：快,快点儿啊！对方下脚也太狠了！队长,你还支持得住吗？

华莱士：没事儿。

缪　缪：各位同学,各位观众,这里是由校电视台的特派记者缪缪给您发来的现场报道,在中场休息的时候,新闻学院队的队长正受伤不起……

梅　西：(对缪缪)扫把星,只要你来拍,我们就输球,还回回都来……

缪　缪：这是我的工作。

鲁　尼：(瞥缪缪一眼)好事不出门,丑事传千里,还新闻学院的……

缪　缪：我只是在客观报道！

卡　卡：实事求是学得不错啊。

梅　西：你可以去拍物理学院啊,老拍我们干嘛呀,你这不是落井下石,看我们笑话嘛,没见过胳膊肘往外拐的。

缪　缪：(委屈)

华莱士：距离下半场还有多少时间？

缪　缪：(看表)还有八分钟。

华莱士：扶我起来。

【鲁尼扶华莱士站起,被华莱士拒绝,跟跄几步再次倒地。

众　人：队长！

梅　西：我就不明白了,凭什么他们物理系的男生就那么多,咱们咋就那么少呢！

卡　卡：理科男,文科女(怼缪缪)。

缪　缪：（强压怒火）。

鲁　尼：四年来，打进新闻学院起，我们就是陪练的命。

梅　西：（示意鲁尼）怎么说话呢胖子，不就是四个球嘛，下半场咱们扳回来不就得了，咱们是新闻学院，拿出点新闻工作者锲而不舍的精神好吧。

卡　卡：新闻工作者最重要的一点就是要尊重事物发展的客观规律。作为一支"副班长"球队，咱们上半场已经输了四个球了，现在又因为受伤，连踢得最好的队长都上不了场。再说了，我们根本就没有可以替补的球员。基于这一特殊战况，我建议——撤。

梅　西：什么？

卡　卡：撤！

梅　西：不怕神一样的对手，就怕猪一样的队友……

鲁　尼：骂谁动物呢？

梅　西：（感觉得罪人了，转移焦点，对缪缪）拍什么拍，大老爷们在吵架，碍你什么事儿了！这叫内部矛盾，不宜曝光，有职业操守嘛！

　　　　【鲁尼忙帮拉架。

缪　缪：你们真要纯爷们儿，场上跟对手横去啊，拿我撒什么气！

梅　西：（欲上前讲理）死八婆……

缪　缪：矮冬瓜！

　　　　【鲁尼和卡卡分别把梅西和缪缪拉开，缪缪发现自己失礼，走近华莱士，取出喷雾剂给华莱士治疗。

缪　缪：（对众人）距离下半场只有五分钟了，新闻学院——加油！

　　　　（收拾东西准备下）

华莱士：缪缪，给我们四个拍一张吧！

缪　缪：快,准备,看镜头!

【梅西、卡卡和鲁尼走向华莱士,四人站定。

缪　缪：一,二……

【四人摆出各种造型。

华莱士：等等,麻烦你把我们拍得漂亮点。

缪　缪："流星雨"那种。

华莱士：嗯——但是要比他们更帅。

缪　缪：F4准备,一,二,Action。

【四人摆出中二造型,同步音乐起。

华莱士：这是我大学生涯里最好的仨哥们儿,因为足球把我们联系在了一起。我们常说,无足球——

众　人：不—兄—弟。

【三人回到亢奋的状态,在舞台中央激动奔跑。

华莱士：但很抱歉,四年来,作为队长,还没有带领大家小组出线过。这最后的一次怕又要和过去一样了。缪缪,感谢你四年来一如既往地随队报道,还一场不落。谢谢你,唯一支持我们球队的铁杆粉丝。(把缪缪也拽到镜头前)一起来,看镜头。弟兄们,下半场,我踢不了了……

【华莱士离开镜头,哼着世界杯主题歌下场,背起背包,其他人也纷纷跟进,此时缪缪吹响加油小喇叭。

缪　缪：下半场看我的。

华莱士：你?

缪　缪：(抱起足球)上场踢球。

鲁　尼：你会踢吗?

缪　缪：没吃过猪肉,还没见过猪跑嘛!

卡　卡：这是唱哪出啊?

缪　缪：踢球时,后卫不要多粘球,直接给前面,前锋拿球后也不要急着射门,而是应该吸引对方球员的注意,扯出空当,让后排插上的队员破门得分。

华莱士：光懂战术没用,这可是拳拳到肉,刀刀见血的真把式,你行嘛你,瘦胳膊细腿儿的?

缪　缪：第一,我速度快,我是校女子短跑冠军;第二,我体力好,我会一直跑下去,为你们扯出空当,扰乱对方的视线;第三,好男不跟女斗,天生的优势。

卡　卡：凭什么听你的,你算老几?

缪　缪：我是你们的新队员,我叫缪缪。

梅　西：这里,只有队长说的算。

缪　缪：但是队长上不了场,他受伤了。

鲁　尼：队长不上,我们也不上。

缪　缪：这"院系杯"也是"滚蛋杯"呀,"滚蛋杯"哪有踢半场的,要踢就得踢全场,不踢完"滚蛋杯",老娘不滚蛋。

卡　卡：这是我们的"滚蛋杯"。

缪　缪：也是我的"滚蛋杯",更是我们 09 级新闻学院的"滚蛋杯"!

【众人低头不语。

缪　缪：说话呀!(翻开笔记本)三年前,是谁在新生见面会上信誓旦旦地说(对鲁尼),我考新闻学院就是为了要做国际足联的新闻官——

鲁　尼：Attention please,my name is Rooney,I am from Fifa……

缪　缪：又是谁扬言将来要当中国首个真正意义上的足球经理人,打造航母级的足球俱乐部……

卡　卡：培养最优秀的足球运动员,完成亿万中国球迷一直没敢
　　　　奢望的梦想。

缪　缪：还有谁不惜复读也要考上新院,立志成为中国第二个黄
　　　　健翔——

梅　西：我渴望被灵魂附体……

缪　缪：队长,你说你上新闻学院就是为了成为一名光荣的足球记
　　　　者,为球迷献上最深入的报道。而我上新闻学院,同样是
　　　　为了成为一名最顶尖的足球记者,这样我就可以去曼彻斯
　　　　特,去马德里,去看曼联和皇马的足球比赛了。弟兄们,为
　　　　了我们的"滚蛋杯",不到最后一秒钟,请绝对不要放弃!

鲁　尼：我们没有放弃。

梅　西：我们不会放弃。

卡　卡：新闻学院永不言败。

华莱士：新闻的力量。

梅　西：FIRE.

画外音：(广播)中场休息结束,下半场交换场地。

华莱士：(交出袖标给缪缪戴上)。

缪　缪：新闻学院!

众　人：新闻学院!

　　　　【众人合作打进一球,摆出定格造型。

画外音：(华莱士的声音)最终我们还是以一:四的比分输掉了比
　　　　赛,但新闻学院首次男女混合编队的故事却被校报评为
　　　　了本年度最有价值新闻。

　　　　　　　　　　　　　　　　　　　　　　　　　　　【剧终。

　　这是一部蛮"标准"的 12 分钟参赛小品。题材清新阳光,内容紧贴大学生活。舞台空间是体育场休息区,时间阈值也正好控制在 12 分钟的中场休息时间内。作品从新闻学院足球队队员的视角报道了一场足球比赛,这是屡战屡败的新闻学院足球队在大学四年中的最后一场比赛,也是大学时光的最后一次轻舞飞扬。一段记忆的告别,一抹青春的见证。本剧获得全国第三届大学生艺术展演活动艺术表演类一等奖。

海上花

时间：某日凌晨1点。

地点：航母练习舰甲板。

人物：

    肖　　遥——男,31岁,第四飞行中队甲板地勤组中队长。

    羽　　彤——女,21岁,大学生士兵。

    大　　堃——男,22岁,大学生士兵,中等身材。

    板　　凳——男,22岁,大学生士兵,瘦高个儿。

    铁　　男——男,22岁,大学生士兵,胖子。

    【第四飞行中队甲板地勤组全员结束考核,众人瘫倒在地上,羽彤进场。

羽　　彤：起来,你,你,还有你……都起来! 你们还像个男人吗?

铁　　男：你不是身体不舒服吗,怎么还那么厉害!

羽　　彤：你说什么?

铁　　男：我什么都没说……(对大堃)这不明摆着嘛,她中午吃饭的时候还把辣椒一颗颗挑了出来,这不就是肚子疼嘛!

大堃、板凳：霸王花!

羽　　彤：(对铁男)你再说一遍,死胖子我警告你,不许观察我!

    【中队长肖遥进来。

肖　遥：稍息，立正，跨立。

【众人集合，期待中队长表扬，羽彤由于身体不适最后站到位。

肖　遥：你们几个，今天的考核表现都很不错。

羽　彤：飞行中队！

众　人：甲板地勤组（男生看羽彤不爽）。

肖　遥：第四飞行中队甲板地勤组——全员安全检查。

众　人：是！

大　堃：弹射器安全观察员——大堃就位。

铁　男：飞机移动和轮挡员——铁男就位。

板　凳：爆炸物处理员——板凳就位。

【除了羽彤，其余人都检查完毕，众人看着羽彤，羽彤准备去寻找“信号指挥棒”。

肖　遥：站住！（掏出信号指挥棒）这个是你的吧！

羽　彤：（接过指挥棒）

肖　遥：归队吧！

羽　彤：是。

肖　遥：我问你们，我们头上飞的是什么？

众　人：舰载机。

肖　遥：很好，我们脚下踩的是什么？

众　人：战术导弹。

肖　遥：非常棒，你们都知道是导弹啊，今天这根指挥棒要是幸运地被吸入舰载机发动机，你们觉得我们还有机会站在这儿吗？说话呀——哑巴了？

羽　彤：报告，我错了。

肖　遥：你错了？你以为这里是哪儿啊？在家里，有爹妈捧着！

在学校里,考试挂科,老师我申请补考？今天要是因为这根指挥棒出了事,那我们失去的将不仅仅是全体舰员的生命,更是这航母,这移动的三十四亩主权领土。今天的考核羽彤掉了指挥棒,那就意味着整个甲板地勤组都掉了指挥棒——考核全员不予通过。

铁　男：报告！

肖　遥：讲。

铁　男：我各科成绩都是优秀,我的导引手势也是做得最标准的,为什么我也没有通过？

肖　遥：哪来那么多为什么？

铁　男：从法律上讲,量刑必须有依据……

肖　遥：你在跟我讲道理,法律专业大学生！

大　堃：报告！

中队长：讲。

大　堃：这不是战争,这只是演习……

板　凳：报告,演习就是战争……是羽彤丢了指挥棒,她身体不舒服……

羽　彤：(瞪板凳)报告！指挥棒是我一个人丢的,和他们都没有关系,要罚就罚我一个人。

肖　遥：你们给我记好了,在这航母上,没有个人,只有集体！

众　人：是！

羽　彤：报告,羽彤一人做事一人当。

肖　遥：一人做事一人当,是吧,把背包打开。

羽　彤：(打开背包)

肖　遥：所有人打开背包。

　　　　【众人打开背包。

肖　遥：飞机移动和轮挡员。

铁　男：到。

肖　遥：弹射器安全观察员。

大　堃：到。

肖　遥：爆炸物处理员。

板　凳：到。

肖　遥：这些指示都由你一个人来完成(把指挥棒递给羽彤)。

　　　　【雨彤跟着众人指示完成规定动作。

铁　男：舰载机进入弹射轨道,请求离舰。

羽　彤：舰载机进入弹射轨道,请求离舰。

大　堃：舰载机接受飞控指示,批准离舰。

羽　彤：舰载机接受飞控指示,批准离舰。

板　凳：甲板安全员,例行检查。

羽　彤：甲板安全员,例行检查——轮挡员撤销挡板,清空跑道,
　　　　等待离舰指示。完毕!

肖　遥：现在,跑道 B 与跑道 C,各有一架舰载机准备起飞,A 区
　　　　跑道准备着舰。

大　堃：B 区跑道舰载机进入弹射轨道,请求离舰。

板　凳：C 区跑道舰载机接受飞控指示,批准离舰。

铁　男：A 区跑道请求着陆。

　　　　【以上口令众人开始反复,羽彤在行动中越来越跟不上队
　　　　伍节奏。

大　堃：报告! 羽彤身体不舒服。

肖　遥：(对羽彤)你身体不舒服? 要不要送你回家休息? 你们是
　　　　军人,哪怕还有一口气,也得给我把任务完成了。

大　堃：报告! 羽彤是女生,生理结构和我们不一样。

肖　遥：她先是一名军人，再是一个女生。

羽　彤：是，我先是一名军人，再是一名女生。

肖　遥：继续操练通行手势。

羽　彤：舰载机进入弹射轨道，请求离舰……

【羽彤快坚持不住，倒下，众人上前搀扶。

肖　遥：要你们扶了吗？

【众人离开。

肖　遥：如果你是军人，你就自己站起来，在这甲板地勤组，只有你是躺着的。

【罗大佑的《海上花》响起，羽彤欲站起。

羽　彤：今天的我们生活在所谓的和平年代，但作为一名战士，作为中华人民共和国的海军军人，永远只处于两个时代，一个就是战争时期，另一个就是准备战争时期——这是我父亲告诉我的。虽然我成为不了像他那样的舰载机飞行员，但是作为甲板地勤组的一员，在这移动的三十四亩主权领土上，没有后退，只有前进。

【羽彤站起，众人被激励。

铁　男：甲班安全员，例行检查。

羽　彤：你们……

板　凳：轮挡员撤销挡板。

大　堃：清空跑道，等待离舰指示。

羽　彤：离舰起飞（站不稳欲倒，众人搀扶）。

大　堃：根据航母条例第一百二十七条规定。

铁　男：我们有责任也有义务守护好我们的舰载机，保护好我们的战友。

板　凳：上有神舟九天揽月。

大　堃：下有蛟龙深潜沧海。

铁　男：今有航母劈波斩浪。

魏羽彤：第四飞行中队。

众　人：甲板地勤组。

板　凳：列队！

　　　　【以下,皆为口令配备手势。

羽　彤：舰载机进入弹射轨道,请求离舰。

铁　男：舰载机接受飞控指示,批准离舰。

大　堃：甲板安全员,例行检查。

板　凳：轮挡员撤销挡板。

铁　男：清空跑道,等待离舰指示。

羽　彤：离舰——起飞。

肖　遥：无论是战时阶段还是非战时阶段,我们第四飞行中队甲板地勤组的任务就是确保舰载机的安全离舰、着舰;确保飞行员的生命安全,确保舰载机的最高时速和最强战斗力。

板凳、铁男：确保舰载机的安全离舰、着舰。

羽彤、大堃：确保飞行员的生命安全。

众　人：确保舰载机的最高时速和最强战斗力。

肖　遥：敬礼！

　　　　【众人看着舰载机起飞的方向敬礼。

　　　　　　　　　　　　　　　　　　　　　　　【剧终。

　　这出短剧改编自话剧《天之骄子》第五场。选择这一段,是想塑造一个小辣椒型的女大学生士兵形象。这是笔者第二部参加全国大学生艺术展演的作品，五位演员，一女四男（上一部《4：1》也是一女四男），这似乎为今后的短剧创作奠定了一个基本演员匹配模式。为什么要这么匹配？笔者也找不到答案，可能因为在编剧的内心深处住着一个妹妹吧。另外，不得不承认的是，罗大佑的《海上花》给予了笔者很大的创作灵感。本剧获得全国第四届大学生艺术展演活动艺术表演类一等奖。

瓶中丝路

时间：2018 年 6 月某日下午。

地点：网络空间。

人物：

二师兄——女，21 岁，中文系本科毕业班学生。

如意金箍棒——男，22 岁，中文系本科毕业班学生，简称"金箍棒"。

莎士比亚——男，21 岁，中文系本科毕业班学生，简称"莎士比"。

玉帝哥哥——男，21 岁，中文系本科毕业班学生，简称"玉帝哥"。

嫦娥妹妹——女，22 岁，中文系本科毕业班学生，简称"嫦娥妹"。

小　倩——女，28 岁，中文系本科毕业班学生，大龄女青年。

【2014 级中文系毕业典礼后，同学们回到各自宿舍、教室等校园场所作最后留念，二师兄已在舞台中央位置敲击着电脑键盘。众人纷纷登录中文系"漂流瓶故事论坛"，以下对话皆在网络空间进行。舞台上除了玉帝哥哥与嫦娥妹妹在同一空间外，其余人都各自处于一个空间。

二师兄：二师兄！

金箍棒：如意金箍棒！

莎士比：莎士比亚！

玉帝哥： 玉帝哥哥!

小　倩： 聂小倩!

嫦娥妹： 嫦娥妹妹!

众　人： 上线!

二师兄： (码着字)葡萄牙探险家迪亚士最早发现了非洲最南端的大陆好望角,为后来另一位葡籍探险家达伽马开辟从欧洲通往印度的新航路奠定了基础。但是,我们故事的主人公郑和,要比迪亚士与达伽马还要早半个世纪来到了好望角。他把此次环球航行的秘密留在了一个漂流瓶里面,然后投入了大海,后来有一个叫虾米的女孩儿捡到了它……

金箍棒： 后来呢?

小　倩： 漂流瓶里什么秘密啊?

莎士比： 二师兄,二师兄,你还在线吗,请回复!

二师兄： 故事就到这儿了——今天我毕业了,我们拍了毕业照,大家都没哭,我也没哭——眼泪都在漂流瓶里。

金箍棒： 郑和到底有没有去到好望角?

【二师兄下线。

金箍棒： 爸爸 Love U。

莎士比： 男儿有泪不轻弹!

小　倩： (唱)朋友你今天就要远走,干了这杯酒!

嫦娥妹： 二师兄肯定是个女的。

玉帝哥： 你怎么知道?

嫦娥妹： 女人的直觉.

金箍棒： 弱弱地问一句,二—师—兄,你—是—14—中—文—的—吗?

莎士比：他掉线了。

嫦娥妹：是女字旁的"她"掉线了。

小　倩：如意金箍棒，你也是 14 中文的吧。

金箍棒：聂小倩，冬至还没有到，不要那么敏感好不好！

小　倩：今夜做梦也会笑……哈哈哈哈……

莎士比：聂小倩，你这样不就把你自己暴露了。

金箍棒：哈哈哈哈哈哈哈哈……

嫦娥妹：嘻嘻嘻嘻嘻嘻嘻嘻……

玉帝哥：吼吼吼吼吼吼吼吼……

众　人：你是？

众　人：我是——

众　人：14——

众　人：中—文—毕—业—

众　人：不是……

二师兄：(上线)毕—业，快—乐—个—P。周老师说，故事的世界远比生活要真实，请大家坚守我们论坛故事身份的初衷，角色的生命就像网络昵称一样，会一直存在下去。

金箍棒：在南非的好望角，印度洋的暖流还有大西洋的寒流，它们汇聚于此，它们形成的水汽可以笼罩整个山峦。然后，这个叫虾米的小女孩打开了漂流瓶……

众　人：(紧紧盯着屏幕)

二师兄：她看见了什么？

金箍棒：她看见了漂流瓶里的一颗茶叶！

二师兄：然后呢？

金箍棒：然后小女孩儿留下了茶叶，从此印度就有了红茶。

莎士比：这个故事真是烂—透—了。

玉帝哥：就你这故事水平,跟我们班长差不多。

小　倩：(喜上眉梢)班长!

金箍棒：(尴尬)暴露了。

玉帝哥：其实是一片瓷器!

小　倩：是一段丝绸,女孩子都爱美丽!

嫦娥妹：往上看,第19楼。

莎士比：今天我毕业了,我们都拍了毕业照……

金箍棒：我没哭,因为大家都没哭,眼泪都在漂流瓶里。

小　倩：眼泪?

众　人：漂流瓶?

莎士比：我这儿有个网络链接,我发进来你们看一下,"郑和在第
　　　　七次下洋航行时,魂归印度古里国,今为卡里卡特"。

玉帝哥：看帖,《明史·郑和传》记载：郑和,云南人,世所谓三保
　　　　太监者也。

莎士比：郑和,本姓马,小字三保。因无后,故无可继承之人,只能
　　　　以瓶赋之。

小　倩：一瓶子的眼泪,这有多惨啊!

嫦娥妹：不不不,眼泪都在漂流瓶里——李白有诗云：美人卷珠
　　　　帘,深坐蹙蛾眉。但见泪痕湿,不知心恨谁。美人的眼泪
　　　　淌落脸庞,那是记忆的泪痕

小　倩：(同时唱)谁的眼泪在飞,那是流星的眼泪。谁的眼泪在
　　　　飞,那是流星的眼泪。

众　人：(在脸颊上笔画)

金箍棒：郑和的漂流瓶里藏着对于故国的思念。

玉帝哥：瓶中思路。

小　倩：瓶中思路。

二师兄：（热泪盈眶）不。

嫦娥妹：我打赌，二师兄是个妹子。

二师兄：好想大家，想我们的教室，我们的周老师，我们的"青青子衿，悠悠我心。纵我不往，子宁不嗣音？"

小　倩：《诗经·郑风·子衿》。

金箍棒：青青子佩，悠悠我思。纵我不往，子宁不来？

玉帝哥：挑兮达兮，在城阙兮。一日不见，如三月兮。

莎士比：挑兮达兮，在城阙兮。一日不见，如三月兮。

嫦娥妹：相和歌。

众　人：相和歌。

玉帝哥：郑和在漂流瓶里留下了他的名字，郑——和。

莎士亚：君子和而不同，小人同而不和。出自《论语·子路》——是"和"。

小　倩：周老师说，中国文化的根本正在于"和"。

二师兄：小女孩儿看见瓶底镌刻着一组中国古代的扁管乐器，旁边还有个小人在吹奏。

金箍棒：那就是"和"字，左边是禾苗的禾，表示读音。右边是一个"口"字表示吹奏，如果……

二师兄：故事结束了——再见，14中文。

玉帝哥：不，故事永远不会结束，只要我们还在，故事就不会完结，漂流瓶也就还在。

嫦娥妹：郑和当年正是在漂流瓶里放上一条丝绸、一稞茶叶或是一片瓷器，把中国的文化带去了全球。作为中文系的我们也正是要把中国的语言带给世界，作为天生会说话的我们，不正是语言的漂流瓶嘛！

莎士比：瓶—中—丝—路！

小　倩：每一个汉字都是穿越了五千年的历史来到我们面前，就像海上的漂流瓶，即使穿越千年的光阴，依然砥砺前行，因为每一个漂流瓶里都有醉人的秘密。

金箍棒：我们的汉字背后承载着多少文化的记忆啊，但外国人都不知道这些，所以，我们可以设计一个汉语学习 APP，通过这个 APP 来做汉字背后的文化解读。这样，只要有人使用，就是在传播我们的中国精神。

二师兄：你太棒了。

玉帝哥：我们还可以把汉字解读的大数据放入我们的"漂流云库"，让我们的漂流云承载更为多元的文化内涵。

莎士比：我要去换工作！

小　倩：研究生期间，又有兼职啦！

嫦娥妹：瓶—中—丝—路！

小　倩：链接！

莎士比：聚合！

二师兄：分享！

金箍棒：如意金箍棒，班长。

莎士比：莎士比亚。

小　倩：聂小倩。

玉帝哥：玉帝哥哥。

嫦娥妹：嫦娥妹妹。

二师兄："漂流瓶故事论坛"版主，二师兄。

【剧终。

　　这是笔者博士期间的一部作品。由于研究的领域是文艺复兴时期的莎士比亚戏剧，所以对当时新航路的开辟，新大陆的发现比较有所共鸣。同时，受到"一带一路"精神的启发，就想做一部有关文化传播题材的作品。正巧，平时上课的时候，喜欢用 2008 年北京奥运会开幕式的事例来举例分析，而张艺谋导演的"郑和船队"给予笔者很大启发。因此，一部有关"七下西洋的郑和"同"漂流瓶"的故事便着手酝酿起来。本剧获得全国第五届大学生艺术展演活动艺术表演类一等奖。

雪 草

时间：2021年4月某日。

地点：珠穆朗玛峰北坡海拔六千米处。

人物：

    刘　昊——男，23岁，生命科学院学生，研一。

    大　智——男，25岁，生命科学院学生，研三。

    康　城——男，22岁，生命科学院学生，研一。

    贺　伟——男，24岁，生命科学院学生，研二。

    恰　果——女，24岁，生命科学院学生，研二。

刘　昊：（看着海拔仪上台）五九九九——五九九九点五——六千，这就是六千米。朋友们，我们到六千米啦！

　　　　【剩下四人顶着大风，背着背包登上北坡，个个都精疲力竭，气喘吁吁，还不时伴有高原反应。

大　智：当年钟老师就是在这个海拔高度采到了雪莲。

康　城：（四周打探）可是这里都是野草啊……

贺　伟：除了野草，还是野草。

刘　昊：恰果，我们还继续往上吗？

　　　　【恰果看着躺在地上的大智、贺伟和康城。

康　城：（对恰果）我好得很呢，你看……我能蹦能跳（刚跳起，又瘫倒)。

恰　果：(扶起)别嘚瑟了,队友们,当年钟老师就是在这个海拔高度采到了雪莲的种子,要不我们今天就在这儿吧(示意众人)。

众　人：好!

【众人排成一行,每人从腰间取出红布准备祭拜。

恰　果：种子库——

众　人：热血少年团,祭拜钟老师!

【以下每个人依次祭拜时,都会将红布铺在地上。

刘　昊：三年前,钟老师的骨灰就撒在这雅鲁藏布江里。

贺　伟：(唱)呀啦嗦……

康　城：嘘……

贺　伟：钟老师,雪莲花……雪莲花我们还没采到——(掏出书)但这本书里记载着西藏巨柏的种子,一共三万零七十二棵,全部登记在册。您放心,我们已经建立了西藏巨柏的"保护数据库",每一棵巨柏都有独一无二的身份编码。而且我们已经找到在制造香气功能上可以替代巨柏的柏木种类,这样藏民们就不会为了制造藏药藏香而去砍伐树木了。

【显示着"西藏巨柏保护中心"的红布展开。

大　智：(掏出酸奶)钟老师,这是最新的藏牌儿酸奶,口感纯正,乳酸菌多多,一口下去,沁人心脾。(喝酸奶)您一直说中国的酸奶一直都用国外进口的菌种,您尝尝我的。西藏的牛牛,吃着青青的草草——呀啦嗦,这就是青藏高原。钟老师,我想跟您去采雪莲花。

【显示着"牛牛乳酸菌研发基地"的红布展开。

康　城：（掏出猕猴桃）湖北的猕猴桃，是我亲自参与研发的最新品种，贼甜。您说过，全世界最火的新西兰猕猴桃就是由当年被英国的传教士从湖北偷去的二十多根枝条培育出的——可种子是我们中国的，中国的种子，一定要留在中国的土壤里头，就像中国的雪莲花。

【显示着"湖北猕猴桃研发中心"的红布展开。

刘　昊：（掏出海拔仪）钟老师，您看这是什么？这是您在海拔六千米的时候给我的，我把它带到三千米的香格里拉，带回海拔两百米的重庆，最后带到了海拔只有四米的上海。您跟我们说，我们可以在上海培植红树林用来防御海浪侵蚀堤坝。因为全球气候变暖，暖温带北移，所以可以在上海尝试一下。但您说可能要五十年，甚至上百年。我爸妈让我学金融，说跟您采种子、种红树没前途。但他们不懂，这是在为全人类存续而作的伟大贡献。我向您汇报，现在上海的红树林已经进入第三期了，苗苗们都茁壮成长。（掏出种子）这是新苗苗的种子，我带它来呼吸一下这里的空气。

【显示着"红树林培植基地"的红布展开。

恰　果：（取出哈达）钟老师，您说西藏是中国植物多样性最丰富的地方，您用十六年采集了三分之一的种子，还有三分之二没有完成。您是在为人类播种未来，今天我们也将继承您的意志。（掏出光核桃种子）这是当年您让我们采摘的光核桃的种子（给每人分发一颗光核桃种子），因为没有分离机，我们只能自己一个一个地吃着把种子留下来，整整八千粒种子——今天我们陪您。

众　人：（《笑傲江湖》开场曲风格）咿——呀！

康　城：(发现)你们看。

恰　果：别动。

　　　　【众人围上。

刘　昊：是雪兔子。

大　智：雪兔子!

康　城：是大自然的精灵!

贺　伟：呀啦嗦……

众　人：嘘

恰　果：(阻止)不。

贺　伟：怎么了?

恰　果：她的种子,钟老师在十年前已经采集过了,她是大自然的
　　　　瑰宝,已经十分稀少了,留着她,让她继续生长,保存
　　　　种子。

贺　伟：我们不就是为了继承钟老师的遗愿来西藏采集植物的种
　　　　子吗,如今雪兔子在就我们面前,千载难逢的机会,说不
　　　　采就不采吗?

恰　果：(用哈达把雪莲花围起来)让她留着——你们看她多美
　　　　啊……

大　智：雪莲花,也叫雪兔子。

刘　昊：因为开花的时候全身毛茸茸的,所以叫雪兔子?

康　城：严格说雪莲和雪兔子不是同一物种,但他们的确有亲缘
　　　　关系,都来自菊科风毛菊属。

贺　伟：呀啦嗦……

　　　　【此时风越来越大,眼看就要刮倒雪莲,恰果拿来红布为
　　　　雪莲挡风。

大　智：恰果说得对,植物学家要保护好种子

【众人也纷纷拿来红布把雪莲围成一圈。

大　智：我们照个相吧！

刘　昊：嗯，好！

大　智：一，二，三——扎西德勒。

　　　　【恰果看着地上的小草激动不已。

刘　昊：恰果！

康　城：恰果！

恰　果：你们看……

大　智：是小草。

刘　昊：小草！

康　城：是小草把雪莲推上了一米又一米的高峰。

贺　伟：是这一群又一群不起眼的小草承担起"奠基者"的任务，
　　　　使雪莲向新的高地缓慢推进。

恰　果：钟老师说，比起雪莲花，他更愿意做小草，正是这一株一
　　　　株的小草成就了雪莲的傲雪怒放。钟老师，大家都叫我
　　　　恰果，而我的名字叫恰果苏巴！

刘　昊：藏语的意思就是洁白圣洁的雪莲花。

恰　果：您把我们这些中国未来的植物学家当作雪莲，用您小草
　　　　坚韧的意志托举我们攀登一座又一座的科学高峰。

贺　伟：在我们百年之后，我们也要像小草一样承担起奠基者的
　　　　责任，把植物学的种子播撒下去。

大　智：今天我们是小草的雪莲，明天雪莲也将成为小草，撒下种
　　　　子，播种未来。

康　城：我要做小草，保护心中的雪莲（看恰果）。

众　人：撒下种子，播种未来！

恰　果：老师！

众　人：老师！

钟　扬：（画外音）任何生命都有其结束的一天，但我毫不畏惧，因为我的学生会将科学探索之路延续；而我们采集的种子，也许在几百年后的某一天生根发芽，到那时，不知会完成多少人的梦想！

【剧终。

　　该短剧可以看作是《种子天堂》的续篇。该剧所讲述的是今天的准植物学家们继承钟扬老师的"种子精神"，继续行进在采集植物种子，保护生态环境的科研道路上。该短剧与《4：1》《海上花》一样，也是一女四男的配置。哈达和红绸的运用则源于电影《新少林五祖》中"天地会"铁血少年团迎接陈近南的场面。本剧获得全国第六届大学生艺术展演活动艺术表演类一等奖。

上海。台北。

时间：2023 年某周末白天。

地点：上海与台北的各处地标。

人物：

娜　娜——女，20 岁，上海人，复旦大学三年级生，台湾大学
　　　　　交换生。

阿　肯——男，19 岁，台北人，台湾大学二年级生，复旦大学
　　　　　交换生。

甲、乙、丙、丁——形塑者，类似综艺节目中的"花字幕"效果，
　　　　　用来制造环境，起到解释说明作用。

　　　　【娜娜和阿肯间的交流是通过网络来进行，戏开始时，由
　　　　甲、乙、丙、丁组合成的地铁将娜娜和阿肯载到舞台中央。

画外音：大家晚上好，上海—台北"City Walk"打卡大赛马上开
　　　　始。今天，两位打卡选手分别是来自台北的阿肯，

　　　　【阿肯走出地铁，亮相。

画外音：以及来自上海的娜娜。

　　　　【娜娜走出地铁，亮相。

画外音：有请二位选手——登场。

　　　　【娜娜和阿肯"分屏"在舞台的两侧代表两个空间。

娜　娜：我叫娜娜,出生在上海,现在台北的衡阳路,以前的上海街——这是我打卡的第一站。

阿　肯：我叫阿肯,出生在台北,现在上海浦东的台北西路——这是我的打卡起点。

甲　人：根据今天的打开地点,

乙　人：二位要以最快的速度规划出——

丙　人：既快又便捷,

丁　人：既好玩又深邃的打卡线路。

甲、乙、丙、丁：Are you r－e－a－d－y－

乙　人：(闽南语歌唱)爱拼才——会——

甲、乙、丙、丁：赢——

娜　娜：(点开电子地图)Google Map。

甲　丙：叮——谷歌地图。

阿　肯：(点开电子地图)百度地图。

乙　人：Duang——Baidu Map。

娜　娜：(运动中)作为移民城市,台北的马路和上海的马路都是用中国的地名来命名。

阿　肯：高手啊。

娜　娜：打开台北地图,以中山路为纵轴,以忠孝路为横轴画出一个十字坐标。此时,地图的东北角上就会发现,

甲　人：吉林路、辽宁路和长春路。

娜　娜：西南角上有——

丙　人：成都路、贵阳路和柳州路。

娜　娜：西北角有哈密街,东面自然是宁波街、绍兴路和杭州路。

　　　　【娜娜和甲、丙三人组成一幅中国地图。

阿　肯：所以哦,在台北旅游,熟悉中国地图,就可以根据路名来

判断方位哦，bingo。

娜　娜：注意，在上海旅游也有口诀哦。

阿　肯：收到！在上海南北走向的路名都用省份命名，比如说，

乙　人：贵州路，

丁　人：广西路，

阿　肯：浙江路，

乙　人：湖北路，

丁　人：福建路，

阿　肯：山西路，

阿肯、乙、丁：山东路。

阿　肯：而东西走向则用城市命名。

丁　人：如成都路，

乙　人：南京路，

阿　肯：福州路。

乙　人：第一站，美食打卡，Action ——

娜　娜：第一餐，

甲　人：吃台湾牛肉面，

丙　人：喝永和大王。

娜　娜：（吃上一口牛肉面，喝上一口牛肉汤，打嗝）"色根"。

乙　丁：欢迎光临"洪长兴"。

阿　肯：老板，一碗牛肉面。

乙　人：享誉全球的台湾牛肉面……

丁　人：康师傅方便面……

甲　人：皆可溯源到上海清真洪长兴平津菜馆的老上海味道——

丙　人：嗲了哇得了！

娜　娜：永和豆浆——吸一口。

【甲、丙深吸一口。

甲　人：注意哦，以前的台湾人早餐多喝稀饭、米汤或米浆，豆浆
　　　　并不普及。

丙　人：但当上海豆浆公司把豆浆带来台北，把"烧饼夹油条"改
　　　　良成台式饭团，使得永和大王成为台湾美食的标志。

乙、丁：（模拟进店铃声）

丁　人：欢迎来到全家，会员八八折，先生今天有优惠哦，要买点
　　　　什么？

阿　肯：老板，我要一颗茶蛋。

丁　人：一颗茶蛋？好的。

乙　人：欢迎使用自动支付。

阿　肯：（对乙做人脸识别）

乙　人：叮——支付成功。

丁　人：给您的茶叶蛋。

阿　肯：（接过茶叶蛋吃）——嗯好香！

娜　娜：老板，一个茶叶蛋。

甲　人：阿妹呀，要一颗茶蛋。

娜　娜：嗯，茶蛋。

甲　人：十块。

娜　娜：十块？（掏出纸币）二十块。

　　　　【此时丙变成柜台收银机，但甲老是拉不开。

甲　人：这样吧，给你一根棒棒糖。

娜　娜：谢谢阿伯。

甲　人：以前这个茶蛋都是用旧报纸或者是过期的电话簿包的，
　　　　现在都是塑料袋了——吃完记得垃圾分类哦。

娜　娜：现在遍布台湾的便利店内，都必有一锅热气腾腾的五香

茶蛋。

丁　人：后来台湾便利店售卖茶蛋的经营模式也悄然登陆上海。

阿　肯：哇哦,上海处处都是"全家"便利店。

娜　娜：台北也超级多的"全家"。

甲　人：台湾曾是全球便利店密度最高的地区。

丙　人：如今,作为国内便利店最多的城市上海,其便利店的经营理念许多都是来自台湾呦。

甲　人：曾经的上海书报社迁往台北,带来了书报通路的销售理念。

丙　人：而今,更为便捷的便利店书报架取代了原先的书报摊。

乙、丁：(唱)眼睛瞪得像铜铃,射出闪电般的精明。

乙　人：欢迎光临宝岛眼镜店。

阿　肯：打卡上海的宝岛眼镜店。

乙　人：台湾钟表行兼营眼镜验光与配镜的混合模式。

　　　　【乙、丁二人为阿肯配眼镜。

丁　人：这是受到上海亨得利钟表行与茂昌眼镜店的启发哦。

娜　娜：台北三温暖!

阿　肯：来源于服务周到又贴心的上海浴池不但让台北市民重温海上倾情,

甲　丙：更让台北人体会到海派的休闲与舒适。

　　　　【甲、丙为阿肯服务桑拿。

娜　娜：老板,再来点蒸汽……

乙　丁：Pi——

阿　肯：上海热带风暴——

甲　人：热,

乙　人：带,

丙　人：风，

丁　人：暴。

甲　人：一天——

乙、丙、丁：玩——不——够——

娜　娜：看，台北好多的婚纱影楼啊。

甲　人：独步全球的台湾婚纱摄影也是来自大上海呦。

丙　人：老上海的国际大照相馆、王开照相馆都是我们台北记忆
　　　　的重要标志哦。

娜　娜：来张学士照！

　　　　【众人定格。

阿　肯：看，上海复旦大学。

娜　娜：看，台北复旦中学。

阿　肯：（微信）学姐好！我是台北复旦中学毕业的。

娜　娜：（微信）学弟你好！我毕业于上海的复旦附中，现就读于
　　　　复旦大学。

甲　人：光是中国的复旦中学就有

丙　人：徐家汇附中，

乙　人：江湾实中，

丁　人：重庆附中，

阿　肯：广州附中，

娜　娜：安徽屯溪附中，

甲　人：五所学校。

乙　人：1949 年 6 月复旦大学在台召开年度校友会。

丙　人：1958 年复旦中学董事会成立。

丁　人：由第一届校友于右任担任名誉董事长，

甲　人：由老校长吴南轩等人担任名誉董事。

娜　　娜：自此台湾复旦中学——

娜娜、阿肯：建校。

娜　　娜：上海复旦大学，

阿　　肯：台北复旦中学，

丙　　人：共用——

乙　　人：一样的校歌，

甲　　人：一样的校旗，

丁　　人：一样的校训。

　　　　　　【复旦校歌响起。

甲　　人：上海，中国南北海岸线的中心，

乙　　人：台湾，海峡另一端的中国宝岛。

丙　　人：上海，有条黄浦江，

丁　　人：台北，有条淡水河。

甲　　人：让浦江之水汇入东海，

丁　　人：再由东海通达南海，穿越海峡，最终汇于淡水。

娜　　娜：我叫娜娜，生于上海，我在台北。

阿　　肯：我叫阿肯，生于台北，我在上海。

丙　　人：台北—上海，"City Walk"，

丁　　人：打卡继续！

娜娜、阿肯：Action！

　　　　　　　　　　　　　　　　　　　　　　　　　　　　　【剧终。

　　笔者对于"双城记"这样的叙事模式似乎都情有独钟。而一想到上海如此多的全家便利店、"四大金刚"早餐，照相馆等海派特色与台北有着紧密联系时，一部关于上海和台北"City Walk"的剧本

构想也就跃然纸上。在创作中,更是发现复旦大学和台北也有深厚的渊源。也因此,一部彰显两地文化的校园题材短剧在同学们丰富的肢体表现中被呈现出来。本剧获得全国第七届大学生艺术展演上海市活动艺术表演类一等奖。

阐 述 篇

校园戏剧需要实实在在的正能量

——从第三届中国校园戏剧节参演剧目
看当今校园戏剧发展现状①

大学生接触戏剧的根本目的是什么？戏剧究竟能为大学生带来些什么？为什么戏剧要从校园开始普及呢？为什么有戏剧表演经验的学生在求职面试时，更能受到广大企业的重用？戏剧在中国的发展为何如此艰难？校园戏剧的编剧应当是学生自己，专业型的指导老师该如何为业余化的学生普及戏剧？尽管校园戏剧也是校园文化的一部分，但为何扶持力度没有音乐、绘画等艺术门类大呢？复旦大学创始人，校长马相伯先生说，"崇尚科学，注重文艺，不谈教理"。②今天，戏剧教育的普及真可谓遍地开花，各个省、自治区、直辖市都有校园戏剧的比赛，但校园戏剧的发展依然还有很长的路要走。

戏剧能为当代大学生带来什么？

中国的教育历来就缺乏对于能力的培养，应试教育的惯性依

---

① 本文收录于周斌主编：《中国电影、电视剧和话剧发展研究报告. 2012 卷》，上海：复旦大学出版社，2013 年，有删减。

② 复旦大学校史编写组：《复旦大学志·第一卷》，复旦大学出版社 1985 年 5 月版，第 248 页。

然在大学蔓延。就能力培养,中国和西方在中小学期间就拉开了巨大差距。那么,大学就自然担负起了本该中小学期间就该进行的能力教育,因为大学生活是学生时代步入社会生涯的重要转轨阶段。他需要在这一时期内,做好足够充分的准备,在人际交往、个人谈吐、仪态、仪表上下足功夫来应对未来职场的种种考验。而中国历来的应试教育,让我们在单兵作战上拥有世界一流的"学习大脑",逻辑、演算、推理、记忆、统计的能力在世界都可名列前茅。可一旦涉及"想象力""创新力""团队协作"等能力,我们往往就哑了火。

我们尤其缺少团队协同作战的能力。而这一能力的缺失又恰恰是我们历来应试教育造就的结果。学校只是学习知识的场所,而交际、沟通的能力被我们忽视。这就好比为什么中国在乒乓球、羽毛球等个人体育项目中能力挽狂澜,鹤立鸡群,而在足、篮、排等团体合作项目中却往往败下阵来。

我们缺乏团队意识,一种紧密协作的团队意识。

戏剧恰恰可以激发同学的想象力,培养同学们的团队协作能力。一台戏不是一个人就能完成的。台上台下、幕前幕后、演员、编剧、导演、灯光、音响、道具、服装、宣传、舞台监督等各个工种的相互配合才构成了一台话剧的演出。在这里,每一位工作者都是这大系统中的一个子系统,各自的良好运转加上彼此间的紧密配合才能驱动整个舞台的运作。

尽管我们学生剧团的演员无法像专业演员那样体悟斯氏体系中的表演精髓,但我们领悟表演的真谛不是从表演的体系中来,而是从团队的协作中来。像校园戏剧这样的业余剧团,没有专职的导演、编剧、灯光、道具等工种,很多同学除了担当演员,同时还要兼任其他职务。但正是因为通过彼此的协作,让我们的学生演员在担当其他工种后明白,导演编剧需要相互沟通,灯光音响要相互配合,服装与化妆要搭配,舞美道具要协调,所以他们自然而然地会得出这样的结论:演员和演员之间也要相互配合。他们所谓的"真听真看真思考",是在"经验移情"的基础上而得出的。尽管同戏剧学院的表演方法不一样,但同样能达到真实交流的演出效果,这难道不是在表演方法上的一种新探索吗?

众所周知,中国话剧最早就是从校园戏剧起步的。校园戏剧为专业戏剧的贡献正是在于他的原创性、实验性和探索性。而当戏剧成为学生时期的第二课堂时,戏剧的魅力又会积极地反作用于学生的成长。"戏如人生,人生如戏"的体验式学习,让大学生在课余时间去玩味精美的台词、品读创意的故事情节、感悟生命的返璞归真。"小孩儿堆土为城,架木为屋,握到笔就想画,拿到笛就想吹,这是发源于人类的创造的冲动。我们较为文明的人,今日所有不至于永远'穴居野外,茹毛饮血',就全靠这种冲动做原动力。凡人在青年之时,创造的冲动最为发达,因为无处发展,冲动受了打击,所以有怪诞思想与恶劣行为,渐渐堕入不可收拾之境。戏剧是各种艺术的结晶,有声有色,可以令人忘愁解闷,'情绪一触,顿使人我混成一体'。因此聪颖的青年,往往借戏剧以发展他们创造的冲动"。[①] 今天,中国很多家长依然认为,学生进了名牌大学更应该把重心放在学习上,为将来升学、求职或出国深造打下良好的基础,而不应该把时间花费在学习以外的其他事务上。学校在推广艺术教育进课堂的时候,也更愿意把音乐、绘画作为主打项目,因为总感觉戏剧推广的难度很大。其实,与必须提供乐器和绘画材料的音乐、美术相比,戏剧反而可以是最质朴的一种艺术,它可以

---

① 陈大悲:《爱美的戏剧》,晨报社 1922 年 4 月版,第 16 页。

省却一切物的因素，只需开发利用人的因素。英国戏剧家彼得·布鲁克认为，任何一个空间都可以称为舞台，一个人在别人的注视下走过这个空间，就可以构成戏剧了。美国于 1994 年通过《2000年目标：美国教育法》，把艺术课程——音乐、视觉艺术、舞蹈、剧场艺术增列为与数学、自然科学、英语、历史、地理并列的基础教育中心核心课程。① 同样，法国于 2000 年制定推出了全国性的《在学校发展艺术教育的计划》，强调"在教育制度中，不能再把艺术当作辅助内容—— 一门排在其他课程后面的课程……需扩大让学生接触文化艺术的渠道"。这一计划包括音乐、造型艺术、舞蹈、戏剧和电影五大艺术门类。②

　　作为复旦剧社的指导老师，我所看到的是校园戏剧社团绝对不是一个让学生的学业成绩变差的地方，恰恰相反，戏剧不仅不会拖文化课的后腿，更能促进学生的学业进步。戏剧本身就是一种文学样式，新闻、哲学、历史、中文、外语学院的尖子生都会来到复旦剧社，他们的成绩在班上都名列前茅。这里，剧社更像是一个精英汇聚的地方。正因为有来自不同学科的精英碰撞出的惊艳火花，使得剧社社员在平时的排演过程中渐渐体悟到只有各工种间的密切配合才能奉献一出完整的大戏。此时此刻，作为各自学院里的"好"学生，他们突然发现，当集结一切优势力量进行最优化配给的时候，它的效能要比各自为政的单兵作战更加巨大。所以他们在毕业后的各自岗位中也能更好地融入相应的团队中，并成为团队中的骨干核心成员，为凝聚团队立下了汗马功劳。

---

① 郭声健：《艺术教育论》，上海：上海教育出版社，1999 年，第 12 页。

② 亦文：《让学生拍电影》，《文汇报》2001 年 11 月 16 日，第 16 版。

校园戏剧的剧目选择和剧本创造

那么校园戏剧究竟应该排演怎样的一些剧目呢？

大学生活是学生在步入社会前的最后一个缓冲带，这是思想形成的迸发期。但在获得知识之余，更重要的是树立积极向上的人生观和价值观。而戏剧恰恰可以为观众呈现人的意志品质和高尚人格。比如古希腊悲剧的《被俘的普罗米修斯》《俄狄浦斯王》《安提戈涅》等作品向我们展现了在命运的不公下，人性的不屈与坚强。同时，这又会触发大学生的思辨能力，让他们对现实社会的问题带来新的思考；而莎士比亚的四大悲剧就可以很好地诠释人性的复杂与多变，让大学生在观演中体会"人"这一最高灵长类动物所与生俱来的自我矛盾与冲突；像易卜生的《玩偶之家》、斯特林堡的《父亲》等作品，可以让大学生体悟婚姻的本质问题，这会为他们将来的恋爱与婚姻起到很好的启蒙作用。

所以，校园戏剧上演经典剧目是大学生戏剧的一个很好的出发点。通过上演经典，同学们可以了解到戏剧最精华，最具魅力的特征。而经典戏剧在高校进行排演，对于大学生来说也更好理解与接受。这也是现如今高雅艺术进校园的原因之一吧。

其二，则是大学生自己创作的原创话剧。为什么有现成的剧本不算，还要排演自己的原创作品？因为要真正体验戏剧的精髓，势必要从剧本着手，而导演这一概念直到 19 世纪才有。原创剧本是校园戏剧的一张蓝图，在这张图上，同学们可以尽情抒发自己的情怀，传递自己的思想。剧本的创造就好比一个新生命的孕育，大学生通过自身的经历、感悟谱写属于他们的诗篇，在大学生中传播，这是校园文化的最佳普及渠道。我们写我们自己的戏，演我们自己的生活，展望我们的未来。这样的戏剧氛围在校园蔓延,推动同学们积极乐观的生活态度,展现大学生的良好风貌,这是非常有效的手段。

另外,大学生是充满想象的。所以,在没有票房的压力下,他们可以大胆地尝试各种形式的戏剧。这种非功利的创作极其有助于戏剧新形式的探索。原创性、实验性、探索性是校园戏剧一大特色。这种无拘无束、彰显个性的创作,是我们当代大学生精神风貌的极佳体现。作为观众,我们想看到大学生的真实想法,想看到他们的恐惧、他们的害怕。今天的大学生都是 90 后的独生子女,父母的溺爱,现代信息的井喷辐射,让越来越多的年轻人更加自私、自闭。电脑、iPad 等信息产品的肆意蔓延,使得当代的大学生越来越执迷于用网络作为自己的信息来源和交友手段。越来越缺少的真实交流让我们越来越不会表达自己的心灵。正因此,我们需要校园戏剧把学生请到剧场中来,让台上和台下的观众形成互动,让剧场变成交流的平台。我们自己对自己吐露真心,让有血有肉的真实交流取代简讯、视频等现代化的通信工具。

校园戏剧在于创造性

"中国人学美术普遍长于写生,写实功底远优于西方人,可培养出来的世界级油画大师少之又少;中国的舞蹈和杂技演员常在技巧性的国际比赛中战胜西方对手,却鲜见能在编导上和人家的经典相媲美的原创性舞台作品;我们的中小学生老是在国际数理化奥林匹克竞赛中拿大奖,但强调原创性的诺贝尔奖就是与我们无缘。"[1]

---

[1] 孙惠柱:《摹仿什么? 表现什么?》,上海:上海百家出版社,2009 年,第 321 页。

校园戏剧的创新性,恰恰是对于非主流、非商业、非专业戏剧的一种"超越"。所谓超越的本质就是"突破限制",但限制又成为了想象力与创新力的启蒙老师。

从校园戏剧的定义来看,校园戏剧是一个特定的创作团队(师生),特定的观众群体(师生),她是一个有共鸣的表现与接收的团体。在校园的环境下,她是深深植根于校园文化的一朵蓓蕾,她是校园文化的重要一环。

那么大学校园的"核心意象"又是什么呢?换句话说,大学的任务究竟为何物呢?

有学者把大学比作创意的孵化器。大学的任务"是为整个社会提供一种关键性的服务——为社会的健全发展提供经过周密实验或论证的创意,大学是科教兴市兴国的主要基地。"①

从某种层面说,大学生并不直接为人类文明创造价值,他是为价值创造所做的最后冲刺准备。因为不必背负创造利益所带来的包袱,所以大学生的很多想象力就不会带有太多的功利主义色彩。想象越纯粹,创意越有机。尽管很多点子缺乏实践的论证,尽管很多想法过于理念化,但这最原初的创造力不更贴近生命的本质,更富有青春的脉动与活力嘛。

毕竟,校园戏剧的创意并不在于为中国戏剧的发展做出多大贡献,那是专业院校剧团该干的事。校园戏剧更多的是大学生表达自己心情,抒发自己情怀,展现个人风采的舞台。她是个人梦想的一次超前的实现,她是大学生对未来生活的一种预言、一种展望。当然,校园生活并不都是积极向上的,他们也会有苦恼,也会有挫折彷徨。所以,我们更应需要校园戏剧这样的一个平台,让大

---

① 孙惠柱:《大学是社会的创意孵化器》,《文汇报》,2005 年 8 月 18 日第 5 版。

学生在观演剧目的时候意识到,孤独、寂寞、彷徨的并非只有我一个人,和我一样的人还有那么多,我不是唯一被孤立的。这种情感共鸣的传递才是校园戏剧创意的真正魅力所在。

今天的90后,依然以独生子女居多。离开父母独自生活的大学生,更需要在同龄人间找到契合的伙伴畅所欲言,规划人生。校园戏剧的团队建立,就是为了这些学子在毕业前就能体验到合伙人式的工作模型,为将来工作、创业打下扎实的根基。因为导演、编剧、制片等多项职务可以尽显自己的才能,锻炼自己成为团队中的灵魂人物,磨炼自己和他人交往的能力。由于校园戏剧创作班底来自各个院系的各个年级,本科到博士的各个学习阶段,而校园戏剧的流动性也一贯比较大,几乎一部大戏就是一套班子,所以每部作品的诞生都是一次自由意志的激烈碰撞。一次次、一批批不同理念的团队配合与协作,让创意不再是象牙塔里单一的闭门造车,而是在经验和规律基础上所绽放的正能量。

校园戏剧的舞台上所站着的不是专业演员,更不是明星,而是生活中熟识的彼此同学。舞台上,学生演员所发出的每一个声音都应牢牢地撞击在同为师生观众的心坎儿上。

浅析莎士比亚作品中的隐蔽弧光^①

再排《罗密欧与朱丽叶》^②缘于十年前时任耶鲁大学导演系主任利兹·戴蒙为我们做的一个表演工作坊,当时的排演作品正是《罗密欧与朱丽叶》。那时,我记得她告诉我们,"从莎士比亚的作品中总能刨出许多秘密,老头儿喜欢给我们观众开玩笑"(当时的英语理解)。

这次复排《罗密欧与朱丽叶》是基于纪念莎士比亚诞辰 450 周年,所以也想刨出些新意,一种忠于原著的新意。中国有句俗语:"读书千遍,其义自见。"利兹·戴蒙说过,"莎翁的作品,答案都在他的文本里"。所以,我在一年的排演中,用了近半年的时间来探究他的文本,以下则是我在排演中得到的几点"小小新意"。

一见钟情

纵观全本,除了墓穴诀别和神父证婚那场戏,罗密欧与朱丽叶的实际相遇只有两次,一次是在舞会,另一次是在朱丽叶的卧室,相比于其他场次的戏份,这两场戏处理得相当之快,尤其是舞会相遇。那么莎士比亚为什么要将两人仅有的"近距离"接触写得如此

---

① 本文发表于《上海戏剧》,2015 年第 1 期。
② 此处指 2013 年第十二届复旦大学戏剧节复旦剧社参演剧目。

简洁呢？他的目的又在哪里呢？

看见翩翩起舞的朱丽叶,罗密欧就直接向她表白了,而朱丽叶也几乎是在同一时间接受了罗密欧的示爱。

罗密欧　（向朱丽叶）

要是我这俗手上的尘污

亵渎了你的神圣的庙宇,

这两片嘴唇,含羞的信徒,

愿意用一吻乞求你宥恕。

朱丽叶　信徒,莫把你的手儿侮辱,

这样才是最虔诚的礼敬;

神明的手本许信徒接触,

掌心的密合远胜如亲吻。

罗密欧　剩下了嘴唇有什么用处?

朱丽叶　信徒的嘴唇要祷告神明。

罗密欧　那么我要祷求你的允许,

让手的工作交给了嘴唇。

朱丽叶　你的祷告已蒙神明允准。

罗密欧　神明,请容我把殊恩受领。（吻朱丽叶）

（作品引自朱生豪翻译版《罗密欧与朱丽叶》,下同）

乍一看,觉得罗密欧好幸运,对女孩子第一次表白就获得了成功,而之前的罗密欧却因为得不到罗瑟琳的垂青而郁郁寡欢。因为他来舞会的最初目的,正是罗瑟琳,结果在见到朱丽叶的第一眼后,就对朱丽叶一见倾心,把罗瑟琳完全置之不理了。到这里,我们不得不对罗密欧见异思迁的恋爱态度唏嘘不已。但在考量罗密欧的爱情观时,我们可以先来看看朱丽叶在遇见罗密欧前的爱情态度。
当母亲问朱丽叶是否愿意嫁给巴里斯的时候,朱丽叶的回答:

> 凯普莱特夫人　简简单单回答我,你能够接受巴里斯的
> 　　　　　　　爱吗?
> 朱丽叶　要是我看见了他以后,能够发生好感,那么我是
> 　　　　准备喜欢他的。可是我的眼光的飞箭,倘然没
> 　　　　有得到您的允许,是不敢大胆发射出去的呢。

　　从朱丽叶在遇见罗密欧前这仅有的一句表达其爱情观的台词
中,我们不难发现,朱丽叶和罗密欧一样,对于爱情的理解同样是
天真、冲动的。两个感性的年轻人在舞会相遇,其坠入爱情的速度
就像飞火流星,快到没有预兆。如此这般的邂逅正如神父劳伦斯
所说的那样:

> 劳伦斯　这种狂暴的快乐将会产生狂暴的结局,正像火
> 　　　　和火药的亲吻,就在最得意的一刹那烟消云散。
> 　　　　最甜的蜜糖可以使味觉麻木;不太热烈的爱情
> 　　　　才会维持久远;太快和太慢,结果都不会圆满。

　　劳伦斯的话已为这两个年轻人的命运打好了预设。但有意味
的是,看似感性、冲动的罗密欧与朱丽叶却并不是以一个盲从的态
度来对待这份感情,相反,他们各自都在强烈的感性下,充盈着巨
大的理性:

> 罗密欧　她是凯普莱特家里的人吗?哎哟!我的生死现

在操在我的仇人的手里了!

班伏里奥　去吧,跳舞快要完啦。

罗密欧　是的,我只怕盛筵易散,良会难逢……

乳　媪　他的名字叫罗密欧,是蒙太古家里的人,咱们仇家的独子。

朱丽叶　恨灰中燃起了爱火融融,

要是不该相识,何必相逢!

昨天的仇敌,今日的情人,

这场恋爱怕要种下祸根。

对于彼此身份的获悉,二人不仅没有盲目地视而不见,而且淡然地视死如归。这里,莎士比亚的笔触没有止步于二人一见钟情时的火星四溅,而是将功夫下在了"阳台会"里。从寥寥数笔的"舞会一见钟情"到浓墨重彩的"阳台会"。莎士比亚带给我们的正是情境上的一段"飞跃"。因为二人在舞会后都"看衰"这段情感,所以紧接着的"阳台会"就是考量二人胆识的最佳真情写照。莎士比亚的独到之处正是体现于,他在舞会之后通过"阳台会"这场戏为观众构建起了一道隐蔽的弧光,这道后置式的弧光恰恰是引领观众走入剧情,叩开人物关系之门的一把重要之匙。

隐蔽的弧光——阳台会

很多人都把阳台会看作是二人吐露心肠,私订终身的最好见证。但实质却是二人在阳台会时,并没有看清对方的容貌,至少朱丽叶没有看见罗密欧长什么样。以下有台词为正:

朱丽叶　你是什么人，在黑夜里躲躲闪闪地偷听人家的话？

罗密欧　我没法告诉你我叫什么名字。敬爱的神明，我痛恨我自己的名字，因为它是你的仇敌；要是把它写在纸上，我一定把这几个字撕成粉碎。

朱丽叶　我的耳朵里还没有灌进从你嘴里吐出来的一百个字，可是我认识你的声音；你不是罗密欧——蒙太古家里的人吗？

　　朱丽叶没法看见罗密欧，她只能从罗密欧的声音里分辨站在眼前的是否罗密欧本人。另外，由于距离的关系，两人也没有任何肢体接触的可能。假使朱丽叶没有看见罗密欧的话，那么这段阳台会的对白自然会呈现出一种不一样的质感。那么罗密欧有没有看见朱丽叶呢？之前的台词也有提到：

罗密欧　没有受过伤的才会讥笑别人身上的创痕。（**朱丽叶自上方出现。她立在窗前**）轻声！那边窗子里亮起来的是什么光？那就是东方，朱丽叶就是太阳！起来吧，美丽的太阳！赶走那妒忌的月亮，她因为她的女弟子比她美得多，已经气得面色惨白了……瞧！她用纤手托住了脸庞，那姿态是多么美妙！啊，但愿我是那一只手上的手套，好让我亲一亲她脸上的香泽！

　　从物理学角度分析，当时罗密欧处于暗处，所以他是可以看见站在光亮下的朱丽叶的。而被相对照亮的朱丽叶是无法看清处于黑夜中的罗密欧的,就像今天聚光灯下的舞台演员是无法看清台下观众一样的道理。另外,由于朱丽叶的房间是比较昏暗的烛光,所以更确切地说,罗密欧所看到的朱丽叶更接近于轮廓的样子,他能看见她的动作,但脸庞是看不清楚的。朱丽叶有词为证,

> 朱丽叶 幸亏黑夜替我罩上了一重面幕,否则为了我刚才被你听去的话,你一定可以看见我脸上羞愧的红晕。我真想遵守礼法,否认已经说过的言语,可是这些虚文俗礼,现在只好一切置之不顾了……

　　当朱丽叶自言自语的时候,她并没有发现置身暗处的罗密欧,而罗密欧却可以清楚地听见朱丽叶的声音。所以当朱丽叶发现自己被偷听后,她显然非常愤怒,因为她的秘密被人发现了,何况她还不知道对方是谁。在如此尴尬的窘境,接下来的对白,对于朱丽叶来说,则是完全建立在想象的基础上,她只能凭借和罗密欧在舞会上短短的一面之缘来勾勒他的容貌。这样的舞台体验如果不抓住,甚至只是简单地处理成二人相互看见则肯定与莎翁的原意相去甚远了。

　　在阳台会中,朱丽叶有对象,但对象又不能看见。一般的演员会把这场戏里的大段台词处理成演员对观众的心理独白,其实不然,这段独白的对象不是观众,而是朱丽叶借助想象的手段所勾勒出的罗密欧的形象。毕竟她与罗密欧在舞会上只有匆匆一面。因为这匆匆一面,再加上罗密欧的突然降临,朱丽叶是一点准备都没有的。她是紧张的,更是冲动的,所以她不知道该如何面对罗密欧,她语无伦次,她不知所措,她欲言又止,她胡言乱语,直到奶妈

的出现才让她有了喘息的契机。

自"阳台会"始，莎士比亚才真正开始描写罗密欧与朱丽叶对于爱情的态度，而之前的一见钟情更像是一个引子，或者是一个求证的开始，告诉观众结果，接着，再为其寻找一条求证的道路，通过这种"补充式"后发论证，让观众经历一种理性与感性并存，宏观与微观共生的戏剧体验。这更像是一种在框架内的自由想象，既规律可循，又变化无常。好比长在骨骼间的韧带，又像是生长在夹缝中的曼陀罗花，因为它的无限生长将骨骼和墙垣中的空隙进行弥合，彰显出一种无限升腾的力量。

关于一致性原理

由于二人在获知彼此的身份后，都明了这段姻缘会给双方带来的不幸，所以当罗密欧得到朱丽叶的死讯时，他欣然决定坟墓便是他和朱丽叶的家园。在家中长眠的最佳途径就是毒药，因为朱丽叶身上没有伤，所以服毒是二人生命终结的最佳匹配方式。罗密欧的仆人鲍尔萨泽在曼多亚找到罗密欧时说：

> 罗密欧　……我再问你一遍，我的朱丽叶安好吗？因为只要她安好，一定什么都是好好儿的。
>
> 鲍尔萨泽　那么她是安好的，什么都是好好儿的；她的身体长眠在凯普莱特家的坟茔里，她的不死的灵魂和天使们在一起……

在作品的最后一场，亲王在接过劳伦斯的信后说道，

> 亲　王　这封信证实了这个神父的话,讲起他们恋爱的
> 　　　　经过,和她去世的消息;他还说他从一个穷苦的
> 　　　　卖药人手里买到一种毒药,要把它带到墓穴里
> 　　　　来准备和朱丽叶长眠在一起。

朱丽叶的昏睡墓穴与罗密欧的服毒长眠是一组很凄美的同生共死的对仗。除了墓穴长眠,二人还都曾试图在神父面前用匕首结果自己的性命:

> 罗密欧　……告诉我,好让我捣毁这可恨的巢穴。(拔匕
> 　　　　首欲自尽;乳媪夺下他手中的匕首)
> 朱丽叶　……要是我这一只已经由你证明和罗密欧缔盟
> 　　　　的手,再去和别人缔结新盟,或是我的忠贞的心
> 　　　　起了叛变,投进别人的怀里,那么这把刀可以割
> 　　　　下这背盟的手,诛戮这叛变的心。

二人在朱丽叶家的最后离别时,也有过心有灵犀的对话,

> 朱丽叶　上帝啊! 我有一颗预感不祥的灵魂;你现在站
> 　　　　在下面,我仿佛望见你像一具坟墓底下的尸骸。
> 　　　　也许是我的眼光昏花,否则就是你的面容太惨
> 　　　　白了。
> 罗密欧　相信我,爱人,在我的眼中你也是这样;忧伤吸
> 　　　　干了我们的血液。再会! 再会!

可见,二人的行动有着出乎意料的默契。而二人的一致性轨

迹,不仅发生在两人的相遇后,即使在一见钟情前,两人的情感遭遇也有着惊人的相似。罗密欧在见到朱丽叶前,向往的是凯普莱特家的亲戚罗瑟琳,而朱丽叶在舞会前,母亲也已向她暗示了亲王的亲戚巴里斯将要做她的未婚夫。但两人在见到对方的那一瞬间,对于彼此的念想就再也挥之不去了。你中有我,我中又有你。你就是我,我就是你。在排演的过程中,我们有一种深深的感知,罗密欧是朱丽叶,朱丽叶也是罗密欧。罗密欧和朱丽叶就是我们今天一直在探讨的终极命题——爱情。

对于这段没有结果的爱情,二人都预见到了最终的归宿——坟茔,这是多么浪漫的笔触,我们的家在坟茔,那么我们就一起回到属于我们的家。在这里,爱情的母题通过"回家"得到了更高的升华。由于罗密欧与朱丽叶都预见了他们的将来,所以对死亡,他们一点都不感觉惧怕。相反罗密欧杀死提伯尔特,巴里斯逼婚,倒是成为了加速他们命运悲剧的催化剂,让这部仅仅五天的恋曲谱写得如此凄美动人。从舞会的一见钟情,到阳台会里的海誓山盟;从刀寻短见,再到墓穴长眠。罗密欧与朱丽叶始终为我们贯穿着一道飞跃生命的优美弧光,一种关于信仰的飞跃。

关于"信仰"的飞跃

作品中,莎士比亚把对爱情的信奉拔高甚至超越了对宗教的信仰。罗密欧把朱丽叶看作是自己的神明,那么作为信徒的他自然也将把生命奉献给神明。作为神职人员的劳伦斯为罗密欧与朱丽叶举行婚礼,但同时也为二人举行了葬礼。而劳伦斯因为无法收拾自己一手酿成的残局,最终选择了逃离,留下那对新人长眠于墓穴。这里罗密欧与朱丽叶对于爱情的坚贞既超越了生死,也超越了对神明的信仰。坟墓即是爱巢,生为眷侣,死为连理。

四百年来,莎士比亚的作品总是经久不衰,在不同的时期,散发着截然不同的气质。很多人都说,经典之所以为经典,那是因其能经受时间的考验。因为优异的故事本身总是包含着真理,在寻求真理的道路中,人们向来都是趋之若鹜。而真理之所以谓之真理,却是因其从"不落地",从不显现。因为一旦显现,那就由真相转变为了"事实"。跨过事实,真相又成为了历史。原本追逐真理的强大动力,也就慢慢衰退为对过去的追溯与缅怀,最终随着时间的游走而渐渐散去。可见,与其说是追逐真理,倒可概括为相信真理。

在《罗密欧与朱丽叶》中,莎士比亚借助信仰为我们重塑了爱情的伟大,阐释了爱情的真谛。今天的恋人们,究竟是因为看见爱情而相信爱情,还是因为相信爱情,而坚守爱情呢?

话剧《天之骄子》编导创作手记①

　　"中国校园戏剧节"②自 2008 年开办至今,已在全国红红火火地开展了四届。从近年校园戏剧节获奖作品来看,作品的题材主要集中在：以历史剧、报告剧、人物传记剧等形式来表现高校的名人轶事,如上海交通大学的《钱学森》(第三届)、清华大学的《马兰花开》(第四届)等;以大学生服务西部支教为题材,如复旦大学的《托起明天的太阳》(第一届)、三明大学的《上大学》(第四届)等;也有以大学生就业为题材,如上海戏剧学院的《瞬间不是永远》(第二届)、复旦大学的《小巷总理》(第二届)等,这些作品都从各个角度反映出了当代 80、90 后大学生的青春风貌。

　　2012 年当第三届中国校园戏剧节落下帷幕的时候,复旦剧社就开始为第四届中国校园戏剧节着手新剧目,之前的两部作品分别是 10 年反映大学生就业下基层当街道妇委会主任的《小巷总理》和 12 年反映大学生毕业季生活的短剧《4∶1》,由于复旦剧社是目前唯一一所连续三届获得中国校园戏剧节奖项的普通组单位,

---

　　①　本文收录于周斌主编：《中国电影、电视剧和话剧发展研究报告(2014 卷)》,上海：复旦大学出版社,2015 年。

　　②　中国校园戏剧节由中国文联、教育部主办,戏剧节设立的"中国戏剧奖·校园戏剧奖"与梅花表演奖、曹禺剧本奖、优秀剧目奖、小戏小品奖、理论评论奖同为中国戏剧奖的子奖项。该奖项是中宣部批准的国家级文艺常设奖项,每两年由中国戏剧家协会组织评选一次,是目前唯一由国家设立的校园戏剧最高奖。

面对第四届的参演,剧社希望能有更新的突破。

一、编剧与剧本

本次剧本的创作灵感来源于辽宁舰的横空出世,以及习近平总书记在 2012 年 12 月 8 日和 10 日视察广州军区时所提出的"实现中华民族伟大复兴,是中华民族近代以来最伟大的梦想。可以说,这个梦想是强国梦,对军队来说,也是强军梦。"这一筑梦军队的治国方略。今天,随着部队越来越向着高素质、高学历的人才匹配,一部关于大学生士兵热血青春的故事便开始在笔者脑海萦绕。

由于笔者和演员都没有军旅生活的经验,而故事的背景是在海上金刚的航空母舰上,显然缺乏真实生活的体验成为了剧本创作的最大障碍。面对创作一部航母题材的校园戏剧作品,这绝对是一个机遇与风险并存的挑战。

有一天,笔者自问,假使我国的某位编剧要写一部关于中国航母题材的作品,他会如何选取创作素材? 他能获得一手资料吗? 因为对于辽宁舰,对于相当于我国国防最高军事机密的航空母舰,有多少人能有机会上舰一探究竟,即使工作于航母第一线的军事家和科学家,相信他们必然也是守口如瓶。在创作航母军事题材时,笔者和其他专业编剧一样,谁都缺乏航母上的经验。同理,我们观众也不知道航母上士兵的工作生活。观众的意识里,对于航母的神秘、未知、好奇也许正会成为笔者对于这部作品的一次大胆创新,就像第一次面对《星球大战》,因为没有参照系,所以观众意识中的外星球和外星人是以乔治·卢卡斯赋予的画面为依托,加上观众自己的移情和联想来达成的。既然我们的观众有想知道航母上生活的兴趣,但又碍于没有机会去体验,那么笔者为什么不能创造一个让观众相信的航母上的生活呢？即使笔者笔下的辽宁舰和现实的辽宁舰相去甚远，那又有什么关系。戏剧历来都是作为认知世界的方法和工具而流传至今，为什么我不能借助他的演出形象来传递未来的世界给观众呢？库布里克在美国登月前就拍摄了影片《2001 太空漫游》，乔布斯 iPad 的灵感也正是来源于电影中的通信器。而卢卡斯的《星球大战》、卡梅隆的《阿凡达》、诺兰的《星际穿越》也都是在努力通过电影艺术手段为我们描绘未来世界的样子。不跨过今日，无法到达明天，但今日作为昨天的明天，我们每时每刻都在经历明天，体验未来，而戏剧影视的魅力不正是在此吗。中国校园戏剧节至今还没有一部呈现未来世界的作品，这是否也从另一个侧面反映了为什么我国当下科幻题材作品的匮乏，创新力的缺失似乎不是能力上的问题，而是一种新的创作意识的觉醒，一种创造"明日作品"的意识觉醒。

二、导演与舞美

美国编剧家罗伯特·麦基说过，决断远比行动要艰难得多。这部构思了近一年的《天之骄子》剧本终于在 2014 年年初截稿。剧本描写了由我国自主研发的最新型核动力航母"天骄号"在试航前迎来了两位大学生士兵，梦想成为第一代中国航母舰员的杨文广在母亲的坚决反对下与怀揣明星梦却经历过无数次选秀失败的彤彤登上天骄号成为 04 甲板地勤组的舰载机安全员。当面对昔日的父亲，如今的舰长，杨文广能否解开多年和父亲的心结？面对生理的不适，女大学生士兵彤彤能否克服困难？面对恶劣的工作环境，地勤组的队员如何一次次确保舰载机与飞行员的安全离舰与着舰……通过群像式的塑造，记录了航母上大学生士兵的人生蜕变。

身兼编剧和导演的笔者习惯于在剧本创作完的第一时间便把剧本交给舞美设计,而不是交给演员。因为在二度创作之前,笔者需要舞美设计对作品一度创作进行最直观的读解反馈。笔者以为,舞美设计对于剧本初读后的第一道质感,往往蕴涵舞台"形象的种子",二度创作需要把一度创作的文字文本转化为舞台行动的场面调度。从经验上来看,这是编导一人制在创作时,必要的一种陌生化处理手段,否则会容易陷入对自我作品过于主观化的偏见。

所以每次接听舞美设计在读完剧本后打来的电话,笔者都会异常兴奋,因为笔者渴望舞美读解后的舞台质感能与笔者自身的创作理念达到一种强烈的感性共鸣,当然这也是对编剧的初次考验。

邮件发出的当天夜里,舞美设计戴炜(北京奥运会视频特效设计)就跟笔者通了电话,同时也把他的舞台设计样稿发到了笔者的邮箱。

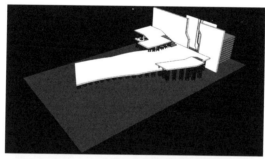

图 1 《天之骄子》舞美效果图

在这组样稿中,我们会发现,这不仅是一艘航母,同样也是一架鹰击长空的舰载机。

作为一部校园戏剧来看,航母就是一座功能齐备的综合性大学,甲板上停放的舰载机就像我们的大学生。综合国力的提升在于人才的培养,只有把最尖端的人才汇聚在一起,才会让我们的国防固若金汤,坚不可摧。从最早的幼儿园,到后来的小学、中学,当年嗷嗷待哺的雏鹰如今早已厉兵秣马,整装待命。

这是一个比喻,把部队和校园,把航母和大学进行有机的嫁接,在意象化的舞美设计中张扬当代大学生的精神风貌。走进校园,我们是士兵大学生;走出校园,我们是大学生士兵。

感谢戴炜老师,给了笔者一个如此创新大胆,同时又充盈着校园气质的舞美方案。看着效果图,一个个场面开始慢慢在笔者的眼前浮现,海洋里的一个巨大铁盒子,一座移动的 34 亩国家领土,万剑齐飞的舰载机直上云霄……此时此刻,一幅动人的舞台意象在笔者的心中留下烙印——"海天一线,天之骄子,乘风破浪。"

三、导演与场面

1. 第四场——味道

因为父亲常年在部队,无暇照顾家庭,导致父亲几乎从来没有机会给自己的儿子杨文广过一回像样的生日,唯一的一次也因为部队临时有任务而胡乱给儿子用馄饨和方便面煮了一碗长寿面。为了给儿子庆祝十岁生日给面条取名"航母云吞面",说面条就是航母,馄饨就是航母上的舰载机,忽悠儿子吃了这面将来好开舰载机。

正是这碗忽悠出来的方便面一直让文广对父亲,对航母有着百感交集的牵绊,因为之后父亲再也没有机会给儿子过生日,也没有再为儿子下面条。对于既敬重父亲,又埋怨父亲的文广来说,始终无法理解舰长父亲在面对小家庭和航母大家庭时所作的选择。

为了化解父子间的纠葛,笔者将方便面作为本场戏的重点物件来进行二度创作。当第四飞行中队的舰员知道杨文广为了追寻爸爸当年那碗面的味道,每年生日都会给自己煮碗方便面时,他们也特地做了一碗云吞面给文广。

这场戏的开始是文广在船舱睡着了,梦见了家人为自己做了一碗面。梦醒后,他看见自己的面前放着一碗面条,战友们偷偷躲在舱门口,看着文广吃着面条。此时的文广觉得当年父亲那碗面条的味道,在今天又有了不一样的感觉,但这新的感觉让文广特别惭愧,他觉得自己不应该眼高手低地看待地勤组队员的工作,因为这舰载机安全的保障工作同样也是航母团队战斗的重要一部分,虽然他们没有飞上蓝天,但他们同样在为国家的领土主权贡献着自己的力量。就像这碗面条,尽管食材简陋,但那是一碗倾尽大伙儿所有热情和关爱来做的。再普通的一碗方便面,只要用心去做,就能品尝出爱的味道,家的味道。也从这场戏开始,文广真正开始融入部队的生活中去。

图 2 《天之骄子》剧照第四场——味道

2. 第五场——演习

彤彤是第四飞行中队里唯一的一位女战士，因为在演习当天身体不适，导致自己的手电遗失在甲板，结果使得三架已经升空的舰载机无法降落。（航母甲板条例规定，为确保飞机起降安全，甲板上不能有任何杂物，一旦发现遗失物品必须第一时间上报）。彤彤因为这次事故，受到了舰务长严厉的处罚。由于她是第四飞行中队的唯一一位女兵，而且还在生理期，所有男战友们决定与彤彤一起受罚。

起初，有人在看过排演时向笔者反映，觉得这场戏把部队排得过于残酷了，要女生在生理期内还要完成一整套动作，太不人道了。笔者以为，演习就是战争。在和平年代，军人永远处于两个时期，一个是战争时期，另一个是准备战争时期。所以作为女主角彤彤来说，她先是一个女兵，再是一个女人。这是部队和学校最不同的地方，如何把一个女大学生锻造成一个出色的女战士，恰恰是这场戏要达到的目的。

台词如下：

彤　彤：舰载机进入弹射轨道，请求离舰。

众士兵：舰载机进入弹射轨道，请求离舰。

彤　彤：舰载机接受飞控指示，批准离舰。

众士兵：舰载机接受飞控指示，批准离舰。

彤　彤：甲板安全员例行检查。

众士兵：甲板安全员例行检查。

彤　彤：轮挡员撤销挡板。

众士兵：轮挡员撤销挡板。

彤　彤：清空跑道，等待离舰指示。

众士兵：清空跑道，等待离舰指示。

　　彤　　彤：离舰起飞。

　　众士兵：离舰起飞……

　　此时，整个舞台站满了地勤组的战士，跟着彤彤的口令完成舰载机的导引手势。正如本场结尾处的画外音说的那样："那一天后，彤彤，还有大伙儿都有了一种豪气冲天的味道，也许这就是军人特有的味道吧……。"

图 3　《天之骄子》剧照第五场——演习

3. 第六场——旭日

　　这是一场关于男女主人公内心转变的戏，演习的失误让杨文广和彤彤的心情大为不好，夜里，二人来到甲板遇到了文广的父亲,在和文广父亲的交谈中,二人获知当年和舰长一起的战友由于飞舰载机很多都牺牲了,所以父亲一直把航母当作自己的家,因为他一直坚守着一份承诺,保护好舰载机,保护好飞行员的生命。这个时候,文广和彤彤也感悟到了作为地勤组一员的责任重大。

原先这场戏的结尾是结束在三人仰望星空,"天骄号"在海洋中劈波斩浪。后来为了增加演员的内心转变效果,台词和舞台行动都做了新的处理。

修改后的台词:

　　彤　　彤:你看!

　　杨文广:海上升红日!

　　彤　　彤:太美了!

　　杨文广:我们要保护它。杨舰长!我虽然成为不了舰载
　　　　　　机的飞行员,但我向你保证,我会用生命来保护
　　　　　　舰载机和它的飞行员,我保证。彤彤,我想我终
　　　　　　于找到了比父爱更深沉,比母爱更伟大的责任。

　　彤　　彤:保护它,明天的太阳,用我们的责任托起它。

图 4 《天之骄子》剧照第六场——旭日

时间上,笔者把夜里换为了凌晨,当男女主人公的内心开始转变,舞台上深蓝色的甲板开始被旭日东升的橘色所慢慢铺盖,一直照在二人的脸颊上。旭日升起代表了白天的到来,说明二人的心境开始转变,而且充满着希望和能量。在这里,太阳不仅代表着此时此刻,更预示着"明天",因为杨文广和彤彤这一波90后就是中国未来国防的希望。"用生命保护舰载机和飞行员"说明二人已深刻明白舰载机安全员的责任,"明天的太阳,用我们的责任托起它"则更加强调了对于未来国防事业的后继有人。

4. 第七场——杨家将

如果说部队是军人的家,那么对于海军来说,海洋就是他们守卫的领土,保卫的家园。对于舰载机来说,航母就是舰载机的母体,地勤工作者就是飞行员的守护天使。当文广立志成为一名优秀的舰载机安全员,并和父亲约定,一定要为退休前的父亲做一次离舰着舰导引。在这场戏里,舰长父亲驾驶的预警机因为恶劣的天气无法带领其他飞机降落甲板,而第四飞行中队正是负责此次任务的地勤。

舰长的前两次着舰都宣告失败,在第三次着舰前,笔者在舞台的前区导入了妈妈在教年幼的杨文广"杨家枪"的故事;后区的高台上,则是父亲与文广再现之前的约定。而从现实时空来看,父亲驾驶的预警机应该在天上。但这一刻,当父亲的剪影出现在舞台后区与甲板上的文广进行对话时,观众会感觉,父亲要驾驶着预警机把其他飞机安全领回甲板完成军人的使命,同时又要回到航母与自己的战友,还有自己的儿子团聚。在杨家枪的故事中,杨宗保和杨文广是上阵不理父子兵的最佳拍档。这里双关的寓意了,父子、上下级、飞行员和安全员亲密无间、血浓于水的真情写照。在这份约定下,舰载机要飞回航母,父亲要回到战友和儿子身边,回

家的质感在这场戏得到了全面升华,当舰长摘下头盔出现在甲板
上时,"天之骄子,登舰天骄号"的口号响彻云霄!

图 5 《天之骄子》剧照第七场——回家

四、结　语

2014 年是中国校园戏剧节的第七个年头,从第二届中国校园
戏剧节开始,笔者一直坚持自己创作剧本。笔者以为请专业编剧
来撰写作品,把剧本创作的担子卸给他人,其实这样的做法从创作
成本和创作效率来说反而不尽如人意。因为创作一个剧本需要不
下几十次地同专业编剧探讨分析,帮助其了解校园题材的质感,剧
本核心等问题,如此循环往复地消耗倒不如自己来创作。作为教

育第一线的老师对校园生活的体悟和了解相对来说会更加准确，这样的作品也会更加贴近学生观众群。

校园戏剧的任务本身就应该是为戏剧艺术提供创作上的先导，因为年轻人的创造力是最天马行空，也最富有激情的。校园戏剧正是以其实验性、探索性和原创性这三大特点使其在戏剧领域中占得一席之地。因为校园戏剧本身没有商业票房的压力，无须为了迎合观众的口味而忽略了自己本质上的质朴与纯真。作为校园戏剧来说，传递情感上的真实，宣扬青春的飞扬远比单一地还原生活本身更为重要，这或许才是校园戏剧存在的真正价值与意义。

话剧《种子天堂》编剧、导演阐述^①

缘　起

　　《种子天堂》的创作缘起于同钟老师之间未完的两次合作。第一次是2013年我与摄制组一起去云南、西藏给钟老师拍摄纪录片，但因为到达日喀则后严重的高原反应，当时的血液含氧量低至26％，所以中途被迫离藏，由我的摄影师王威鹏完成了以后的拍摄任务，原本的纪录片也就变成了5分钟的微电影《播种未来》。2017年7月，钟老师与我通过一次电话，他说想排演一部关于科学知识题材的话剧，请我当编剧、导演。但是两个月后的一场意外，让我们再次错过了合作的机会，不会再有下次了。

　　我是通过微信群知道这场意外的，接着铺天盖地的新闻报道就都出来了，学校的官网也有了《播种未来》的视频链接，全国各大媒体也都开始转播这部作品，当时我已经不敢点开看了。2017年由于我原来的办公室在重建，所以搬到了四号楼和十号楼中间的白色临时建筑办公，那里距离研究生院的八号楼只有几步之遥。意外发生以后，每次经过八号楼，我都不敢停留，因为只要看到这

———————————
　　① 本文收录于周涛著：《种子天堂》，上海：复旦大学出版社，2018年。

栋楼就会想起钟老师。我想表达一下自己的情感,可总找不到出口,直到 2018 年的寒假,我把自己关在家里,用了三个星期写出了《种子天堂》这部作品。在创作中由于实在太过压抑,中间去上海舞蹈中心看了一部舞剧,因为那天是我的生日。回来的路上我突然想到了一个问题:当意外发生后,社会各界的声音都是悲鸣,那么此时此刻,钟扬的心情也是悲伤的吗?随着这一问题的提出,我就像听到了一种舞台质感的召唤。我继续追问,他在另一个时空依然做着和以往同样的事情吗?他还会带着我去西藏采集植物样本,然后将采集的种子存入昆明国家种子库,再去张江药学院提取基因样本?他还会和我住在西藏大学的同一栋公寓里吗?因我进藏第一天水土不服,他还会亲自下厨为我做饭吗?他还是不是那个只要我们碰见,就问我要不要考博士的研究生院院长吗?

是的,至少在舞台的时空里,我们可以不悲伤的,有一种悼念是幸福的。

剧本构思

就我了解到的钟扬老师,无论面对多大的麻烦,在学生面前他是从不展露丝毫困惑与焦虑的。在学生们心中,钟老师带给他们的永远是微笑与希望。尽管钟老师已不在尘世,但我相信在那一边的钟老师一定不愿意看到尘世间因为他的离去而哭泣,他应该很愿意看到我们以更加积极、乐观的心态将育人之路、科考之路、援藏之路坚定不移地走下去,这应该才是我们继承"种子精神"的态度。所以我希望作品的风格是遵循一种幸福的悼念方式来展现的,他不悲伤,不痛苦,就像蒲公英的种子,即使被吹散了母体,风也会把他带到下一个家。而种子是一种非常浪漫的舞台意象,他既是生命的缘起,也是生命的终结;他既存有时间循环的概念,又有无限空间的遐想。

由于有了"种子"的舞台意象,生命炙热的欲望反而将钟扬老师的这次意外转化成了"重生"的舞台象征,所以在天堂的种子库里,我找到了那颗属于钟扬自己的种子。是谁最初在钟扬心中播下植物学的种子,让他从一位物理学的专家转变为生物学的专家?是谁有意让他放弃副厅级的干部待遇,只为成为一名普通的老师?又是谁让他去雪域高原采集特种植物的种子?这粒种子的追寻历程也就构成了《种子天堂》的剧本图谱。

从时间线上看,本作品是按照倒叙的方式展开。前三场都围绕钟扬在西藏 16 年采种育人的故事展开,通过"保护巨柏""取桃核""采雪莲"三个和植物相关的科考事件勾勒出扎西、拉琼、德吉等西藏学生成为钟扬学生的心路历程。从第四场开始,故事将不再涉及西藏的故事线,而是开始追寻钟扬"种子精神"的发展轨迹。第四、第五两场戏的故事背景都发生在上海,我想给观众的视野有一个由远及近的代入感,通过"保护红树苗"与"给组织的一封信"两件事分别展现了钟扬对于播种科普知识要从娃娃抓起的重视与作为一名党员对于党和国家无比忠诚的理想信念之种。之后的第六场是整部作品承上启下的转折场,作品通过五分钟的微电影和导演的现场叙述取代了直接表现意外的事件,并为第七、第八场的时空倒转做好铺垫。第七场则将时间线拉回到 1979 年,交代钟扬最初教师梦的种子来源。第八场则是通过猕猴桃的种子起源,呈现了钟扬由物理学家向植物学家的转变,并介绍了作为钟扬生命中第一位植物学老师的张晓艳是如何在钟扬心中播种下植物学种子的故事。第九场作为话剧的终章则将空间放到了上海自然博物馆,时间轴则是意外发生后的清明前一天,作为讲解员的张晓艳在梦中遇见了自己过去的丈夫、同事、学生——钟扬……

导演构思

由于原初的文本已经规避掉了悲伤的情节,而且在我心中钟老师作为植物学家孤身挺进雪域高原采集种子的行动,与作为教师播种未来、培养科研人才间的隐喻关系,足以构成独有的浪漫主义基调。所以几乎在每一场戏中,我都试图用一种植物的种子来映射钟老师身上所具有的带浪漫主义气息的家国情怀。再者,钟老师的研究非常具有未来感,显微镜下基因双螺旋的形态总是带有非常强烈的科技感,这与西藏特有的原始地貌、风土人情构成了强烈的体验对比。在视觉风格上就会有一种西藏唐卡与基因序列相互融合的感觉,构成一种现代与传统;科技与原始;过去与未来;无限与有限相结合的舞台呈现。

所以整个舞台被设计成一个阶梯分布的种子剖面,并在舞台可视范围内,以多媒体投射的方式进行呈现。舞台由一个如金字塔般的三面斜坡组成,并且在每面斜坡上都留有三个 13 平方米左右的平台作为表演支点,通过投影与灯光的配合,将西藏河谷、课堂、雪山、红树林基地、医院、操场、研究所、自然博物馆等风格迥异的场景,进行有机地组合与切换。

关于演员

应该说《种子天堂》是一部关于传记体的作品,但在剧本中还是有很多编剧自己的感受和想象。"天堂的种子"是一个很开放也很自由的时空概念,我希望和学生演员一同来完成一次"幸福的悼念"。不同于专业戏剧的市场性特征,校园戏剧从原创性、实验性、探索性的角度出发更具有纯粹的情感共鸣。所以,我尝试让学生,尤其是钟扬的扮演者不要去看钟老师的视频,不要从外在的形式上去模仿他。《种子天堂》这部话剧不是为了还原钟扬老师的生平,我觉得那没有太大意义。我渴望在有限的舞台中,用学生演员最为单纯、质朴的赤子之心来渗透无限的时空想象中。我们是演员,更是大学生,有些还上过钟老师的课。在与角色实际年龄相差悬殊的情况下,在与自身所处时代截然不同的历史背景中,我允许演员利用虚拟舞台时空的任何方法来捕捉"幸福悼念"的戏剧质感——任何方式,哪怕匪夷所思,但唯有一个要求——情真。

所以,作为导演,我一开始就没有考虑用一位和钟老师年龄相仿的男老师来扮演他的角色,很多一二年级小朋友的角色也是由复旦剧社的学生演员来完成。我需要至纯至善的质感,如果演员都是真正的种子(的确他们就是那样),那么种子就有无限的可能性。我相信这是天堂里钟老师愿意看到的,我觉得这也是我通过和他的相处中感知到的一种舞台气质。我也许很难用语言表达清楚,但是我的演员一定会懂我的,他们也是我的学生。师生之间有一种超越情谊的那份彼此"渗透",就像剧中所说的那样,淤泥能哺育出莲花,她也是好泥土。

分场导演阐述:

第一场:初遇

分场大纲:扎西为保护神树与来西藏采集光核桃的钟扬团队相遇,并被钟扬收入门下。

上场任务:保护巨柏;伯乐相马。

人物关系：扎西与钟扬：由路人到师徒；扎西与萌萌、卧龙：由路人到师兄妹。

舞台意象：珍稀物种西藏巨柏暗喻扎西，保护巨柏，亦为栽培扎西。

重要场面：钟扬与扎西第一次相遇；扎西拜师；田野调查。

落幅画面：卧龙与萌萌分别站于两个前区平台，钟扬站于后区平台，扎西站于舞台最前沿中间，四人以菱形站位的布局进行田野调查。

视觉风格：明亮、清新、通透的西藏河谷。

音乐风格：悠扬、铿锵的西藏牧歌。

动画视频：西藏河谷静态背景与巨柏特效动态。

钟扬语录："我有一个梦想，为祖国每一个民族都培养一个植物学博士。"

第二场：种子课堂

分场大纲：在西藏大学的课堂，钟扬为师生授课，并决心培养藏族博士，扎根西藏。

上场任务：吃光核桃。

人物关系：西藏学生与钟扬：由怀疑到信任，到崇拜；西藏老师与钟扬：由不信任到感动，再到师生关系。

舞台意象：8000颗光核桃种子的采取，暗喻钟扬在西藏收徒开枝散叶。

重要场面：藏族师生吃光核桃采集种子。

落幅画面：藏族师生以两列纵队分布阶梯，德吉台词："我是钟老师第一位也是最后一位藏族女博士。"

视觉风格：庄严、肃穆。

音乐风格：西藏牧歌与激情澎湃的现代交响乐。

动画视频：具有现代科技感的英国皇家植物园邱园、挪威末日种子库和中国昆明野生植物种子库动态特效；西藏天然风貌景观，天空湛蓝，湖水碧波，旭日祥云。

钟扬语录："植物学博士点不批下来就不离开西藏。"

第三场：雪草

分场大纲：钟扬与扎西、拉琼登上珠峰北坡采集雪莲，并发现雪莲生存的奥秘。

上场任务：到达海拔 6300 米采集雪莲。

人物关系：武警与钟扬：禁止攀登——保护攀登——阻止攀登——舍命护送；

学生与钟扬：阻碍攀登——支持攀登——放弃攀登——生死相依。

舞台意象：雪莲与扎西、拉琼互文；雪草比拟钟扬；雪山女神。

重要场面：钟扬发现雪莲与钟扬发现雪草。

落幅画面：在海拔 6000 米的雪草旁，钟扬凝望着自己的两朵"雪莲"扎西与拉琼，武警看着皑皑白雪。

视觉风格：急冻、严寒，充满神秘与希望。

音乐风格：犹如雪山女神的赞歌。

动画视频：珠峰雪山地貌、雪莲与雪草动态效果图。

钟扬语录："生命的高度绝不只是一种形式。当一个物种要拓展其疆域而必须迎接恶劣环境挑战的时候，总是需要一些先锋者牺牲个体的优势，以换取整个群体乃至物种新的生存空间和发展机遇。共产党员就是这样的先锋者。"

第四场：小树

分场大纲：在上海红树林培育基地,面对枯萎的红树苗苗,钟扬依然乐观地在为孩子们进行植物知识的科普,希望有朝一日这些孩子们也能成为植物学家,见证红树林在上海的成长。

上场任务：种红树。

人物关系：由钟扬关心孩子们,到孩子们主动帮助钟扬保护红树林苗。

舞台意象：红树苗与孩子互文,教授孩子植物知识与保护红树互文。

重要场面：孩子们看显微镜;钟扬带领孩子们吹蒲公英。

落幅画面：孩子们在阶梯上喊着口号,种植红树。

视觉风格：充满树苗的童真世界。

音乐风格：儿歌、充满希望的。

动画视频：显微镜下的种子世界与飞扬蒲公英的动态特效。

钟扬语录："如果人们都喜欢用植物给孩子取名字,那就是最好的科普时代的到来。"

第五场：誓言

分场大纲：身为党员的钟扬突发脑溢血,住在 ICU 的他依然牵挂着西藏的学生和科研,担心再也没有机会去西藏,于是给党组织写了一封信。

上场任务：钟扬带病书信谏言。

人物关系：钟扬与妻子。

舞台意象：妻子比喻家庭,西藏比喻事业,钟扬对于家国之间的抉择成为本场的焦点,一颗体现党员信念的理想之种在钟扬的心中生根。

重要场面： 护士没收钟扬手机；妻子回忆当年与钟扬的过往。

落幅画面： 钟扬在舞台中后区宣誓。

视觉风格： 寂静的夜晚，暗流涌动的情感。

音乐风格： 爱与忠诚。

动画视频： 星空动态特效与钟扬照片动图。

钟扬语录： "就我个人而言，我将矢志不渝地把余生献给西藏
的建设事业……"

第六场：**此时此刻**

分场大纲： 播放《播种未来》微电影与观众现场互动。

上场任务： 交代《种子天堂》的缘起，并为第七、八场的倒叙结
构做好铺垫。

人物关系： 讲述者直接与观众叙述。

舞台意象： 时空之轮。

重要场面： 《播种未来》。

落幅画面： 导演引出第七场。

视觉风格： 异次元光带。

音乐风格： 讲述者出场无须音乐音效。

动画视频： 导演与钟扬的照片。

钟扬语录： "一个基因可以拯救一个国家，一粒种子可以造福
万千苍生。"

第七场：**回梦 1979**

分场大纲： 钟扬的父亲由于自己教育局长的特殊身份，为了
避嫌而不准钟扬提前参加高考。在面对无法高考

这一重大人生困境时,年轻的钟扬在班主任的建议下决心参加中科大少年班的考试,并立志将来做一个因材施教的好老师,超越自己的父亲。

上场任务： 拿高考报名表。

人物关系： 钟扬与钟扬父亲(怨恨);钟扬与同学(嫉妒与羡慕);钟扬与班主任(感激)。

舞台意象： 钟扬教师梦种子的源头追溯,并与第四场"小树"形成呼应。

重要场面： 钟父撕毁报名表;钟扬决心报考中科大少年班。

落幅画面： 站在上场门平台下侧的钟扬以一句"那就以最优异的成绩接受祖国的挑选"收场,平台上,天明、阿康、春晓和张老师看着钟扬。

视觉风格： 改革开放初期的舞美风格,朴实、积极、向上。

音乐风格： 上世纪 70 年代末的中国流行音乐,声音做旧处理。

动画视频： 上世纪 70 年代黄冈中学校门和大量当时的报纸拼图。

钟扬语录： "教师是我最在意的身份。"

第八场：回梦 1984

分场大纲： 钟扬从中科大少年班毕业后被分配到了武汉植物研究所工作,并因此遇到了以后成为自己妻子的张晓艳,而作为钟扬第一位植物学教师的张晓艳,也在钟扬心目中播种下了植物学家的种子。

上场任务： 钟扬拜师。

人物关系： 钟扬与张晓艳由初次见面的同事,到钟扬拜师张晓艳,再到张晓艳成为钟扬知己的演变过程。

舞台意象: 猕猴桃的种子来源于珠峰雪莲的传说,在钟扬心中埋下了未来植物学家的种子,并与之前的第三场"雪草"形成呼应。

重要场面: 钟扬拜师;吃猕猴桃。

落幅画面: 上场门平台上,钟扬与张晓艳在彼此欣赏的氛围中吃着猕猴桃。

视觉风格: 80年代植物研究所科研风格。

音乐风格: 浪漫主义。

动画视频: 数理化等公式动态效果。

钟扬语录: "猕猴桃在新西兰取得成功是来自中国的一个植物基因……这到底是'偷'还是'引进'? 很难说。"

第九场:回梦 2018

分场大纲: 在清明前一天,钟扬的妻子张晓艳来到自然博物馆为孩子们做植物学科普,面对钟扬采集的高山雪莲和红树的种子,晓艳仿佛又遇见了自己先前的丈夫、同事、学生——钟扬。

上场任务: 悼念。

人物关系: 张晓艳与钟扬"丈夫""同事""学生"三个关系的重合。

舞台意象: 种子天堂与种子轮回。

重要场面: 张晓艳遇见钟扬;张晓艳看见过去的自己和钟扬在植物研究所里的生活。

落幅画面: 张晓艳看着舞台上《播种未来》最后一帧的定格画面。

视觉风格： 博物馆的现代感与西藏圣湖神圣感的交错。

音乐风格： 回忆，空灵，恍如隔世。

动画视频： 种子天堂和西藏圣湖的动态效果。

钟扬语录： "我一直梦想着上海的海滩能有大片大片繁盛的红树林，实现这个目标大概需要 50 年，我不一定能看到了，但红树林将造福上海的子子孙孙。"

　　《种子天堂》这部作品从头至尾都围绕"种子"来映射钟扬老师播种未来的恢宏念想，九场戏的安排都以"幸福悼念"的质感贯穿始终，即使第三场中，钟扬老师带领学生冒着风雪、顶着高原反应采集雪莲的困苦场面，我也通过"雪山女神"的形象塑造来体现"海拔越高的地方，生命力越顽强"的壮美风貌。在我的感知中，钟老师的精神所体现的正是对学生、对科研、对人类、对大自然所延伸出的无尽之爱。这份对于人类未来的崇高之爱，就像一粒植物的种子，它的外部饱满圆润，而它的内部世界竟是如此的浩渺、无限。就像钟扬老师所说的那样，"任何生命都有结束的一天，但我毫不畏惧。因为我的学生，会将科学探索之路延续；而我们采集的种子，也许在几百年后的某一天生根发芽，到那时，不知会完成多少人的梦想。"

《种子天堂》舞美设计图（戴炜设计）

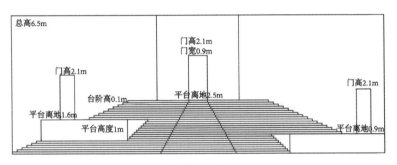

舞美正视图

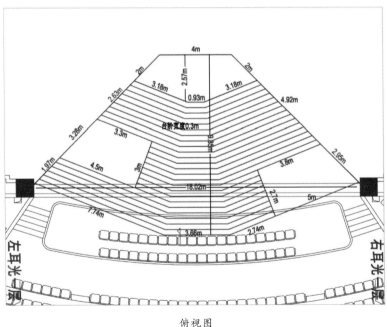

俯视图

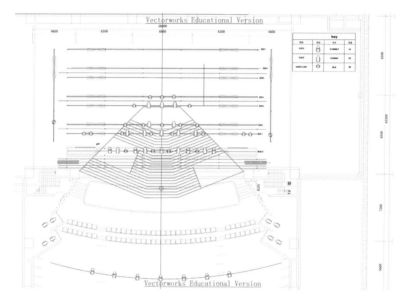

灯位图：孔庆尧设计

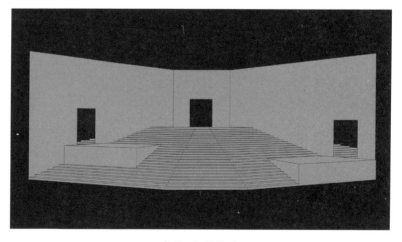

舞美 3D 效果图

舞美现场效果图

附剧照：

第一场 "初遇"

第二场 "种子课堂"

第三场 "雪草"

第四场 "小树"

第五场 "誓言"

第六场 "此时此刻"

第七场 "回梦 1979"

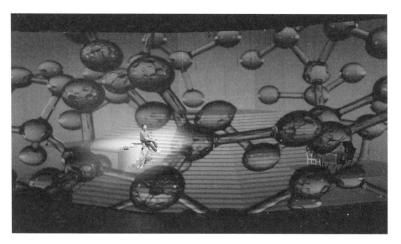

第八场 "回梦 1984"

第九场 "回梦 2018"

剧场，艺术与科学的实验空间

——从话剧《种子天堂》的创作漫谈复旦校园戏剧①

今年四月，复旦剧社以全国优秀共产党员、新时代楷模钟扬同志事迹创作的话剧《种子天堂》在新落成的复旦相辉堂完成了首轮演出，引起业界的巨大反响，该作品同时入选了第六届中国校园戏剧节参演剧目。当曾经的中国话剧先驱复旦剧社登上修缮一新的中国高校中历史最悠久的礼堂之一——复旦相辉堂，并用戏剧的形式缅怀钟扬老师时，笔者意识到就复旦大学现阶段的学科构成来看，在没有艺术学院进行专业艺术人才培养的境况下，立足全复旦学生的艺术修养与艺术水准提升的通识教育体系将是近期符合复旦"双一流"建设目标的。而戏剧作为结合时间和空间的综合性艺术，将充分利用校园的礼堂、剧场作为艺术课堂的衍生；同时整合来自各个专业的学生，利用跨学科的优势组建学生戏剧社团，建设具有人文情怀的文科实验室，打造艺术与科学的造梦空间。

复旦的校园戏剧

中国话剧的先驱——复旦剧社

1907 年，在日本的中国留学生成立"春柳社"标志着中国话剧

---

① 本文发表于《上海戏剧》，2018 年第 5 期。

的诞生。话剧历来是大学校园文化的重要组成部分，也是师生思政教育的一块阵地。在中国话剧史上，复旦剧社也占有一席之地。中国校园戏剧的源头有"北开南旦"之说，即北方的南开大学与南方的复旦大学。

1925年成立的复旦剧社距今已有93年历史，首任指导老师便是中国现代话剧奠基人之一的洪深先生（原复旦外语学院教授）。1930年，"左翼剧联"组织联合公演，复旦剧社凭借《西哈诺》的成功上演确立了其在中国话剧史的地位。复旦剧社走出了众多优秀的戏剧家，复旦剧社创始人之一的马彦祥作为中国早期的戏剧家，在抗战爆发后曾担任救亡演剧队一队的队长，为抗日救亡宣传活动和中国现代话剧运动作出了杰出的贡献。而多年担任复旦剧社导演，毕业于复旦外语系的朱端钧先生后来成为了上海戏剧学院教务长，还有像著名表演艺术家凤子等这些从校园剧社走出的非专业戏剧人士后来都成为了中国戏剧的行业精英。

2004年，根据冯艾等人的西部支教经历创作的话剧《托起明天的太阳》成为新千年中国校园戏剧里程碑式的作品，此剧获首届中国校园戏剧节金奖。之后，体现大学生服务社区生活的原创话剧《小巷总理》、反映校园足球题材的短剧《4：1》、以大学生航母士兵为原型创作的话剧《天之骄子》、搬演莎士比亚历史剧《理查二世》等作品都连续入围了中国校园戏剧节参演剧目并获奖。其中，话剧《天之骄子》被教育部选送参评当年"五个一工程"奖，话剧《理查二世》成为中国高校首个参演爱丁堡艺术节的业余话剧社团。从2012—2018年，复旦剧社连续三届获得全国大学生艺术展演戏剧组一等奖的佳绩。由于近些年复旦剧社在校园戏剧的突出表现，上海市教育委员会将上海市学生戏剧联盟的盟主单位授予复旦大学，并于复旦大学建立"上海学生戏剧实验中心"。

"文教结合"的艺术通识教育理念

随着近年教育部不断发起的"全国学生艺术展演""高雅艺术进校园""中华优秀文化艺术传承"等艺术教育活动，我们不难发现美育教育在人文情怀培养中起到了不可替代的作用。2018年4月发布的《上海市文教结合2018年工作要点》，其中第五条"推进校园大师剧创编与巡演"条目就倡导以戏剧为载体，以各高校大师为典型，以传承大师精神为目的的戏剧创造。选择钟扬老师的事迹作为创作蓝本，不仅考虑到钟老师本人身上可弘扬的优秀共产党员和师德楷模精神，而且作为植物学家，钟老师挺进雪域高原采集种子的行动与作为教师培养未来科研人才的壮举构成了独有的浪漫主义创作基调。

精神的传承需要将思想渲染在美学的气质当中，苍白生硬的宣教会适得其反。尽管钟扬老师已不在尘世，但笔者相信天堂里的钟老师一定不愿意看见尘世间因为他的离去而悲伤，所以笔者希望以一种幸福悼念的方式来展现"种子精神"的传承。他不悲伤，不痛苦，就像蒲公英的种子，即使被吹散了母体，风也会把他带到下一个家。《种子天堂》这部作品从头至尾都围绕"种子"来映射钟扬老师播种未来的恢宏念想，从"保护巨柏""取光核桃核""采集雪莲""种植红树""吃猕猴桃"等九场戏的安排，再现了钟扬个人的种子成长轨迹与播种未来的种子精神。这一精神展现了钟扬对学生、科研、人类、大自然的无尽之爱。这份对于全人类未来的崇高之爱，会让观众肃然起敬。

盘点生物家底，采集植物的种子是没有任何经济效益的，而且采到的种子也许一辈子也不会用到。但在几百年，甚至千万年后，当环境遭受破坏，植物濒临灭绝时，当初被采集的种子就是往后复兴的希望。而作为教师以培养人才为己任的宗旨更是对全民族、全人类的明天播撒延续的种子。这就像艺术这类人文学科一样，它对于人格的养成绝对不是一朝一夕、立竿见影的，人文的熏习就像行进在科考道路的植物学家一样，他的意义不在当下，而是明天。

因此，"文教结合"通过艺术的手段来传达思想要比直白地宣教会起到更好的效果。相比枯燥生硬的意义宣教，艺术表达更多了一种情感的维度，而当情感与意义相遇正是艺术审美的"魔幻时刻"，所以我们常说，"艺术是思想的包装"。

剧场——新课堂的衍生

相辉堂——知识与精神的家园

剧场、图书馆、博物馆、运动场等作为校园文化的基础场所，不仅具备传统理论教室的授课功能，更是公共空间建立、价值传播、互动体验相结合的多元实验室。如果说复旦的戏剧有悠久的历史传统，那么演出戏剧的场所"相辉堂"[①]则成为了复旦学子传承复旦记忆与文化的精神家园。自1947年登辉堂（1984年后改为相辉堂）建成后，这座历史悠久的高校礼堂就成为了学子对话大师撞击思想火花的重要场所。1954年，复旦大学第一届科学报告会在登辉堂召开。在科学报告会上，来自文、理各科的师生用自身的学术构建跨学科的知识领域。直到今天，复旦大学各院各系每年都会开展科学报告会，立志将这一多元碰撞的治学风尚继往开来。1977年，恢复高考后，登辉堂还曾作为大学的备考教室。

---

① 建立于1947年的复旦相辉堂最早为了纪念老校长李登辉，取名"登辉堂"。1984年，为了迎接时任美国总统里根的到访，登辉堂进行了大修，同时学校为永远纪念复旦大学的创始人马相伯先生和李登辉校长，将其改名为相辉堂。

相辉堂不仅是一座知识的讲堂、学术的殿堂，同时也是一座巨大的舞台。20世纪八九十年代的时候能看到好莱坞大片是件很不容易的事情，但复旦大学为了满足中文系和外文系的教学要求，就在相辉堂放映进口大片。那时的相辉堂虽不是电影院，却是中国电影第五代导演梦开始的地方。1988年，根据莫言小说改编的同名电影《红高粱》就在相辉堂试映，导演张艺谋也对观众发表了作品感言。世界杯期间，学校也会在相辉堂支起投影仪为广大师生进行足球比赛的实况转播。从1998年开始，每逢大型赛事相辉堂就成了学生们的最佳聚集地。而复旦的戏剧节、舞蹈节、摇滚演唱会、古典音乐会等，这些数不胜数轮番上演的文艺演出则更是成为了校园文化中最明媚的风景。相辉堂，这座包罗万象的大礼堂正被青春和活力的大学生们尽情拥抱，肆意渲染。

剧场——艺术与科学的造梦空间

在相辉堂演出的《种子天堂》则遵循以小见大的舞美风格。单个种子在显微镜下的世界是星云密布、寰宇缭绕的，当把种子、基因与宇宙这三个元素联系在一起的时候，笔者试图去表达钟扬老师关于"一个基因可以拯救一个国家，一粒种子可以造福万千苍生"的宏伟概念。钟老师一直坚信，对于种子分子基因的再研究一定会为艺术、建筑、材料物理等各种领域做出巨大的贡献。所以在"小树"这场戏中，笔者将整个舞台"缩放"到显微镜下的世界，让舞台上扮演小学生的演员们沉浸在魔幻的基因世界中。用方圆的舞台去承载无限的空间，就像在单个种子里发现浩瀚的世界一样惊奇。此时，剧场的有限性与创意的无限性构成了艺术审美的意义升华。

"不是杰出者才做梦，而是善梦者才杰出"，这是钟扬老师的座右铭。所以，在整个舞美的设计中，笔者也坚持科学与艺术、原始与现代相融合的多媒体设计理念。珠峰、种子、雪莲成为了整个舞美方案的核心要素,舞台基座由宽18米,高2.5米,纵深10米的斜坡组成,斜坡上再分别构筑三个平台作为演出区域,并由三面高6.5米的扇形屏风组成一个半包围的投影幕,使得整个舞台成为多媒体的成像载体。笔者试图将剧场打造成一个种子微观与寰宇宏观相结合的实验空间,这一空间凝结了无数角色的生命体验,他将艺术感性认识与科学理性精神相融合,使得校园文化生活与学生个人发展因为戏剧艺术而紧密相连。

从最初的起源开始,戏剧演出的场所就与图腾、神庙、教堂等一系列关于"神圣空间"的场所联系到了一起。经过漫长的中世纪,在文艺复兴期间,戏剧再次被人文主义的精神召唤,随着专业剧场的出现,一个崭新的公共空间在城市中建立起来。无论是伦敦西区,还是纽约百老汇,我们都能在剧场这一特殊的"人文空间"中捕获到生命的真谛。

百年复旦最为宝贵的资源恰恰是来自世界各地的不同学者和学生,而文化创意正是在跨族群、跨学科、跨文化的思想碰撞中得以显现的。作为研究型大学,实验性、探索性和原创性正是我国现今文化产业最需补强的力量。在非营利为目的大学内,在市场压力之外,学生的想象更趋于纯粹,大学时光是一个培养自我创造力的最佳契机。如今我们希冀通过剧场,把各个专业的学生集中到一起,建立一个交叉融合的实验空间、创意空间、试错空间,把分散的专业、校区以剧场作为聚合点,打造成属于学生自身的造梦空间。

附　录
百年复旦发展历史

初生牛犊，名震全国

二十世纪二三十年代，国内时局动荡，人心思变。中国话剧接连经历着"爱美剧"①时期和左翼联盟②时期。复旦剧社正是在这样的背景下诞生和成长。

早在 1907 年，时任校长马相伯就组织过戏剧学校，其继任者李登辉也先后组织过多次文明戏演出。随后，社会上兴起了以学校为重点的爱美剧。在此基础上，1925 年，马彦祥、吴发祥、卞凤年、袁仁伦、陈笃等发起成立我校历史上第一个具有正规组织的演剧团体——复旦新剧团，并邀请 1923 年回国的外文系教授洪深先生任指导。

马彦祥

同年秋，该团便以 5 出独幕剧——《青春的悲哀》《一只马蜂》《压迫》《私生子》《春假》在校同乐会上一鸣惊人。

1926 年，复旦新剧团更名为"复旦大学复旦剧社"，简称"复旦

---

① "五四"文学革命开展了对中国旧剧的讨论，批判堕落的文明戏，翻译介绍欧美话剧。在此基础上，一些戏剧家提出了"爱美的"口号。

② 全称中国左翼作家联盟，现代文艺团体。简称"左联"。1928 至 1929 年间的革命文学论争，传播了马克思主义文艺理论，提高了革命作家的思想理论水平。

剧社",正式聘请了中国现代话剧奠基人之一的复旦大学外文系洪深教授任指导。

1926年秋,剧社公演了《同胞姐妹》和《白茶》等剧。洪深在《同胞姐妹》中参演,这是其第一次在复旦剧社的舞台上露面。

1927年春,在学校的组织下,复旦剧社重演了1925年首演的《私生子》,该剧由马彦祥主演。紧接着,复旦剧社又演出了日本戏剧家菊池宽的名剧《父归》和朱端钧的《星期六的下午》。这几次公演可以称作复旦剧社演剧的第一个阶段。

1928年春,洪深选中焦菊隐改编的作品《女店主》,第一次给复旦剧社排戏。从《女店主》开始,复旦剧社演出了由洪深精心选择的几出外国大戏。这几次成功的演出,为复旦剧社奠定了在中国现代话剧史上的地位。

1929年8月,复旦剧社演出了三个独幕剧,《同胞姐妹》《可怜的裴迦》和《街头人》。1930年,"左联"在上海成立。不久,各个文艺联盟纷纷成立。左翼剧联组织联合公演,在党的领导下开展无产阶级戏剧活动,复旦剧社也投身其中。同年,剧社排演了一部大戏——法国浪漫主义剧作家罗斯丹的悲喜剧《西哈诺》。全剧登台演员不下70人,表演难度极大。经过4个月的排练,

《西哈诺》在上海新中央大戏院公演,轰动一时。鲁迅也曾前往观看本次演出。该剧的演出确立了复旦剧社在中国话剧舞台上的地位。

复旦剧社能在五年之内有如此巨大的成就,离不开时任复旦剧社指导的洪深先生。洪深先生毕业于美国哈佛大学,专习文学与戏剧,获硕士学位。作为中国戏

洪深

剧的奠基人，洪深先生是将"话剧"一词带入中国的第一人。其深厚的理论功底和勇敢的实践精神对复旦剧社的影响巨大。

战火连天，护国救亡

　　抗战爆发前，复旦剧社排演了许多国外经典的剧目，洋溢着革命的热情和青春的激情。抗战爆发后，随着学校西迁北碚，复旦剧社投身在重庆的话剧运动中。直到抗战胜利后，复旦剧社重获新生。

　　1932年，为了替东北义勇军筹款，剧社举行了一场大型义演，演出了《胜利》契诃夫的《蠢货》及田汉在"九一八"事变后结合抗日

《蠢货》剧照

斗争写的独幕剧《战友》。

1933年5月18日晚,由洪深编导的《五奎桥》在复旦体育馆演出,引起了巨大的轰动。12月在朱端钧的导演下,复旦剧社演出多个独幕剧,有契诃夫的《蠢货》《求婚》、丁西林的《压迫》、格莱高丽夫人的《月亮上升》、苏德罗的《可怜的裴迦》和《街头人》,以及雅鲁涅尔的《约翰曼利》。

从1934年5月到1935年冬,复旦剧社共演出了《琼斯皇》《委曲求全》和《雷雨》这几部中外经典的剧作。这几部作品的演出都带有很强的原创性,延续了前一个时期文艺戏剧运动的方向。复旦剧社开始明显转向国内的成熟作品,为这些经典作品在上海的传播开了先河。

1935年1月7日晚,复旦剧社在校体育馆再次成功演出了《压迫》《约翰曼利》《可怜的裴迦》。

1936年十二月底,复旦剧社在校内举行第二十次公演。演出剧目为田汉的独幕剧《阿比西尼亚的母亲》《母归》,以及洪深推荐的《汉奸的子孙》。

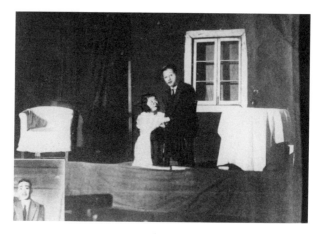

《约翰曼利》剧照

抗战爆发后，复旦大部迁至重庆，小部搬到赫德路的一幢小楼里。当时，渝校学生生活十分艰难，但社员们不甘销声匿迹，怀着极大的热情排戏、演出。

1938年，在活跃的校园文化氛围之下，复旦剧社以戏剧实践投入到重庆戏剧运动中。演出的作品都有着鲜明的抗战主题，第一部戏便是根据法国萨都的《祖国》改编而成的抗战戏剧《古城的怒吼》。

孤岛时期，在赫德路一幢三层楼房的校舍里，复旦剧社积极参加进步社团联合举行的演出。1939年7月，"孤岛"业余话剧界联合公演，复旦剧社演出了方于编译的《生死恋》，还协助苦干剧团演出《梁上君子》。此外，剧社还独立公演了洪深改编的《少奶奶的扇子》。

1940年4月，复旦剧社演出了吴祖光的处女作《凤凰城》。1940年五月底，复旦剧社公演老舍与宋之的合写的《国家至上》。

1941年李维时导演的《北京人》由于进行了大胆革新，上演后

40年代剧社社友合照

在重庆引起了轰动。

1941年旧历除夕,复旦剧社演出老舍与宋之的创作的五幕剧《雾重庆》。

抗战胜利后,复旦剧社如获新生,曾组织演出《女秘书》和歌剧《送郎出征》以庆祝胜利。

1946年,复旦大学上海部分迁回江湾原址,复旦剧社正式邀请顾仲彝担任顾问。

1947年2月劝工大楼惨案①发生后,新闻系学生聂崇彬立即赶写活报话剧②《梁仁达之死》,在声援梁仁达的晚会上演出。演出后,田汉等人相继上台讲话,称赞复旦剧社迅速及时地反映现实斗争。剧社随后又赶排了《正在想》《面子》《裙带风》,到横滨路桥上海戏剧专科学校剧场进行演出。1947年春,沪渝两地复旦剧社合并。为庆祝这次大会师,复旦剧社再次排演《雷雨》,决定于校庆演出。

1949年5月27日,上海解放,剧社部分同学报名参加了革命干部大学军事学校,部分则投身于大军南下的滚滚洪流之中,复旦剧社的活动暂告一段落。

投身"左翼"、西迁北碚,战火剥夺了复旦剧社成长的沃土——繁华的上海,而将复旦剧社逼入了一个它原本并不擅长的领

---

① 抗战胜利后,美国政府将大量战时剩余物资向中国倾销,使尚未恢复元气的上海民族工业又遭摧残,许多工厂纷纷减产以至停工倒闭,大批职工失业。1947年2月9日,"爱用国货抵制美货委员会"成立大会在南京路劝工银行大楼召开,上海各界代表400余人参加,并邀请郭沫若、邓初民、马叙伦、马寅初等到会演讲。国民党特务200余人扰乱会场,打人行凶,打伤群众百余人,永安公司职工梁仁达伤重致死。

② 以应时性、时事性为特征的戏剧类型。这类剧目能及时反映时事以达到宣传的目的,就像"活的报纸"。中国从20世纪20年代开始出现活报剧演出,在战争时期更为流行。演出时,常常把人物漫画化,并插有宣传性的议论。

域——抗日救国剧。然而，正是在救亡图存的五四精神的感召之下，复旦剧社依旧屹立于世。虽然日渐衰微似不可避免，然而戏剧的种子只会沉睡片刻，便将迎来萌芽的那一刹那。

新的起点，新的追求

　　新中国成立后,原来意义上的戏剧运动已不复存在,但由复旦剧社开创的优良演剧传统仍然在复旦大学中继续发扬。尽管也经历了"文革"时期不可避免的中断,复旦剧社的影响却没有泯灭。复旦的戏剧活动以多种形式长期存在,在学生的业余活动中占有相当大的比重,极大丰富了校园的文化活动,成为沪上重要的业余戏剧团体。而《红岩》是复旦剧社这一时期最重要的剧目。

　　新中国成立后,复旦剧社改组为复旦剧团。复旦剧团于 1950年 8 月 24 日正式成立,短暂中断的戏剧组织又得以重新成立。1950 年 10 月 16 日,复旦剧团进行改组,加强了对剧团的组织领导。该团不仅以演剧形式参加社会主义革命和建设活动,还在暑假里为学生们举办戏剧讲座,普及戏剧知识。

　　1951 年,在剧团的带动和帮助下,政治系同学创作了活报剧《提高政治警惕,揭发反革命阴谋》。是年暑假,复旦剧团自编自导自演了独幕二场话剧《向日葵》。

　　1953 年 6 月 15 日,为纪念屈原逝世 2230 周年,复旦剧团演出了《屈原》的第四幕。

　　1954 年 6 月,复旦剧团演出了契诃夫的独幕剧《求婚》和《蠢货》。同年,复旦剧团创作演出了《妇女代表》《真理的故事》《条件反射》《向祖国汇报》《边塞之夜》《笔记本开放友谊花》《敌人在哪里》《一件棉袄》《灯塔下》《店员老赵》等小话剧。12月9日，为纪念"一二·九"运动，复旦剧团演出了《放下你的鞭子》。

1955年初，复旦剧团演出活报短剧《高潮中的一家》。

1956年秋，学生会文娱部在原有剧团的基础上，成立了一个综合性的文艺团体——复旦学生艺术团，分话剧、戏曲、合唱等八个队。10月，以话剧队同学为主的中文系同学在人民大舞台演出话剧《阿Q正传》。在话剧队同学的带动下，中文系同学上演了多部话剧，如李平、施昌东编写，余上沅导演的独幕剧《有才华的人》。

1957年4月28日，上海市大中学生春季文娱会演在复旦相辉堂举行，复旦艺术团演出了讽刺话剧《浅水》《意外》。

1958年1月4日晚，话剧队举行话剧朗诵晚会，白杨、秦怡、孙道临等众多知名艺术家参与了晚会演出，话剧队演出了独幕剧《母亲》。4月20日开幕的全市大中学生文艺创作节目汇演上，复旦有五个节目参加：话剧队集体创作的大朗诵《全民大动员的号角响了》、小歌剧《三姐妹拜寿》、话剧《花开时节》、京剧《孙悟空春游》，以及话剧队和歌舞队联合创作的独幕大型歌剧《新生活之歌》。

在1959年的秋季迎新会上，话剧队演出了《跃进之歌》《欢唱八中全会公报》等小话剧及诗朗诵、快板等节目。国庆时，话剧队创作演出了一出诗剧。11月1日，话剧队创作演出了话剧《新的起点》，并在12月9日再次演出了《放下你的鞭子》。

1960年初，复旦大学话剧团正式成立，复旦话剧团继承洪深主持复旦剧社时期创立的优良传统，建立了严格、正规的演出体制，并与上海市人民艺术剧院联系，请来专业演员教授台词、形体等基本功。复旦话剧团正规化之后，有如专业剧团一样，坚持练功、排演，不再是像以往的突击排练，因而演出的整体水平有了很大提高。著名戏剧家朱端钧、杨村彬、罗毅之、虞留德、凌馆如、穆尼、徐企平、刁光覃、陈奇，以及著名演员沈扬、高重实、岳勋烈等都曾前来指导。

这一阶段复旦话剧团的突出特点就是涌现了许多戏剧创作人才，如于成鲲、赵莱静、郭坤、郭玲春等人，他们写作了大量剧本供话剧团演出，改变了以往只表演而不注重创作的历史。

60 年代，政治形势日趋紧张，复旦话剧团除了演出古今中外名剧外，还演出了由剧团成员自己创作的《风华正茂》（郭坤、赵莱静、沈剑云创作，秦扶一、李筠主演）、《美援有毒》（集体创作，秦扶一、石延龄、程桂荪主演）、《大浪淘沙》（项琦导演、朱端钧艺术指导，秦扶一、胡琼玲主演）、《红专道上》（翁世荣、过传忠、陈四益编导）、《谁是指导员》《一百个放心》《两个第一》《曙光初照》（郭玲春创作）、《下乡日记》（王之平、邢维创作）、《无限风光》（过传忠，赵莱静编导）、《三块钱国币》（丁西林导演，董力生、方积乾、李筠主演）。另外剧团还演出了《红色风暴》片段（秦扶一、陈际梁、董力生主演）、歌剧《刘胡兰》片段（凌嘉陵主演）、《粮食》以及日本戏《桦美智子》（郑惠卿、祝云飞、郭玲春主演）。

1961 年，剧团将演员分为三组，由三个导演组成员分别指导，排演出了三部风格不同的《活捉罗根元》。这一时期，复旦话剧团还演出了由陈耘编剧的大戏《年青的一代》。

1962 年，革命历史小说《红岩》出版。复旦话剧团的同学们竞相传阅，并在于成鲲、赵莱静等创作骨干的努力下将其改编成剧本。该举动在当时得到了学校的大力支持，校领导杨西光还亲自提出修改意见。他还邀请了上海人民艺术剧院黄佐临院长提供指导，黄佐临则委派了剧院副院长杨村彬担任艺术指导。八场话剧

《年青的一代》剧照

《红岩》排成后在校内演出多场,获得巨大成功。接着该剧又在上海艺术剧场连演三场,并在市邮电俱乐部举行了多场售票演出,在上海文艺界引起了强烈反响。上海文艺出版社还出版了《红岩》剧本的单行本。

当时全国各地演出《红岩》的戏并不少,而复旦话剧团的《红岩》以许云峰为主线,着重描写许云峰和徐鹏飞正反两方面的斗争,舞台形象很鲜明,在众多的《红岩》戏中较为突出。在人物刻画上,改编者善于选取原作中最具典型意义的事件表现革命者崇高的革命气节,尤其是将许云峰等人物形象刻画得栩栩如生,产生了强大的人格魅力,从而激荡起观众心中的革命激情。

《红岩》不仅在政治意义上有着杰出成就,更重要的是它在舞台艺术上也取得了一定成绩。通过专业剧院的对口指导,《红岩》在导演舞美方面浑然一体,总体上给人以艺术严谨的感觉。这种在艺术上向专业靠齐的标准,一直延续到现代。

《红岩》剧照

同时期，除了排演大戏之外，复旦话剧团也创作了很多新颖的艺术作品，如方积乾和董力生的相声，程曼珍、李筠、方积乾等领诵的配乐大朗诵，充分展示了当代大学生的风采。

政治、生活和艺术的平衡尚未寻得，不想十年浩劫却正在门外。

1965年复旦大学建校60周年时任校长陈望道与剧团合影

改革浪潮，重获新生

　　复旦话剧团在"文化大革命"十年遭到了极为猛烈的冲击。"文革"之后，复旦继续着话剧活动，用极大的革命热情反对"四人帮"。这一阶段，复旦话剧团创作演出了《"炮兵司令"的儿子》《女神在行动》等具有全国影响的戏剧。

　　1977年是恢复高考的第一年，复旦大学便开始恢复话剧传统，学校成立了文工团，下设话剧队。1978年，话剧队排演了上海工人作家宗福先创作的话剧《于无声处》，由上海人民艺术剧院的刘同标导演。在校领导夏征农和上海人艺院长、著名戏剧家黄佐临等人的提议下，"复旦大学话剧团"正式恢复并进行了招考，这也是复旦大学首个恢复的校级文艺社团。

《于无声处》剧照

复旦话剧团的演出因其内容及意义上的成功而被推荐至上海工人文化宫剧场演出,共演七场,场场满座,激起了广大观众的共鸣。当时,台上台下的情绪达到了一种交融,现场演出效果极佳,得到了社会各界的广泛好评,对剧社的来信和来访也日渐剧增。虽然这与时代的要求相关,但也离不开复旦话剧团的精彩演出。复旦话剧团深刻感触着时代跳动的脉搏,并以自身的实际举动投入到生活的创造中去。这次演出以后,刘同标导演就成为复旦话剧团的常任导演,从而为剧团演出的艺术质量奠定了基础。值得一提的是,在这次演出中饰何芸的就是后来写出《秦王李世民》的剧作家颜海平。

1979年至80年代,复旦话剧团继续涌现出一批有写剧才能的团员,因而这一阶段话剧团的演出大多数都是原创的作品。

1979年3月,复旦话剧团以创作剧目《"炮兵司令"的儿子》和《快乐的圣诞节》(由剧团成员与外国留学生共同参与表演)参加第一届上海市大中学生文艺汇演。其中独幕喜剧《"炮兵司令"的儿子》(由中文系77级学生周惟波、董阳生、叶小楠共同创作)在社会上引起了强烈的反响。该剧通过工人的儿子小方和孙处长的女儿小洁的爱情故事,歌颂了小方和小洁之间的纯洁的爱情,辛辣地讽刺了孙处长只看地位不看人的错误思想,让人们从笑声中得到对生活的某些有益的启示。这个戏在当时引起了一阵巨大的反响,观众对该不该鞭挞孙处长那样的灵魂,以及作家如何对生活提出自己的看法等问题有很大的争议。《文汇报》为此特设专栏,笔战一场。不久,《"炮"》剧作为上海市群众文艺献礼节目,参加了庆祝中华人民共和国成立三十周年的文艺演出。国庆后,该剧又在上海市区演出了五场,受到观众的好评,并被市文化局评为优秀节目。

《快乐的圣诞节》剧照

《"炮兵司令"的儿子》和《快乐的圣诞节》作为选送节目，共同参演了 1979 年第一届上海市大中学生文艺（创作）会演，两部剧都获得了演出成功，好评如潮。复旦话剧团凭借这两部剧在社会上打响后，校方更为重视校园话剧的创作排演。时任校党委宣传部副部长石坚同志担任了话剧团团长，并正式恢复了话剧团的建制。

"表达的需要""被认同的需要"在 80 年代被予以了极大的重视和宽容。80 年代复旦话剧团的主要演出有《希望》（董阳声、叶小楠创作的四幕话剧）、《女神在行动》（又名《善与恶的搏斗》，由中文系 77 级学生周惟波创作）、《生命的脚步》（周惟波编剧）、《上海二十四小时》《通向太阳的路》（中文系 79 级学生程永新创作）、《生活不只是这些》（中文系 79 级学生潘鸣创作）、《笑口常开》（话剧团成员陈真、徐锦江等人创作）、苏联万比洛夫的《外省轶事》（含两部，即《密特朗巴什》《和"天使"在一起的二十分钟》）、《咸鱼主义》（为纪念洪深诞辰九十周年，与中文系联合演出）、《一念之差》《复

曹禺为复旦剧社 60 周年写的信

活的白兰花》等。

1985 年,复旦剧社举办六十周年庆典,来自全国各地的新老团员共聚一堂。在 6 月 3 日的庆祝会上,校话剧团负责人张亚维宣布恢复"复旦剧社"的名称。1985 年为复旦剧社成立六十周年,社友傅红星、王一岩撰写编辑了复旦剧社的大事记《复旦剧社六十年》。

从 1987 年起,复旦剧社开始了每两年一届的戏剧节。

90 年代,是复旦剧社在校园内较为沉默的十年。其时,中国话剧 80 年代盛极一时的先锋戏剧开始进入校园。这一时期的复旦校园,以燕园剧社和麦田剧社为首的民间戏剧组织相继崛起,一改之前校园戏剧的现实主义道路,另辟实验戏剧的道路,展现出复旦校园戏剧异彩纷呈的一面。

这段时间,复旦剧社演出的主要剧目有《窦巴兹》(法国剧作家巴尼奥尔创作的四幕讽刺喜剧)、《悲悼》(美国剧作家奥尼尔创作)、《天边外》《到海南去》《巢》(现实主义无场次话剧)、《和睦家庭》(独幕古典喜剧)、《威尼斯商人》、三幕剧《伊索》《真相虚构》《雷雨》，还有小品《小雪花》《八月的离别》《车站小夜曲》《逆光》等，以及短剧《真情》等。其中，复旦剧社在"94 上海国际莎士比亚节"上演出的《威尼斯商人》带有很强的探索性。导演耿保生以现代人的思维，对原作进行了重新阐释。

世纪更迭，焕然振发

十年之间，物是人非，斗转星移。复旦剧社在新千年的第一个十年里，蓄势待发，励精图治，经由二度改革，不断反躬自省。再度崛起的复旦剧社，以校园文化传承者的身份，将复旦戏剧传统发扬光大的同时，也践行着自身的戏剧理念。

进入新千年后，上海市教委成立组建"上海大学生话剧团"，以复旦剧社为班底。2001 年，复旦大学在统一进行的艺术特长生考试中开始设立"戏剧项目"进行招考。每年，来自全国各地的优秀考生前来争相报考，他们通过艺术特长生考试后仍须参加当地高考，高考分数必须达到当地重点一本线后，方能录取；入校后他们会进入复旦剧社参加剧社的排练、演出等活动。而组成复旦剧社的大部分同学仍然是之前没有受过话剧基础训练的话剧爱好者。

2002 年 5 月 20 日，复旦剧社参加"五月的鲜花"——全国大学生"我和我的祖国"大型诗歌咏唱会，朗诵《世纪的回声》。2002 年 10 月 15 日在杨浦文化艺术节大学生专场演出中，复旦剧社朗诵了根据真人真事创作的配乐诗朗诵《爱与生命之歌》。

2003 年 11 月 3 日，剧社以冯艾、戴浩然和李佳美 3 名西部支教志愿者为原型，创作的大型话剧《托起明天的太阳》首演即引起了

《托起明天的太阳》剧照

轰动，之后又赴上海戏剧学院、第二军医大学等学校演出了十几场。

2004 年 4 月，《托起明天的太阳》受教育部、团中央邀请进京演出，好评如潮，并对全国的青年志愿者扶贫支教计划产生了推动作用。2004 年 5 月，复旦剧社获"复旦大学五四先进集体"荣誉称号；6 月 15 日获上海市"群文奖"；同年，复旦剧社获复旦大学第二届校长奖。

2005 年 4 月 10 日，中文系杨新宇老师完成博士论文：《复旦剧社与中国现代话剧运动》。5 月 29 日，复旦剧社成立八十周年纪念活动上演话剧《托起明天的太阳》。9 月 24 日，在复旦百年校庆庆典晚会上，复旦剧社社员朗诵《复旦之门》。11 月复旦剧社排演的小品《无题》、话剧片段《家访》分获上海市第四届学生艺术节戏剧专场表演一等奖。

2006 年以来，复旦剧社在人员招新方面做出重大改革，即决定通过复旦大学统一举行的学生社团招新专场的形式，面向全校所有学生进行剧社演职人员的选拔。通过校内选拔进入剧社的社员虽然在艺术表演能力方面略微不及艺术特长生，然而所有的剧社人均对戏剧表现出极大的热情。6 月 8 日，复旦剧社上演话剧

《六月的离别》。

2007 年，复旦剧社举办第九届复旦戏剧节。复旦剧社为全体复旦人奉献了话剧《背惊》。同一年中，又将上话中心经典先锋派作品《天堂隔壁是疯人院》搬上了相辉堂的舞台。同年，复旦剧社将曹禺先生的名著《北京人》再度搬上复旦的舞台，为复旦人再一次展现了剧社演绎的《北京人》；此外，随着近年来阿加莎·克里斯蒂侦探剧风靡沪上，剧社也积极尝试演出了阿加莎的《捕鼠器》，将其奉献给全校的戏剧迷和侦探迷。

2008 年 10 月 11 日，在首届中国校园戏剧节上演话剧《托起明天的太阳》(新版)，复旦剧社作为上海市唯一入选首届中国校园戏剧节决赛阶段的普通组的剧团，荣获中国戏剧界最高奖项——中国戏剧奖·校园戏剧奖。剧社指导教师耿保生获"校园之星最佳编剧奖"，社员林洁颖获"校园之星最佳表演奖"，复旦大学则获优秀组织奖。

2008 年，也是复旦剧社对外交流大丰收的一年。5 月，先后接待新加坡国立大学话剧社，南京大学歌声魅影音乐剧社，同济大学东篱剧社等，在与兄弟院校的话剧社团的沟通交流中，互相学习，彼此切磋，谱写了复旦话剧的对外交流史的新篇章。是年，部分社员参加了上海大学生戏剧艺术实践基地"戏剧导演训练班"；10 月 18 日，在全国第二届大学生艺术展演上海市活动中，剧社上演小品《课堂》《我的未来不是梦》。

2009 年 2 月，小品《课堂》获全国第二届大学生艺术展演上海市活动艺术表演类甲组一等奖，小品《我的未来不是梦》获甲组二等奖。5 月，由复旦大学党委宣传部、艺术教育中心主办，复旦剧社具体承办的第十届复旦大学戏剧节隆重举行，上演话剧《生死场》《该谁负责》。

《小巷总理之男妇女主任》剧照

同年 11 月，复旦剧社经过为期半年的精心创制和排练，以原创大戏《小巷总理之男妇女主任》荣获 2009 年上海市大学生校园戏剧展演一等奖。同年 12 月，复旦剧社又联合校内其他剧社联合举办了 2009 年复旦大学戏剧演出季，在演出季上上演了获奖剧目《小巷总理之男妇女主任》和中国古典名剧《白蛇传》。

2010 年 6 月，复旦剧社为复旦大学 2010 届全体毕业生倾情打造了香港著名话剧《我和春天有个约会》。该剧大部分演员和舞台工作人员均由剧社 2010 届毕业社员担任。与以往不同的是，复旦剧社 2010 届社员大部分来自校内普通招新，他们一路走来，伴随复旦剧社走过了本科四年。

2010 年 11 月，复旦剧社的《小巷总理》入围第二届中国校园戏剧节的决赛阶段比赛。在 2009 年演出的基础上，剧组在为期半年的时间里，对剧本进行修改和重新打磨。剧组全体演职人员在进行了封闭式的训练和专项培训后，再度为复旦大学赢回一座中国戏剧奖·校园戏剧奖的奖杯。李楼长的扮演者蔡一一荣获"校园戏剧之星"称号。

百年风华，剧韵流长

1925—2025,对于复旦剧社而言,这百年是一段波澜壮阔的旅程。复旦剧社,这个承载着梦想与激情的集体,即将迎来它的百年华诞。自诞生之日起,复旦剧社就以其独特的艺术魅力和文化担当,在中国校园戏剧的舞台上熠熠生辉。百年来,复旦剧社不仅见证了中国戏剧的发展,更是推动了校园文化的繁荣,复旦剧社百年最后十年的故事,是关于坚持、创新和传承的故事,是关于戏剧与青春交织的华章。

2011 年第十一届复旦大学戏剧节,复旦剧社献上了经典剧目《我爱桃花》《屠夫》《空幻之屋》《暗恋桃花源》。原创剧目《着陆》,作为学校相辉堂修缮前的最后一次大型演出季,吸引了几千人次的观看。

2012 年 3 月,复旦剧社在相辉堂进行了新生展演,刚刚进入复旦剧社的大一同学经过一个多学期的排练,上演了《爱情疯人院》《这里的黎明静悄悄》《窗户上的尸体》《心经》四部话剧的片段。

2012 年 5 月,复旦剧社的原创大戏《科莫多龙》参评了第三届中国校园戏剧节,小品《4∶1》获得第三届中国校园戏剧节优秀剧目奖,剧中缪缪扮演者何齐荣获第三届中国校园戏剧节校园戏剧之星奖。此外,《4∶1》在全国第三届大学生艺术展演活动中荣获

《4∶1》剧照

戏剧类一等奖。

2013年第十二届复旦大学戏剧节,最大的特色就是小剧场,演出地点设在复旦大学东区艺术教育馆(简称"东宫")。本次戏剧节共有来自校内外7个剧社的12部戏20个场次的演出。复旦大学倾情奉献互动剧《19∶25》《The Monument》《线索》《名词解释》《罗密欧与朱丽叶》,每部话剧都演出了多场。

2014年,原创肢体剧《1925·身影》在上海话剧艺术中心成功上演,参加大学生话剧节,最终获得二等奖以及最佳导演奖。

《罗密欧与朱丽叶》剧照

"1925"是复旦剧社成立的年份,该剧与2013年第十二届复旦大学校园戏剧节中的《1925·台词篇》同为复旦剧社原创的"1925"系列互动剧。同年年底,"1925"系列的第三部曲《1925·展览》在上海戏剧学院演出。

2014年11月,复旦大学复旦剧社的原创军旅题材大戏《天之骄子》作为第四届中国校园戏剧节决赛的参赛剧目,在上海戏剧学院成功上演。《天之骄子》荣获本届中国校园戏剧节最高奖。男主角杨文广的饰演者,2011级哲学学院田博毅同学荣获"校园戏剧之星"称号。

《天之骄子》剧照

2015年3月,原创短剧《海上花》获得第四届全国大学生艺术展演活动戏剧类一等奖。

2015年5月,复旦剧社90周年社庆暨"复旦戏聚会"成立仪式在复旦大学逸夫科技楼多功能厅隆重举行。上至20世纪五六十年代入社的老社员,下至在籍的本科一年级社员共同见证了复旦剧社90岁"生日"的到来。

2015年5月至6月,复旦大学第十三届戏剧节于复旦大学东区艺术教育中心成功举办。本次戏剧节包含校内外5个剧社的10部戏剧节目,共计20余场次演出,是复旦师生的艺术盛典。

复旦剧社 90 周年暨"复旦戏聚会"成立合照

第 13 届复旦大学戏剧节排片表

2015年11月，教育部体育卫生与艺术教育司和上海市教委领导来到东区艺术教育馆进行考察，并观摩了复旦剧社正在排演的莎士比亚名剧《理查二世》的片段。大家对学生们的表演给出了积极肯定的评价。在之后的座谈会上，专家组认为复旦剧社作为中国校园戏剧的重要组成部分，应当充分整合上海市戏剧资源，将戏剧育人的功能最大化，传播正能量。

2016年3月，复旦剧社承办了著名话剧导演赖声川在内地高校举行的首场讲座《我的戏剧桃花源》，容纳600余人的复旦大学谢希德演讲厅座无虚席。

2016年8月，一年一度的爱丁堡国际艺术节开幕。来自复旦剧社的剧目《理查二世》在本次艺术节系列活动"中华文化艺术节"上成功上演。复旦剧社成为第一个登上爱丁堡国际艺术节的中国高校校园剧社。今年，为纪念戏剧巨擘莎士比亚逝世400周年，复旦剧社指导老师周涛选排该剧，凭借剧组全体师生对于戏剧艺术的热爱和专业化的戏剧训练，经过一年排练，于莎士比亚的故乡英国上演，以表达复旦剧社对于莎翁的崇高敬意。

2016年11月，《理查二世》作为第五届中国校园戏剧节参演

《理查二世》剧照

《理查二世》剧照

剧目在梅赛德斯奔驰文化中心音乐俱乐部正式上演。经过跨度超过一年的筹备,这台成熟的《理查二世》演出获得了巨大成功,并收获了专家和观众们的一致好评。上海戏剧学院导演系系主任卢昂教授如此评价:"致以由衷的敬意,你们走向了深刻。……(复旦剧社的表演)对戏剧学院提出了强有力的挑战,对人性的诠释和把握非常深。"中国戏剧家协会副主席罗怀臻则评价复旦剧社的《理查二世》"演绎出了时代感,而且有些东西是超越技巧的,那就是对莎士比亚作品的理解力,这就是复旦大学了"。该剧荣获中国校园戏剧节优秀展演剧目称号。

2017年初,因东区艺术教育馆一楼剧场(东宫)进入修缮阶段,复旦剧社的活动迁至4号楼与10号楼之间的临时活动中心。复旦剧社为此筹备了三部短剧作品(《麦克白》《迈尔医生》《驱魂》),构成"陷入白宫"主题演出季。共计6场演出,接纳观众800余人次,"白宫"继东宫之后成为复旦校园戏剧的又一演出品牌。"陷入白宫"演出季自寒假筹备开始就大量起用16级新社员与13级新晋导演,演出季的成功举办为剧社锻炼了更多的戏剧

学生戏剧联盟成立

人才。

2017年3月，复旦剧社作为上海学生戏剧团的筹划单位参与策划并运营了上海学生戏剧团及上海学生戏剧联盟成立主题活动。上海市副市长翁铁慧、复旦大学党委书记焦扬、上海市政府副秘书长宗明、上海市委宣传部副部长胡劲军等多位领导出席了活动。复旦剧社表演了招牌肢体剧《大学九味》。

2017年春，复旦剧社作为全国第五届大学生艺术展演上海市活动承办单位下属学生艺术团，负责组织策划舞蹈、戏剧、朗诵三个专场的活动。全国大学生艺术展演是现今中国高校最高水平的艺术竞赛平台。这是复旦剧社第一次以筹备者的身份参与全国大学生艺术展演。活动筹备周期长达到37天，社员总工作时长超过1000小时。除了比赛筹备与运营，复旦剧社依旧拿出高水准的作品参加了戏剧组的比赛。小品《瓶中丝路》获得了专家评委的一致好评，推荐进入下一竞赛阶段。

2018年3月，复旦剧社在复旦大学相辉堂举行的全国大学生艺术展演复旦优秀节目汇报中演出了《海上花》《4：1》两部精彩的小品，同时有社员承担了话筒管理、舞台监督、总负责等工作，演出获得圆满成功。

2018年4月，复旦剧社为纪念已故教授钟扬，在相辉堂首演

《种子天堂》首演剧照

原创话剧《种子天堂》,获得了社会各界的一致好评。该剧编剧、导演为剧社指导老师周涛,演员全部由复旦剧社社员及校友组成。报道本次演出的媒体有:人民日报、光明日报、新华社等主流媒体。

2018年4月,复旦剧社原创小品《瓶中丝路》在全国第五届大学生艺术展演活动中获得戏剧组一等奖的好成绩,这是复旦剧社

《瓶中丝路》剧照

连续三届斩获全国大艺展一等奖。作品营造的是充满科技感与现代感的网络空间，表达的却是对传统文化的传承理想，实现了传统与现代、理想与现实的完美融合。

2018 年 5 月，复旦剧社原创话剧《种子天堂》正式启动上海教育系统巡演活动，首场巡演于钟扬教授妻子张晓艳教授的工作单位同济大学，2000 余人观看。本次巡演由上海市教卫工作党委、市教委和复旦大学共同主办，将按片区、分步骤走进全市教育系统相关单位。

2018 年 9 月，《种子天堂》来到了钟扬老师的母校中国科学技术大学，而这也是一份纪念中国科学技术大学建校 60 周年的特别贺礼。双方都精心准备并交换礼物，复旦大学代表党委副书记许征为中国科学技术大学赠送复旦大学出版社出版的《钟扬文选》《钟扬纪念文选》《那朵盛开的藏波罗花（钟扬小传）》，同时中国科学技术大学代表党委书记舒歌群为复旦大学赠送《钟扬纪念册》。

2018 年 9 月，复旦剧社将原创剧目《克罗斯》带到了澳大利亚

《种子天堂》剧照

《克罗斯》演职人员合影

的悉尼 Fringe 艺术节及墨尔本 Fringe 艺术节。本剧由复旦剧社指导老师周涛老师担任编剧兼导演,将西游记女儿国的故事与莎士比亚《暴风雨》结合起来,演出大获成功。

2018 年 10、11 月,复旦剧社原创话剧《种子天堂》分别在沪、京两地受邀展演。在上海,《种子天堂》参加了上海国际艺术节,加入了舞蹈演员的部分,话剧表现形式更加丰富多彩;在北京,《种子天堂》作为上海市唯一选送参演的剧目在北京语言大学梧桐会堂

《种子天堂》北京演后合照

隆重上演。原国务委员、第十一届全国人大常委会副委员长陈至立，教育部副部长林蕙青，上海市副市长翁铁慧，中国文联原副主席杨承志，中国翻译协会会长、中国外文局原局长周明伟，复旦大学党委书记焦扬、副书记尹冬梅，北京语言大学党委书记倪海东，以及来自北京市部分高校的师生和复旦北京校友千余人观看了演出。

2018 年 12 月，复旦剧社参加改革开放 40 周年上海大学生文艺汇演，演出第五届全国大学生艺术展演戏剧组一等奖小品《瓶中丝路》，获得一致好评。

2019 年 9 月，《种子天堂》献礼新中国成立 70 周年专场演出在相辉堂北堂上演。在经历上海市巡演和北京获奖之后，《种子天堂》再次重返复旦校园，用两场演出为祖国庆生，也为复旦大学新生带来一次别开生面的主题教育。

2019 年 10 月，复旦剧社原创剧目《The Butterfly Lovers 梦梁祝》受邀代表上海学生戏剧联盟出访新西兰，参加当地的黑斯廷斯艺穗节。本剧取材自中国古代的著名故事《梁山伯与祝英台》，通过肢体剧的形式表现了两人的凄美爱情，借此机会突破语言的隔阂，弘扬中国经典文化，促进两国间的艺术交流。

2019 年 10 月，复旦剧社话剧《双城记》作为第二十一届中国上海国际艺术节青年创想周的委约作品在黄浦剧场上演。这是复旦剧社迈出校园，服务更多观众的一次重要尝试。演出取得了国际艺

《双城记》剧照

术节评委和观众的一致好评。同月,《双城记》受邀在九棵树(上海)未来艺术中心的开幕演出季上演,再一次获得了观众们的热烈反响。与九棵树的合作是对复旦剧社未来发展十分重要的尝试。

2020年12月,复旦剧社原创小品《雪草》代表复旦大学参加全国第六届大学生艺术展演上海市活动艺术表演类比赛,并作为全国第六届大学生艺术展演上海优秀节目在上音歌剧院演出,与各校艺术团的优秀节目一道展示了上海市大学生们丰富的艺术创造力。

2021年4月,复旦剧社携原创剧目《种子天堂》与上海戏剧学院、南京大学的三部作品加盟了上海文化广场2021户外演出季"户外戏剧夜"板块,将钟扬老师的"种子精神"带给了全上海的观众们。

2021年5月,第六届全国大学生艺术展演活动戏剧组比赛在成都城市音乐厅举行。复旦剧社原创小品《雪草》获全国第六届大学生艺术展演活动戏剧组一等奖、优秀创作奖。复旦剧社原创微

《雪草》剧照

电影《宅家》获全国第六届大学生艺术展演活动艺术作品二等奖。每三年一届的全国大学生艺术展演活动为教育部主办的全国大学生最高规格艺术类评比活动。自第三届以来，复旦剧社已连续四届获全国大学生艺术展演一等奖。

2021 年 10 月，由复旦剧社创作的《盗爱之梦》在上海大剧院·别克中剧场顺利上演。这部话剧改编自著名莎士比亚爱情喜剧《仲夏夜之梦》，由上海学生戏剧联盟、中国上海国际艺术节"扶青计划"和上海大剧院共同打造。

2022 年 8 月，复旦剧社为中共一大纪念馆推出"向阳而生"综合实践项目带去了《种子天堂》的剧本朗诵，让观众们深刻感受到"种子精神"的内涵。

2022 年 12 月，复旦剧社 2022 演出季拉开帷幕，本次演出季在复旦大学东区艺术教育中心举行，共计划呈现三部作品。由剧社指导教师周涛老师导演的《这里的黎明静悄悄》作为本次演出季的第一部戏剧在"东宫"黑匣子剧场上演。

2023 年 3 月—4 月，复旦剧社年初演出季以"光影"为主题，呈

《盗爱之梦》剧照

2023 光影演出季海报拼图

现了《这里的黎明静悄悄》《暴风雨》和《培尔金特》三部作品,大获成功。

2023 年 11 月,复旦剧社三位社员在由教育部语言文字应用管理司、教育部港澳台事务办公室、复旦大学共同承办的第八届中华经典诵读澳门展演交流活动中展演《种子天堂》片段,在连接内地与港澳学生、宣传普通话和中华传统文化的同时,也将科学家精神娓娓道来。

2023 年 11 月,复旦剧社携指导教师周涛老师的原创剧本《上海。台北。》参加了全国第七届大学生艺术展演上海市活动,展现当代大学生与时代同向,与祖国同行,胸怀家国,奋力筑梦的价值追求。

2023 年 12 月,复旦剧社 2023 年年末演出季为校内外百余名观众呈现了两部精彩剧目,分别是《第十二夜》与《萨勒姆的女巫》。

《上海。台北。》剧组合照

　　两部作品都深刻探讨了人性、误解、爱和对异己的恐惧，四场演出受到无数支持与好评。

　　2024 年 3 月，复旦剧社"双人交流"中国经典作品片段改编展演在复旦大学杨咏曼楼黑匣子剧场举行。这是首次尝试将训练成果以汇报演出的形式呈现给观众，不仅展示了传统文学作品的独特魅力，还在新形式下增强了与观众的共鸣，让经典更具现代意义。

　　2024 年 5 月起，复旦剧社 2024 演出季正式启动，自 5 月 18 日起，6 月 16 日结束，为期一个月，共呈现《艺术》《晚安妈妈》《我和春天有个约会》《樱桃园》《青春禁忌游戏》五部作品，10 场演出共接待近千名观众。收获万千好评，展现出复旦剧社强大的作品制作和排演能力。

　　2024 年 11 月，复旦剧社学生原创戏剧作品《被遗忘的未麻》受邀至第二十三届上海国际艺术节进行展演，加入了更多肢体、音乐与装置的表达，将特定场域与不同表演形式相结合，以再现数字

2024 年 6 月演出季海报 5 张拼

时代真正的交流。

2024 年 12 月,复旦剧社 2024 年年末演出季呈现了《客房服误!》《通向黎明的路》两部作品。4 场演出接待观众 400 余名,作品在线下线上均反响强烈,提升了复旦剧社在社交媒体上的品牌影响力。

2024 年 12 月演出季海报拼图客房+黎明

历史演出剧目

- 1925 年秋,《青春的悲哀》《一只马蜂》《压迫》《私生子》《春假》
  ——复旦新剧团首次公演,所有女角都由男演员反串
- 1926 年春,《咖啡店之一夜》第二次公演
- 1926 年秋,《同胞姊妹》《白茶》
  ——这是洪深第一次在复旦剧社的舞台上露面。
- 1927 年,《私生子》《父归》
- 1928 年,《星期六的下午》《女店主》《父归》
- 1929 年,《寄生草》《女店主》《同胞姊妹》
- 1930 年 6 月,《西哈诺》
  ——首演后,随后又进新中央大戏院公演
- 1931 年 6 月,《说谎者》
- 1932 年秋,《胜利》《蠢货》《战友》
- 1933 年 5 月,《五奎桥》
- 1933 年 12 月,《蠢货》《求婚》《压迫》《月亮上升》《约翰曼利》《街头人》
- 1934 年春,《琼斯皇》
- 1934 年秋,《压迫》《约翰曼利》《可怜的裴迦》
- 1935 年,《委曲求全》《雷雨》
- 1936 年 12 月,《阿比西尼亚的母亲》《母归》《汉奸的子孙》

- 1938 年，《古城的怒吼》
- 1939 年 7 月，《生死恋》
- 1940 年，《凤凰城》《国家至上》
- 1941 年，《雾重庆》《少奶奶的扇子》《寄生草》
- 1942 年，《北京人》《柳暗花明》《喜相逢》《黑字二十八》
- 1945 年 9 月，《寄生草》
- 1945 年（约），《女秘书》、歌剧《送郎出征》
  ——庆祝抗战胜利
- 1945 年底，《少年游》
- 1946 年，《芳草天涯》《风雪夜归人》《王三》《结婚进行曲》《雷雨》
- 1947 年，活报剧《梁仁达之死》，《正在想》《面子》《裙带风》
- 1949 年 2 月，《白毛女》
- 1950，《走向一条道路》《女儿的亲事》《群众路线》《渔夫恨》
- 1951 年，《向日葵》
- 1953 年 6 月，《屈原》第四幕
  ——为纪念屈原逝世 2230 周年
- 1954 年，《求婚》《蠢货》《妇女代表》《真理的故事》《条件反射》《向祖国汇报》《边塞之夜》《笔记本开放友谊花》《敌人在哪里》《一件棉袄》《灯塔下》《店员老赵》《放下你的鞭子》
- 1955 年初，活报短剧《高潮中的一家》
- 1956 年秋，《阿 Q 正传》
- 1957 年 4 月，讽刺话剧《浅水》《意外》
- 1958 年，独幕剧《母亲》、小歌剧《三姐妹拜寿》、话剧《花开时节》、京剧《孙悟空春游》、独幕大型歌剧《新生活之歌》
- 1959 年，《新的起点》《放下你的鞭子》
- 1960 年代，《风华正茂》《大浪淘沙》《红专道上》《谁是指导员》

《一百个放心》《两个第一》《曙光初照》《下乡日记》《无限风光》《三块钱国币》《红色风暴》片断、歌剧《刘胡兰》片断、《粮食》以及日本戏《桦美智子》等

- 1961 年,《活捉罗根元》《年轻的一代》
- 1963 年,《红岩》

  ——上海艺术剧场、邮电俱乐部售票演出
- 1978 年,《于无声处》
- 1979 年 3 月,复旦话剧团创作剧目《"炮兵司令"的儿子》和《快乐的圣诞节》
- 1980 年代,《希望》《女神在行动》《生命的脚步》《上海二十四小时》《通向太阳的路》《生活不只是这些》《笑口常开》《外省轶事》《咸鱼主义》《一念之差》《复活的白兰花》等
- 1987 年至新世纪,《窦巴兹》《悲悼》《天边外》《到海南去》《巢》《和睦家庭》《威尼斯商人》("94'上海国际莎士比亚节"参演剧目)、《伊索》《真相虚构》《雷雨》,还有小品《小雪花》《八月的离别》《车站小夜曲》《逆光》等,以及短剧《真情》

  ——从 1987 年开始,复旦剧社每隔一年举行一届戏剧节
- 2003 年 11 月,《托起明天的太阳》首演
- 2004 年,《托起明天的太阳》全国巡演
- 2005 年 4 月,《托起明天的太阳》

  ——复旦剧社成立八十周年纪念活动上演话剧
- 2005 年 11 月,《无题》、话剧片段《家访》

  ——上海市第四届学生艺术节,分获戏剧专场表演一等奖
- 2006 年 6 月,《六月的离别》

  ——复旦剧社 2006 届毕业大戏
- 2007 年 5 月,《背惊》《天堂隔壁是疯人院》

——庆祝复旦大学艺术教育中心成立 20 周年特别演出

- 2007 年 11 月,《北京人》《捕鼠器》

  ——复旦大学第十八届社团节暨第 9 届复旦大学戏剧节最佳演出奖

- 2008 年 10 月,《托起明天的太阳》2008 版

  ——复旦剧社原创大戏,荣获中国校园戏剧最高奖:中国戏剧奖·校园戏剧奖

- 2009 年 5 月,《生死场》《该谁负责》

  ——第 10 届复旦大学戏剧节复旦剧社演出剧目

- 2009 年 11 月、12 月,《小巷总理之男妇女主任》

  ——复旦剧社原创大戏,2009 年上海市大学生校园戏剧展演一等奖、2009 年复旦大学戏剧演出季

- 2009 年 12 月,《白蛇传》

  ——2009 年复旦大学戏剧演出季

- 2010 年 6 月,《我和春天有个约会》

  ——复旦剧社 2010 届毕业大戏

- 2010 年 11 月,《小巷总理》

  ——荣获中国校园戏剧优秀剧目奖

- 2011 年 5 月,《空幻之屋》《我爱桃花》《屠夫》《暗恋桃花源》《着陆》

  ——第 11 届复旦大学戏剧节复旦剧社演出剧目

- 2012 年 3 月,《爱情疯人院》《这里的黎明静悄悄》《窗户上的尸体》、《心经》

  ——复旦剧社 2011 级社员小戏展演

- 2012 年 5 月,《科莫多龙》

  ——复旦剧社原创大戏,第三届中国校园戏剧节参赛剧目

- 2012 年 10 月,《4:1》

  ——第三届中国校园戏剧节入围短剧,荣获优秀剧目奖

- 2013 年 5 月,《收信快乐》《1925》《The Monument》《线索》《名词解释》《罗密欧与朱丽叶》

  ——第 12 届复旦大学戏剧节复旦剧社演出剧目

- 2013 年 6 月,《九流剧团》

  ——复旦剧社 2013 届毕业大戏

- 2014 年 5 月,《1925·身影》

  ——大学生话剧节参赛剧目,荣获话剧节二等奖以及最佳导演奖

- 2014 年 5 月,《萨勒姆的女巫》

  ——复旦剧社学期大戏

- 2014 年 12 月,《沙丁鱼游戏》

  ——复旦剧社根据英剧《九号密室》改编短剧

- 2014 年 11 月,《天之骄子》

  ——复旦剧社原创军旅戏,第四届中国校园戏剧节决赛的参赛剧目,荣获本届校园戏剧节最高奖:中国戏剧奖·校园戏剧奖

- 2014 年 10 月,《1925·展览》

  ——2014 年"国际青年艺术创想周"中表演剧目

- 2015 年 2 月,《海上花》

  ——第四届全国大学生艺术展演活动艺术表演类一等奖

- 2015 年 5 月,《1925·梦》

  ——复旦剧社原创肢体剧

- 2015 年 5 月,《仲夏夜之梦》《柔软》《哥本哈根》《八美千娇》《棉花糖先生》

——第 13 届复旦大学戏剧节复旦剧社演出剧目

- 2016 年 5 月,《无中生有》(原《糊涂戏班》)、《黑暗中的喜剧》、《暗恋桃花源》

——复旦剧社"皆大欢喜·盛夏喜剧汇"演出剧目

- 2016 年 6 月,《喜剧的忧伤》、《舞伴》(改编自《白颈鸦不再歌唱》)

——2016 届复旦剧社毕业戏

- 2016 年 8 月,《理查二世》

——爱丁堡国际艺术节、中国校园戏剧节最高奖获奖作品

- 2017 年 3 月,《麦克白》《迈尔医生》《驱魂》

——2017 年"陷入白宫"主题演出季

- 2017 年 4 月,《完美陌生人》

——复旦剧社改编,上海戏剧学院 2015 级戏剧导演全日制 MFA 中期作品

- 2017 年 5 月,《叙利亚的黎明静悄悄》(改编自《这里的黎明静悄悄》)

——复旦剧社社员改编、执导作品

- 2017 年 6 月,《极乐大饭店》(改编自《窗户上的尸体》)

——2013 级本科毕业戏

- 2018 年 4 月,《种子天堂》

——复旦剧社原创剧目,纪念已故教授钟扬作品

- 2018 年 4 月,《瓶中丝路》

——复旦剧社原创小品,全国第五届大学生艺术展演活动艺术表演类一等奖作品

- 2018 年 5 月,《莫测乌黑》《濑户内海》《我爱桃花》《梁上的猫》《紧闭》

——第十四届复旦校园戏剧节复旦剧社参演作品

- 2018 年 6 月,《克罗斯》

——复旦剧社原创剧目,悉尼 Fringe 艺术节及墨尔本 Fringe 艺术节参演作品

- 2018 年 12 月,《临终气息》《猫和老鼠》《局》

——2018 年复旦剧社冬日演出季作品

- 2019 年 6 月,《六个寻找剧作家的角色》

——复旦剧社年度大戏

- 2019 年 6 月,《一个大瓜》《朱莉小姐》

——复旦剧社 2019 毕业季话剧

- 2019 年 10 月,《The Butterfly Lovers 梦梁祝》

——新西兰黑斯廷斯艺穗节参演作品

- 2019 年 10 月,《双城记》

——第二十一届中国上海国际艺术节青年创想周的委约作品

- 2020 年 11 月,《雪草》

——复旦剧社原创小品,第六届全国大学生艺术展演活动一等奖作品

- 2021 年 10 月,《盗爱之梦》

——复旦剧社原创剧目,中国上海国际艺术节"扶青计划"委约作品

- 2023 年 3 月,《暴风雨》《这里的黎明静悄悄》《培尔金特》

——复旦剧社 2023 年初演出季作品

- 2023 年 6 月,《杀戮之神》

——复旦剧社 2019 级毕业大戏

- 2023 年 11 月,《上海。台北。》

——复旦剧社原创小品,全国第七届大学生艺术展演上海市活

动参演作品

- 2023 年 12 月,《第十二夜》《萨勒姆的女巫》

  ——复旦剧社 2023 年末演出季作品

- 2024 年 5 月,《艺术》《晚安妈妈》《我和春天有个约会》《樱桃园》《青春禁忌游戏》

  ——复旦剧社 2024 年年中演出季作品

- 2024 年 11 月,《被遗忘的未麻》

  ——复旦剧社社员原创作品,第二十三届上海国际艺术节受邀展演作品

- 2024 年 12 月,《客房服误!》《通向黎明的路》

  ——复旦剧社 2024 年末演出季作品

致　谢

此书得以出版，应感谢一切八方助力、因缘际会！

感谢傅红星、王一岩老师编辑整理的《复旦剧社六十年》和杨新宇老师撰写整理的《复旦剧社与中国现代话剧运动》，为复旦剧社的历史梳理提供了宝贵的史料。

感谢本书编辑钱震华老师大半年来与作者间的来回拉锯！

感谢复旦剧社历任指导老师给予复旦剧社的支持！

感谢复旦剧社历任社友为复旦剧社挥洒青春、浇筑热诚、谱写历史！

感谢参与帮助过剧社演出的一切友人！

感谢现场观摩过剧社演出的所有观众，以及点赞关注的热心网友！

感谢"东宫"黑匣子剧场，剧社社员们的第二个家！

感谢老社员王珏老师、康嘉诚老师，以及在籍所有社员的倾情付出！

感谢剧社百年，感谢有你！

图书在版编目(CIP)数据

复旦剧社原创戏剧集:2010—2024 / 周涛著.
上海:上海三联书店,2025.
--ISBN 978-7-5426-8898-9　Ⅰ.I234

中国国家版本馆 CIP 数据核字第 2025FZ6666 号

复旦剧社原创戏剧集(2010—2024)

著　　者　周　涛

责任编辑　钱震华

装帧设计　汪要军

出版发行　上海三联书店

　　　　　中国上海市威海路 755 号

印　　刷　上海新文印刷厂有限公司

版　　次　2025 年 5 月第 1 版

印　　次　2025 年 5 月第 1 次印刷

开　　本　700×1000　1/16

字　　数　285 千字

印　　张　24.25

书　　号　ISBN 978-7-5426-8898-9/I·1932

定　　价　98.00 元